Texto de acordo com as normas do novo acordo ortográfico da língua portuguesa
(Decreto Legislativo Nº54 de 1995).

Editora – Catia Mourão
Capa – Joice Dias
Diagramação – Catia Mourão
Revisão – Halice FRS

CIP-BRASIL. CATALOGAÇÃO NA PUBLICAÇÃO
SINDICATO NACIONAL DOS EDITORES DE LIVROS, RJ

C882t

Cutcher, J.
Tomas / J. Cutcher. - 1. ed. - Rio de Janeiro : Ler, 2024.
192 p. ; 23 cm. (Homens sedutores ; 1)

ISBN 978-65-5055-085-1

1. Romance brasileiro. I. Título. II. Série.

24-93255 CDD: 869.3
CDU: 82-31(81)

Meri Gleice Rodrigues de Souza - Bibliotecária - CRB-7/6439
11/08/2024 14/08/2024

Foi feito o depósito legal.
Direitos de edição: Ler Editorial

Ler Editorial

TOMAS

SÉRIE HOMENS SEDUTORES 1

J.CUTCHER

1ª edição
Rio de Janeiro – Brasil

SUMÁRIO

Aos meus amados leitores, sempre tão importantes na minha vida, que acabaram fazendo da sua ausência, no meio tempo em que estive "fora", uma presença gigantesca.

É por mim, mas também é por vocês e para vocês. O amor que tenho por cada um é imensurável, nunca duvidem disso. Essa é a principal razão pela qual me esforcei para trazer um come back digno do tamanho de todos. Espero muito que gostem.

Muitíssimo obrigada por existirem! Vocês são grandões!

Todo o meu coração para cada um.

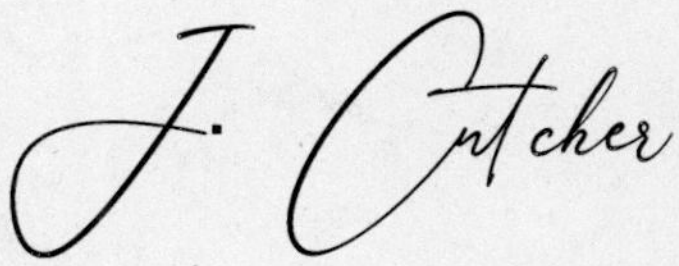

Para GRACIELLE BARBOSA (in memorian), cuja amizade, comprometimento e profissionalismo fizeram de mim a pessoa que sou hoje. Espero que esteja orgulhosa, de onde estiver. Obrigada! Eu te amo pra sempre, amiga!

PLAYLIST

Ouça a playlist do livro no Spotify.
Basta apontar a câmera do seu celular para o QR code.

PRÓLOGO

TOMAS

Estaciono o carro no *campus*, bem próximo à entrada do meu prédio. Adoro ter a Universidade como quintal de casa, nada poderia ser mais prático. Principalmente nos dias em que as minhas aulas começam logo cedo. Sou grato por não precisar madrugar, e nem pegar trânsitos impossíveis para conseguir chegar a tempo na faculdade.

Abro o porta-malas para pegar a caixa que trouxe da casa dos meus pais, com algumas das minhas coisas que ainda estavam por lá. Chama minha atenção uma aglomeração próxima da fonte principal do *campus*, que causa alvoroço. Várias pessoas estão reunidas, com cartazes e placas, em uma espécie de manifestação. Decido deixar a caixa para depois e me aproximar para saber do que se trata. Não nego que sou um cara curioso.

Chegando perto, abaixo o som dos fones de ouvido por apenas um instante e percebo, pelos escritos e gritos de guerra, que o protesto é sobre algo relacionado à preservação de fontes renováveis da natureza e conscientização acerca da crise hídrica do planeta. Vou me enfiando no meio da multidão, aproximando-me do punhado mais denso de gente, percebendo que estão presentes também pessoas importantes da Universidade, como o reitor e os coordenadores de alguns cursos. Parece que o negócio é sério e de maiores proporções do que eu imaginei.

Ouço o som de gente pedindo passagem, e pessoas com microfones e câmeras vão se enfiando no meio de nós.

Imprensa? Uau! Realmente é coisa grande!

Aproveito o caminho que os repórteres abrem no meio da multidão para seguir adiante, até que finalmente paro, hipnotizado pela cena que vejo à minha frente, e que, provavelmente, é o foco de todos os que estão aqui em volta: uma mulher está simplesmente de pé, parada, dentro da maior fonte de água da faculdade. Ela estaria inteiramente imóvel — mesmo com água até os joelhos e a fonte jorrando por todos os lados, bem em cima dela —, não fosse a respiração ofegante, que faz seu peito subir e descer continuamente. Com os olhos fechados, está totalmente vestida, e completamente encharcada.

Nos fones, *O Children*, de Nick Cave & The Bad Seeds, grita em meus ouvidos, e fico impressionado em como a música se harmoniza com a cena, arrepiando-me. Reitores e professores parecem implorar para ela sair dali e ouço, uma vez que a música já está no fim, os colegas da mulher gritarem, avisando que a moça só sairá quando a Universidade aceitar se reunir com o corpo estudantil, acho que para tentarem um acordo sobre a utilização consciente das fontes de água, evitando o desperdício. A causa é realmente nobre, devo admitir. E pela mesma, criou-se um completo caos.

— Sabe quem é a garota na fonte? — Tiro os fones e pergunto a uma manifestante que está ao meu lado, segurando uma das placas, onde se lê "Água: se souber usar, não vai faltar".

Ela me encara, com um olhar animadíssimo, ao responder:

— Aquela é Vivian, a idealizadora de tudo isso. E pensar que ela acabou de entrar na faculdade. Eles devem ter se arrependido um milhão de vezes por tê-la aceito aqui. — Dá uma gargalhada, e acabo sorrindo junto. — Ela estuda Ciências Políticas e Meio Ambiente. Será uma dor de cabeça para esse lugar, pode apostar. Quiçá, para o mundo! — E sorri, com sinceridade. — Eu sou Valerie, a propósito.

Ela me estende a mão, e eu retribuo:

— Tomas, muito prazer.

Não duvido que a tal mulher poderá, de fato, ser uma grande dor de cabeça para muita gente. A estudante obteve uma enorme repercussão com algo que era para ser um simples ato de protesto. Volto minha atenção para a tal figura feminina e enigmática, e finalmente a vejo se elevar, em postura vitoriosa ao sair da fonte, com a reunião com a Universidade previamente marcada, além de entrevistas agendadas na TV local.

Na verdade, observo bem mais do que isso. A roupa da mulher, colada em seu corpo molhado, faz o meu responder, quase que de imediato. Ela está encharcada, e é claro que seus mamilos estão marcados e duros debaixo da camiseta fina, cor-de-rosa claro. Seios perturbadoramente suculentos. Os cabelos longos e escuros estão pingando, e logo penso em como seria enrolar meus dedos neles. A calça, colada às pernas, quadris e bunda, dá uma visão prévia de um corpo delineado e firme. E quando menos percebo, meu fascínio e instinto protetor — e predador —, fazem-me aproximar-me dela, oferecendo meu casaco.

Eu sei, eu sei. Eu não presto.

— Oh, obrigada, mas não acho que vá ajudar muito. — Ela sorri, apontando para o próprio corpo encharcado.

Ah, eu estou vendo você, *baby*. Pode ter certeza disso.

— Bem, a minha casa fica exatamente ali. — Aponto para o prédio atrás dos arbustos. — Se quiser se secar e aquecer, eu adoraria fazer um chá quente ou servir um vinho para a nossa heroína — falo como se de fato estivesse ali envolvido na causa, e tento disfarçar no tom as minhas reais intenções, enquanto meu pau se manifesta dentro da calça, em resposta à proximidade úmida e tentadora dela.

— Sério? Eu não estou em condições de recusar. — E dá de ombros, com seus incríveis olhos brilhantes, e toda uma aparente inocência. — Eu sou Vivian.

Ela estende a mão, que tomo na minha. Apesar de gelado, seu toque aquece meu corpo inteiro em uma fração de segundos. Fico com medo de ela sentir meu tremor, mas a menina está com frio, então acho que estou seguro.

— E eu sou Tomas. Vamos?

— Um segundo... — Ela começa a procurar entre a multidão, até que encontra uma figura conhecida, de cabelos cheios e encaracolados, cor de mel. Vivian grita para chamar a sua atenção. — Valerie! Ei, Val! Aqui!

Faz sinal com o braço, chamando a colega, que vem ao nosso encontro.

— Fala, garota! Pelo amor de Deus, Viv, você vai pegar uma pneumonia, precisa se secar!

Viv... Gostei desse apelido, menos óbvio do que Vi ou Vivi.

— É sobre isso mesmo, estou indo ao apartamento do Tomas, naquele prédio. — Ela aponta e entendo de imediato o que está fazendo.

— Nono andar, apartamento 902 — interrompo-a.

— Se eu não aparecer nas aulas amanhã, você sabe onde mandar a polícia investigar. — Ela me olha e sorri, e eu valorizo muito sua preocupação em deixar a amiga saber do seu paradeiro.

— Beleza, deixa o celular ligado — Valerie responde, dando um beijo na bochecha da colega.

Andamos até o apartamento, e ela é parada algumas vezes por pessoas que a cumprimentam. Ao chegarmos, logo pego para Vivian um jogo de toalhas, indicando onde fica o banheiro.

— Posso tomar um banho quente? — ela pergunta, ainda estremecendo de frio.

— Claro! Lá dentro tem tudo o que você precisa, fique à vontade!

Ela segue para o chuveiro, e eu grito:

— Vinho ou chá?

— Chá, por favor! — ela grita de volta.

Eu lamento. Um vinhozinho tem o seu valor, ainda mais quando a gente quer ver uma mulher ficando mais, digamos, desinibida. Fui um idiota em oferecer o chá.

Coloco água para ferver em uma chaleira, enquanto a imagino no banho fumegante, e estou excitado em um nível alto demais, até mesmo para mim. Ainda mais se tratando de uma mulher que conheço há cinco minutos. Só pode ser a imagem do seu corpinho molhado dentro daquelas roupas coladas. Ou a forma natural e desinibida como age. Sei lá! Tento acalmar os meus ânimos, já que pareço um adolescente tomado de hormônios. Não posso assustar a garota. Apesar de tudo, ela parece do tipo fofa, e isso é um perigo. As fofinhas se magoam facilmente. Mas Vivian não pode ser tão fofa assim, se hoje se colocou na linha de frente de uma batalha que ela mesma criou, ou pode?

Em poucos minutos ela aparece, com uma toalha enrolada no corpo e outra na cabeça, carregando as roupas encharcadas nas mãos. Fico parado observando a cena, boquiaberto, por um tempo que não sei precisar.

— Me desculpe! — Recobro minhas faculdades mentais. — Esqueci de separar uma muda de roupas pra você. Primeiro, me dê as molhadas, vou colocar na secadora.

Coloco as peças na máquina, e, em seguida, vou para o quarto. Pego uma camiseta e uma calça de moletom, que sei que ficarão largas nela, mas não tenho nada muito diferente a oferecer. Quando lhe entrego as roupas, não consigo evitar lamber os lábios, ao realizar a ideia de que Vivian está só de toalha na minha frente. Ela parece alheia ao meu reflexo predatório.

— Obrigada! — agradece e volta ao banheiro, aparecendo em seguida, vestida e penteada, com os cabelos ainda úmidos.

Sou um excelente observador da beleza feminina, e posso dizer que a de Vivian é delicada, mas, ao mesmo tempo, sedutora. Seus traços são suaves, porém, as curvas são acentuadas e desenhadas. Tudo parece harmônico no seu corpo: seios que devem caber direitinho nas mãos — imaginei quando os vi na camisetinha convidativa que ela usava —, bunda pequena e empinada, cintura fina, que termina em quadris mais largos, coxas firmes, braços delicados, pele clara, porém com ombros e colo salpicados de muitas sardas, um charme, aliás!

Não é alta, nem baixa, acredito ter entre 1,65m e 1,70m. É uma mulher linda, e qualquer homem adoraria se afundar nela por horas. É verdade que meu instinto canalha imediatamente apitou ao vê-la molhada naquela fonte, com a roupa grudada ao corpo. E sei bem que todo o resto acabou sendo um meio para um fim: trazê-la ao meu apê, aquecê-la e alimentá-la, para me perder nela depois.

— Então, você é a responsável pelo protesto? — Entrego-lhe uma caneca de chá bem quente, e um pratinho com alguns biscoitos amanteigados. Ela se senta no chão, recostando-se no assento do sofá. Em seguida, fecha os olhos e respira o aromado líquido perfumado, gemendo no fundo da garganta, e me agradecendo. Sinto meu pau se estrangular na cueca.

Eu sou um desgraçado, mas que mulher gostosa do caralho!

— Sim e não. Na verdade, eu tentei falar com o reitor antes de tudo isso, a respeito do desperdício de água dessas fontes da Universidade. São doze delas no total, e em nenhuma é utilizada água de reaproveitamento. Um completo absurdo! Montei um esboço de um pequeno projeto, de como a entidade poderia economizar litros de água por hora, apenas com revezamentos simples, ou com o uso das fontes somente em eventos, ou, principalmente, com adaptações para a reutilização da água. Ele disse que eu era apenas uma caloura sonhadora, e que a vida ainda me ensinaria muito. Eu tive de mostrar que, sonhadora ou não, eu não desisto de algo que acredito. Quem aprendeu agora, hã?

Ela dá de ombros e sorri, como se falasse de uma trivialidade qualquer. Seus movimentos são simples, ela fala sem pretensões, não tem uma gota de egocentrismo, ou sedução. Ainda assim, é uma deusa. Eu foderia seu corpo, sua boca inteligente e seu cérebro, agora mesmo.

— Fascinante... — Minha voz sai rouca e, pela primeira vez, eu a vejo ruborizar. Pelo visto, não está acostumada a elogios. Ou percebeu meu tesão latente. Mudo de assunto e, sem nem notar o que estou fazendo, pergunto: — E cadê o namorado que não estava apoiando a manifestante?

Ela franze o cenho, sinceramente confusa.

O que diabos eu estou fazendo?

— Namorado?

— Ou um ficante, talvez?

Que diferença isso faz? Por que estou me preocupando com isso?

— Ah, estou em um momento celibatário. Meu último romance foi uma catástrofe — responde de maneira dramática, e seus olhos se enchem de lágrimas. — Tenho dedo podre pra homens, só atraio canalhas. E o pior, me apaixono perdidamente por eles. Sou uma canceriana fodida, que ainda acredita no amor.

Minha cabeça se acende em um alerta vermelho. Uma inocente garota, que não percebe o próprio potencial de sedução, tudo bem. Eu adoraria fazê-la despertar em sua sensualidade. Inclusive, além da beleza, acho que isso é o que mais me atraiu. O homem rudimentar em mim adorou reconhecer uma garota inocentemente sensual nela. Com isso, eu sei lidar. Mas, uma romântica... Aí não dá para mim.

Vivian disse ainda que atrai canalhas... E eu acredito, porque estou aqui, querendo levar essa mulher para cama desde que botei meus olhos nela. Porém, o jeito todo romanticozinho com que falou agora, mostra-me uma zona de perigo na qual eu realmente não estou nem um pouco disposto a entrar.

A menina acredita em signos, pelo amor de Deus!

Uma pena que meu pau não concorda com a minha cabeça, pois a minha ereção segue firme, forte e rígida dentro da cueca.

Tento mudar de assunto, falando sobre qualquer coisa que não sejam relacionamentos, e sexo, e sardas, e romances, e roupas molhadas, e paus latejando em calças apertadas.

— Pelo amor da deusa, é sério que está amanhecendo? — Vivian pergunta, com os olhos arregalados.

Observo a varanda recebendo os primeiros tons de claridade do dia, e acho graça da expressão dela.

Conversamos a noite toda? Passei madrugada adentro apenas me comunicando verbalmente com uma mulher?!

Pior que, sinceramente, nem senti o tempo passar. Falamos sobre tudo. Minha família, a família dela, nossas escolhas de curso, um pouco sobre o passado, milhares de planos de futuro, gostos pessoais, religião, política... Inclusive, ela me mostrou uma lista de todos os pontos turísticos que quer conhecer ao redor do mundo. Esse é seu maior sonho, e até então, ela só conseguiu chegar à Estátua da Liberdade, por ser geograficamente mais perto.

Enfim, debatemos, rimos e implicamos um com o outro, como se fôssemos velhos conhecidos. Vivian se mostrou uma mulher inteligente, interessante, engraçada, intensa, e muito dramática, um conjunto realmente peculiar. Foi estranhamente confortável e fácil estar com ela, coisa que definitivamente não acontece quando estou com mulheres. Geralmente, quando saio com uma, passo alguns momentos com ela, eu a fodo gostoso pelo tempo que for, e vou embora.

Simples, fácil e indolor. Pelo menos, para mim.

— Nem senti as horas passarem. — Ela boceja, espelhando o mesmo que eu estou pensando. Levanta-se do chão, onde passamos a noite, sentados, e se espreguiça. — Bem, agradeço muito a companhia e tudo o que fez por mim, mas preciso correr. Parte do meu material está em casa, e moro muito longe. Tenho pelo menos uma hora e meia pela frente de ida, e o mesmo tempo até voltar. Ainda bem que as minhas aulas de hoje só começam à tarde.

— Nossa! Você deveria encontrar algum lugar mais perto do *campus*, deve ser uma tortura enfrentar isso todos os dias.

Entrego suas roupas secas, que acabo de tirar da máquina. Ainda estão mornas.

— Tenho pensado realmente nisso, mas é tudo tão caro por aqui — lamenta, enquanto segue para o banheiro.

Um pensamento me surge, e pisco um par de vezes, um pouco atordoado comigo mesmo. Não tenho tempo de refletir, pois Vivian logo retorna, entregando-me as roupas que usava, já dobradas. Quando as pego, seguro suas mãos ao mesmo tempo, e antes de soltá-las, faço a proposta óbvia e catastrófica que vem à minha mente:

— Por que não vem morar comigo?

CAPÍTULO 1

TOMAS

Saio do elevador na direção do apartamento, carregando uma caixa de pizza numa das mãos, enquanto alcanço as chaves no bolso da calça com a outra. O odor de carpete recém-lavado do prédio contrasta com o cheiro de *pepperoni,* deixando-me um pouco nauseado. Porém, nada chega perto do mal-estar que sinto quando ouço o som vindo de dentro do apê, antes mesmo de chegar à frente da porta. *Sign Of The Times,* de Harry Styles, ressoa em volume alto e, enquanto giro as chaves, me antecipo, respirando fundo. Já sei o que aconteceu.

De novo.

Preparo-me para a cena que irei encontrar, e assim que dou o primeiro passo para dentro, tento avaliar o estrago. Vivian está deitada no sofá, com o maldito roupão cor-de-rosa, de corações brancos, que usa sempre que está profundamente infeliz, como a própria mesma costuma dizer. Leia-se sempre que termina um namoro. A menina está chorando copiosamente, inúmeros lenços de papel estão jogados pelo chão ao seu redor, e um permanece remanescente na mão direita, apertado entre seus dedos. A mão esquerda segura uma fotografia junto ao peito.

Sinto-me no meio de uma comédia romântica dos anos 2000, e espero a qualquer momento que Reese Whiterspoon ou Rachel McAdams apareça pelo corredor, com colheres e potes de sorvete *Ben & Jerry's*.

Tirando-me do meu devaneio, a música termina, e começa novamente. Provavelmente foi programada para tocar em modo *repeat*. É típico de Vivian investir no sofrimento.

— *Alexa*, parar música! — Dou a ordem ao aparelho, enquanto coloco as chaves e a caixa de pizza em cima do balcão da cozinha.

Viv se senta, assustada. Obviamente, não havia notado minha chegada.

Vou até à geladeira, pego duas cervejas e tiro as tampas. Sigo até o sofá, sendo acompanhado pelo seu olhar e seus soluços, até me afundar ao seu lado.

— O que o desgraçado fez dessa vez? — Estendo uma garrafa para ela.

— Por que tirou a música? — Funga, um tanto indignada, mas visivelmente sem energia para discutir; mal tem forças para pegar a *longneck*.

— Porque, obviamente, você precisa mais de uma companhia para se indignar com você do que de música depressiva. Vamos, querida *Rudolph*, me encha com toda essa sua merda.

Vivian faz beicinho mediante a menção do "apelido carinhoso", logo voltando à sua conhecida posição encolhida, que chamo de "ode ao espancamento emocional".

— Ralf me deixou. Dois dias depois de combinarmos um fim de semana romântico naquela cabana em Vermont, que Valerie foi com Link. Era meu sonho ir lá, sempre foi, você sabe. Organizei tudo com o maior amor, e ele simplesmente acordou e decidiu que não me ama mais.

Ah, baby, não é assim que funciona. Homens não deixam de amar do dia para a noite. Mas, não direi isso agora.

Observo a aparência chorosa de Viv. O rosto fino e delicado está rosado, com ênfase para o nariz pequeno e arrebitado, que sempre fica vermelho vivo nessas situações. Por isso o apelido relacionado à rena do Papai Noel. Os olhos estão inchados, e sempre que chora, o castanho dá lugar a um tom mais claro, quase esverdeado. Lábios vermelhos e molhados de lágrimas ainda tremem, tentando controlar os soluços. Os cabelos ondulados e escuros estão presos em um coque bagunçado, mas muitos fios caíram e colaram ao seu pescoço. O roupão entreaberto mostra um *baby doll* velho e cinza, de alcinhas, e short estampado de ovelhinhas. Nos pés, meias térmicas, felpudas, listradas de preto e branco.

Ela está uma verdadeira bagunça, inegavelmente. Mas, a danada é linda até assim.

Conheço a minha melhor amiga há mais de quatro anos, desde que viemos morar perto da Universidade. Eu cheguei primeiro. Passei para o curso de Arquitetura e Urbanismo e, quando comecei a procurar locais para me mudar, me apaixonei por esse apartamento.

E é um lugar incrível, mesmo!

Para começar, fica no nono andar, ou seja, longe do barulho lá embaixo. A sala tem bom tamanho, paredes brancas, com pé-direito alto e uma ampla varanda integrada, que enchi de verde; porque sou apaixonado por paisagismo. O piso da sala e dos quartos é laminado, em tom de madeira bem clara, e o da cozinha e dos banheiros, um porcelanato branco e brilhante.

A cozinha não é enorme, mas tem móveis todos claros, dando a sensação de amplitude, além de serem planejados e integrados aos eletrodomésticos em inox. Ela é separada da sala por um balcão de mármore branco e banquetas combinando, o que confere um ar moderno e sofisticado ao local.

Saindo da sala, tem um corredor que leva ao banheiro social, onde tem um boxe em *blindex*, uma pia de granito branco, acoplada em um armário completo, com espelho, além da privada de porcelana branca, obviamente. Esse é o banheiro de Viv, pois quando ela se mudou, eu já estava instalado na única suíte. No corredor, de frente para o banheiro social, fica o meu quarto. O meu banheiro integrado é praticamente igual ao outro, a única diferença é que tem também uma banheira. Meu quarto tem um guarda-roupa embutido, enorme, portanto, com muitos espaços sobrando. Uma cama *king size,* fica exatamente no meio do quarto, coberta de lençóis e colchas, sempre brancos, beges e cinza. Na frente da mesma, está uma escrivaninha e uma cadeira — que nem uso, além de jogar as coisas em cima —, uma TV de 60 polegadas instalada na parede, e só. Tudo bem *clean* e sóbrio.

Ao lado do meu quarto fica o de Vivian, que é bem mais, digamos, peculiar. A cama é de casal, coberta sempre de colchas rendadas, bordadas e com babados. Em cima, um monte de almofadas felpudas, rosa e lilases. A maior fica destacada no meio das demais: a pelúcia da coruja branca do *Harry Potter,* Edwiges, que dei para ela de aniversário, dois anos atrás. Aliás, sei tudo sobre *Harry Potter*, Viv me fez maratonar todos os filmes com ela, mais de uma vez.

Continuando, ao lado da cama tem uma mesinha de cabeceira com um abajur cor-de-rosa, combinando com a cor da penteadeira, que fica em frente, e contém um espelho enorme, cheio de luzes ao redor, além de várias maquiagens arrumadas em potinhos, acomodados um ao lado do outro. Perto do abajur, um pequeno despertador, a lista de pontos turísticos que Vivian quer visitar ao redor do mundo, digitada e plastificada, e o espaço que antes era preenchido com a foto dela e do babaca do namorado, que à propósito, nunca me convenceu.

O guarda-roupa de Viv foi envelopado de rosa-chá. As paredes do quarto são brancas, porém cobertas de pequenos quadrinhos com fotos de vasinhos de flores, formando mosaicos. Um enorme pôster do Bon Jovi, sua banda favorita, também ocupa boa parte da parede. Um típico quarto de menina, onde mora um mulherão, que apenas não se reconhece em seu próprio lugar. Acho um cômodo muito cheio de informações para meu gosto.

Logo que me mudei, coloquei um anúncio procurando alguém para dividir o apê, pois um lugar tão incrível como esse, não seria barato. Não é somente pelo dinheiro, pois faço parte de uma empresa familiar, desde antes de entrar para a faculdade. Tenho uma família de arquitetos, sempre amei estar no meio disso, e já trabalhava na empresa do meu pai, como auxiliar, desde adolescente. Tenho a ajuda dele, da minha mãe e dos meus irmãos, que tiveram a mesma sorte, para investir na minha carreira. Mesmo assim, eu nunca quis me utilizar disso de forma leviana. Quero lutar pelo meu lugar. Tenho ótimas oportunidades, e obviamente me valerei delas, mas não serei, nunca, um oportunista ou aproveitador. Quero enfrentar as minhas batalhas. Portanto, dividir o apartamento era algo óbvio para mim, desde o início.

Recebi algumas pessoas para entrevistar, e quando estava quase fechando com um estudante de direito, conheci Vivian. Logo em seguida, ela veio morar comigo, o que colocou uma pá de cal em qualquer possibilidade de conjunção carnal entre nós, digamos assim, mesmo eu querendo muitíssimo. Entre colegas de quarto, precisa haver certos limites. Só assim para a coisa funcionar, e até eu, um canalha assumido, sei disso.

À medida que Vivian e eu fomos nos conhecendo e convivendo, simplesmente nos unimos. Emocionalmente mesmo, de modo diferente. Criamos laços, por assim dizer. Nós nos tornamos melhores amigos um do outro, e, a partir daí, não poderíamos ser mais do que isso. Até porque, eu nunca me permitiria magoá-la. Jamais aguentaria que ela saísse da minha vida. Vivian se tornou minha parceira, minha família. Mataria e morreria por ela. E falo sério quando digo, com absoluta certeza, que a danada me ajudaria a esconder o corpo.

No fim, foi isso: Viv entrou na minha casa e na minha vida, e nunca mais saiu. Coincidentemente, ela precisava de um lugar para morar, e eu, de alguém para dividir. Fomos o *match* perfeito. E pensar que, no início, tudo o que eu queria era me afogar no corpo da mulher que, hoje, é quase uma irmã para mim.

Quase...

Por isso que vê-la sofrendo desse jeito, apesar de todo o drama que ela sempre acaba colocando a mais no meio de tudo o que acontece consigo, faz minhas orelhas queimarem de ódio. Uma raiva imensa me consome, e não só do babaca que ela chamava de namorado, mas de Vivian também. Dele, por fazer sofrer uma mulher igual a ela. Dela, por se permitir passar por isso por causa de mais um idiota. Haja dedo podre para homem, como Viv mesma me disse, há quatro anos!

CAPÍTULO 2

VIVIAN

— Eu quero morrer! — Tomas revira os olhos, eu cruzo os braços, indignada por ele não entender o tamanho da minha dor. — Você não imagina a magnitude do meu sofrimento, ok? Eu amava mesmo Ralf. Ainda amo. Pensei que tinha achado o cara certo, dessa vez.

— Para começar, Vivian, o cara certo nunca terá um nome que mais parece um latido de cachorro.

Dou um tapa nele, que não segura o riso, e eu acabo rindo junto.

— Que ódio! Eu não quero rir, eu estou sofrendo, Tomas, sofrendo real!

— Está mesmo?

Olho para o meu amigo, sem acreditar na pergunta. Tanto, que abro e fecho a boca duas vezes, antes de responder:

— Está de sacanagem? Olha para mim! — Abro os braços, mostrando o grande saco de estrume que estou parecendo no momento.

— Estou vendo. Mas, o que estou perguntando é: está assim por estar mesmo sofrendo, ou porque acredita que deve sofrer?

Fico encarando Tomas por alguns segundos. Claro que estou sofrendo, gente, que pergunta mais descabida!

Eu sei que meu namoro andava estremecido há um par de meses. E, sim, sei que Ralf andava relapso e distante, parecia ter perdido um pouco do interesse em mim. Mas, eu estava empenhada em recuperar o fogo da paixão. Tanto que dei a ideia do chalé, e ele topou na mesma hora.

Por que concordou, se já pensava em terminar comigo?

— Estou sofrendo — determino, com pouca convicção.

Tomas não percebe ou decide não retrucar.

— Tudo bem! — Ele dá de ombros. — e então, pegue sua cerveja e vamos sofrer no balcão da cozinha, enchendo a barriga de pizza, porque se tem uma coisa que gosto em você, é o fato de nada tirar a sua fome.

Levanto e o sigo até o balcão, mas antes de nos sentarmos, ouvimos o som da campainha. Só uma pessoa tem a chave da portaria além de nós dois, portanto, Tom abre a porta sem precisar ver quem é. Valerie, com seus cabelos cheios e esvoaçantes de Merida — aquela princesa da *Disney* de cabelos volumosos —, entra pelo apartamento. Ela parece um furacão, pisando fundo, com sangue nos olhos, a irritação latente preenchendo todo o espaço.

— O que aquele desgraçado fez? Como você está? — Ela se aproxima de mim, tentando colocar um pouco de suavidade na voz, ainda riscada pela raiva.

Demonstro uma confusão nítida, olhando dela para Tomas, que em nenhum momento, desde que lhe contei o ocorrido, saiu do meu lado. Ele não poderia ter dito nada a Valerie.

— Ué, como você sabe?

— Como eu sei? *Todo mundo sabe*! As fotos dele com Maggie estão rodando por todos os grupos de *WhatsApp* da Universidade. Você não viu?

Meu sangue gela. Tomas arregala os olhos e se aproxima, mas me levanto de súbito, atropelando-o, e busco o meu celular no sofá. Entro no primeiro grupo que vejo, e tem dezesseis fotos não baixadas, seguidas de um monte de comentários, que não me preocupo em ler. Faço o *download* das imagens, e vou passando uma por uma. A cada foto que vejo, um pouco mais de sangue vai se esvaindo do meu rosto. Ralf e Maggie se beijando à entrada do cinema. Maggie sentada no colo de Ralf no McDonald's. Ralf colocando brincos em Maggie, em uma loja de bijuterias qualquer. Maggie nua da cintura para cima, sentada com Ralf, no banco de trás de seu carro.

Fico zonza, e sinto a bile subir pela garganta. Tudo isso é demais para mim. Jogo o celular no sofá e corro para vomitar no banheiro, sendo seguida por Valerie, que varre os fios soltos do meu coque para longe do meu rosto.

— Calma, meu amor, ele não vale isso!

Ela umedece uma toalha na pia e a passa pelas minhas bochechas e testa. Vomito mais duas vezes, mesmo sem ter mais nada no estômago para sair.

Vou até a pia e lavo a boca, bochechando com *Listerine*, para afastar o gosto azedo que sinto no momento. Valerie me pega pela mão e me leva até a sala, onde Tomas está em pé, de frente para o sofá, com o meu celular na mão.

— Essa Maggie é a sua dupla de trabalho em sala de aula? — A voz sai entredentes, e ele parece furioso.

Faço que sim com a cabeça. Tom se aproxima de mim e me abraça. É como uma parede forte à minha volta, um escudo, e eu apenas desabo, chorando de soluçar, o corpo estremecendo, e as pernas cedem ao peso dessa revelação. Meu amigo me pega no colo, sentando-se comigo no sofá e me abraçando apertado, como se eu fosse uma criança indefesa.

— Como essa desgraçada pode fazer isso com você? Ela era sua amiga! Pelo menos, dizia que era. Eu sei que de homem a gente sempre espera o pior, mas de uma mulher? Cadê a porra da sororidade? — Valerie segue revoltada, aparentemente, mais ainda com Maggie do que com Ralf.

Para mim, a traição é dupla. É igualmente terrível. Os dois foram desleais, e a decepção é a mesma. Mas o amor, eu sentia por ele. Lealdade, eu esperava dele. Os sonhos e planos, eu construí com o meu namorado, não com Maggie. Quem era comprometido comigo, no fim das contas, era Ralf. O que ele fez, dói muito mais.

— Eu percebi que ele andava distante, eu só não conseguia entender — digo, entre soluços.

Meu nariz escorre e tento encontrar os lenços, mas Tomas pega as pontas das mangas de seu moletom e seca o ranho, aparentemente, sem nojo nenhum.

— Quem será que tirou essas fotos? — ele pergunta a Val, que dá de ombros.

— Não sei. Alguém que gosta muito da Viv, talvez? Mas não duvidaria que a própria Maggie planejasse isso, para fazer com que as imagens chegassem até Vivian, e ela terminasse com Ralf.

— Nem precisou disso. — Fungo mais alto, e Tomas volta a secar meu nariz.

— Bem, se realmente o intuito era esse, o tiro saiu pela culatra. Os alunos estão acabando com os dois. Você é amada por geral desde aquele primeiro protesto, sabe disso. Tem uma comunidade inteira revoltada por você, é só ler os comentários nos grupos. Eles estão muito ferrados.

Estremeço, e Tomas me aperta ainda mais. Ele permanece quieto, e Valerie pede licença para ir ao banheiro. Aquiesço, exausta, deixando o meu corpo relaxar um pouco no do meu amigo. Sinto minhas pálpebras começando a pesar...

Abro os olhos, assustada. Pisco algumas vezes, acostumando-me à escuridão do quarto. Ainda um pouco perdida, sento na cama, sentindo o meu corpo todo dolorido. Olho para o despertador na minha cabeceira, e é 1h20 da manhã. Devo ter apagado no colo de Tomas, e ele me trouxe para cá. Coço os olhos, tiro as pernas de debaixo do edredom, e corro para o banheiro, apertada para fazer xixi.

Depois de me aliviar, vejo a porta do quarto de Tomas fechada, mas percebo por baixo da mesma, que a TV está acesa. Bato, aguardo ele responder, e abro uma frestinha em seguida.

— Oi... — cumprimento baixinho, e Tomas se senta na cama, abaixando o volume.

— Bichinha! Você está bem? Precisa de algo? — Ele vem ao meu encontro, pegando-me pelas mãos e puxando para dentro.

Amo esse nosso apelido carinhoso, de bichinho e bichinha. Isso surgiu no primeiro semestre, quando Tom fez um corte de cabelo que deu muito errado, e eu brinquei que ele estava parecendo um "bichinho de matar com pedra". Desde então, só nos chamamos assim.

— Posso deitar aqui um pouco? Perdi o sono.

— Claro, não é como se fosse a primeira vez.

Tomas dá uma risadinha, provavelmente se lembrando das várias outras ocasiões em que acabei adormecendo na sua cama, assistindo filme, conversando ou chorando minhas dores de cotovelo. O bichinho nunca reclamou, sempre teve muita paciência comigo. É o melhor amigo que eu poderia desejar. Ele me puxa para me deitar, e me cobre até o pescoço com o seu edredom macio e quente. Tomas tem os melhores e mais confortáveis edredons. Depois, dá a volta, e se deita ao meu lado.

— Quer conversar? — oferece, e me viro de lado, ficando de frente para ele, apoiando o corpo em um dos cotovelos.

— Tom, você é homem, certo?

Um brilho malicioso corre por seu olhar, e ele dá um sorrisinho de lado, meio torto e sexy.

— Que bom que finalmente notou.

Eu dou um soco em seu braço, e ele ri uma risada espontânea.

— É sério, idiota. Me diz uma coisa: o que tem de errado comigo? Porque tem algo, obviamente. Ralf foi só mais um no rol de caras podres pelos quais eu me apaixonei. O que falta em mim? O que eu faço de errado? Você, como homem, me diga: em que eu tenho que mudar?

Tomas me avalia por um tempo, esperando enxergar no meu olhar o que realmente quero com esses questionamentos. Ele é a pessoa que melhor me conhece na vida, e sabe que não estou perguntando nada em busca de elogios. E eu sou a pessoa que melhor o conhece, e sei também que não é isso que receberei dele.

— Olha, Viv, temos duas questões aqui. A primeira é que fico muito triste que, ao constatar que é continuamente enganada por um homem que não presta atrás de outro, você questione a si mesma e sua capacidade enquanto mulher. Não é sobre o que falta em você, sim, neles. E isso eu posso responder, pois se tratam de duas coisas bem simples: falta caráter e responsabilidade afetiva. É claro que ninguém é obrigado a ficar com ninguém, a vida é assim, a gente se interessa, se desinteressa, acontece e está tudo bem. Mas a forma como se age diante disso diz quem é quem. Então, não é sobre o que há de errado com você, mas com esses caras.

Reflito sobre suas palavras, considerando-as, uma a uma.

Será que ele tem razão? O problema não sou eu? Mas não é muita coincidência que absolutamente *todos* os homens que eu tive na vida foram exatamente iguais? Por que, só para mim, não existe um cara legal no mundo? Por que não consigo atrair alguém decente?

— A segunda questão — Tomas continua —, é que em uma coisa você tem razão. Tem algo que, de fato, você *precisa* mudar, e é a sua falta de critério. Com seu ideal romântico de futuro, parecido com comercial de margarina, com um casal feliz à mesa, quatro filhos saudáveis e sorridentes, e cachorros bonitos correndo pela casa, você acaba atraindo e confiando em qualquer um que te ofereça algumas migalhas de afeto. Emenda um relacionamento no outro. É tão insegura nesse sentido, que nem parece a mulher foda e confiante que é em todas as outras áreas da vida. É como se fossem duas pessoas, coexistindo dentro de uma só. Você nem sequer dá tempo ao tempo, para conhecer melhor uma pessoa, antes de se envolver. E quando menos percebe, está apaixonada por mais um homem que não presta.

— Você também não presta — rebato, querendo jogar na cara dele a fama de comedor e conquistador barato, já que estou um pouco ofendida com suas palavras, mesmo sabendo que ele tem absoluta razão. Ainda assim, o apelido de Tomas na faculdade é "perigo", pelo amor da deusa!

— Eu posso ser um canalha, safado, mas não sou mau caráter. Não iludo e nem brinco com os sentimentos de ninguém. Se fizesse isso, talvez você tivesse se apaixonado por mim também.

— Ai, essa doeu!

Tomas me puxa para perto e me abraça.

— O que quero dizer com isso tudo, minha bichinha, é que você precisa ser mais esperta e criteriosa. Parar de se entregar pra qualquer um. Você é especial demais. É linda, inteligente, divertida, e mais gostosa do que sempre aceitou admitir, para deixar que esses caras façam o que querem com você dessa maneira.

Enrubesço. Não é como se não soubesse que Tom me acha gostosa. Nesses quatro anos, obviamente já peguei vários olhares, recebi elogios, e até piadinhas maliciosas. Lido muito bem com isso, ele não me constrange em nenhum momento, mas assim, falando abertamente e no meio de uma conversa séria, fico envergonhada de ouvir.

— Eu só queria um conto de fadas, sabe? Um príncipe, em um cavalo, que me oferecesse amor de verdade. Para sempre.

— Eu sei, bichinha. Mas se serve de consolo, mesmo eu não sendo um príncipe, eu te ofereço amor e amizade eternos.

— De verdade?

— Para sempre.

Bocejo, com meus olhos começando a pesar novamente. Tomas passa o braço ao meu redor, puxando-me para mais perto. Enrosco as pernas nas dele, mas ele afasta um pouco o quadril do meu.

— Distância de segurança, *baby*. Sou seu melhor amigo, mas sou homem, e você é uma maldita sedutora. Algo pode te cutucar sem querer.

Levanto a cabeça, olhando divertidamente para ele, obviamente duvidando de suas palavras.

— Sedutora, eu?

— Você não saber disso, torna-a ainda mais. Você é uma diaba, mulher!

Sorrio, aconchegando-me em seu abraço. Sei que está falando isso para fazer com que eu me sinta melhor, e sou grata a ele.

— Boa noite, bichinho!

— Boa noite, bichinha!

Sinto em seu peito nu, forte e musculoso, com escassos pelos, o cheiro tão familiar de seu sabonete. Eu adoro, faz com que me sinta em casa. Seus braços fortes, de músculos protuberantes e veias saltadas me envolvem, dando-me sensação de segurança. Os lábios beijam a minha testa, e sinto cócegas feitas pelos cachos largos de seus cabelos, curtos e bagunçados. Meu corpo vai relaxando, enquanto o sono começa a me tomar, até que nada mais exista, além de escuridão, e do perfume agradável de capim-limão.

CAPÍTULO 3

TOMAS

Acordo morrendo de calor. Vivian ainda está enroscada em mim, seu corpo pesando em cima do meu, uma confusão de braços, pernas e cabelos. Tenho um polvo ao meu redor! Tento me desvencilhar com cuidado, para não acordá-la, e também para poupá-la do constrangimento de ver minha ereção matinal.

Vou ao banheiro me aliviar. Lavo o rosto e escovo os dentes. Encaro-me no espelho, passando apenas os dedos úmidos pelos cabelos, sem penteá-los de verdade.

Na cozinha, esquento dois pedaços de pizza no microondas, e coloco café para fazer na cafeteira. Em seguida, vou comer no balcão. Em poucos minutos, Vivian surge, com a aparência totalmente bagunçada. Os cabelos estão desgrenhados e os olhos ainda têm bastante inchaço, por isso estão pequenininhos.

— Bom dia! — cumprimento, apontando a cafeteira.

— Você é meu herói... — Ela dá a volta no balcão, e eu sorrio.

Logo, volta com o café e uma fatia de pizza fria, que é como gosta de comer no dia seguinte.

— Está melhor?

Viv me encara por alguns segundos, como se pensasse na resposta, até que dá de ombros.

— Não é como se eu não estivesse acostumada a passar por isso. Parece que nasci para sofrer.

Jogo uma bola de guardanapo amassada em seu rosto.

— Cancerianos são tão irritantes!

Ela parece gostar da deixa, pois em seguida diz:

— Então, estava pensando sobre isso... E queria mesmo falar uma coisa com você a esse respeito.

Olho para ela, confuso.

— Falar sobre o quê? Signos? Você sabe que eu não entendo nada dessas coisas.

— Não. É só que estive pensando, e você é escorpiano.

Continuo sem entender aonde quer chegar.

— Ok, e daí? Não sei o que isso quer dizer, mas você diz que eu nem pareço escorpiano, porque sou muito bonzinho.

— É que seu ascendente é peixes. Mas, não é isso que quero dizer. Você é totalmente escorpiano na parte da sexualidade. Você é safado, está sempre cercado de mulheres, pega quem quer e quando quer. É bonito, gostoso, sexy. O signo de escorpião rege o órgão sexual, então faz todo o sentido. Os escorpianos são famosos pelas habilidades na cama. São intensos, envolventes, eróticos. Têm a cabeça superaberta em relação a sexo, por isso são excelentes fetichistas. Enfim, você é um canalha perfeito!

Eu sorrio, maliciosamente.

— Parece que você tem uma descrição bem detalhada sobre mim. Aliás, então você me acha sexy? — Levanto uma sobrancelha, fazendo-a corar.

— Você sabe que é.

— Sei, mas saber que você também acha é muito bom... E aonde você quer chegar com tantos elogios, afinal?

— Eu quero que me ensine!

Sua empolgação é fascinante, mas realmente não consigo entender o que Vivian de fato quer, e minha expressão deve deixar clara a confusão.

— Quero parar de ser presa fácil, e aprender a ser canalha.

Arregalo os olhos, engasgando com o café. Tusso um pouco, para em seguida começar uma gargalhada longa, que me faz segurar a barriga. Chego a perder o fôlego, e quando espero que ela esteja na mesma página que eu, percebo que não acontece. Vivian está apenas me encarando, cheia de expectativa.

Não é possível que esteja falando sério.

— Você quer que eu crie um curso ou algo do tipo?

— Pode ser. "Como Ser Uma Canalha, em 5 módulos, por Tomas William". Eu serei sua cobaia, me ofereço em sacrifício. — Ela joga a cabeça para trás e abre os braços, como se estivesse numa cruz.

Aproximo-me, ainda com lágrimas escorrendo dos olhos, e passo os nós dos dedos pelo seu rosto.

— Minha bichinha, desculpe decepcioná-la, mas não se aprende a ser canalha. Está na essência. E mais, eu não gostaria nem um pouco que mudasse quem é por causa dos babacas que encontrou pelo caminho. Você é perfeita!

Ela se sobressalta, fazendo-me dar um pulo para trás.

—Se eu quiser, posso aprender! Não vou mudar a minha essência, não quero ser uma filha da puta igual você.

— Ei! — Faço-me de ofendido, mas ela ignora.

— Quero aprender a brincar com os homens. Anseio ver em mim essa mulher sedutora que você diz que sou, e usar isso a meu favor. Quero os caras babando por mim, e decidir se, com quem e quando. Pegar e não me apegar. Quero me divertir, quero ser safada, despudorada. E preciso que você me ajude.

Puta merda! Vivian está me pedindo para ajudá-la a ser safada! Seria um sonho? Meu maldito pau não se controla, dando sinal de vida na cueca, pedindo para que eu diga sim.

— Mulher, tem certeza do que está me pedindo?

— Sim, eu tenho!

Seu olhar é obstinado, e não há um pingo de relutância em sua voz. Lembro-me da nossa primeira conversa, há quatro anos, quando ela disse que não desiste de algo em que acredita. Sei que não vai desistir, e que se eu não aceitar ajudá-la, pode ser que peça para outra pessoa, e acabe caindo em mãos erradas.

Enfim, Vivian acha que consegue ser essa nova pessoa que tanto quer. E se ela acredita, eu acredito também.

— Tudo bem.

— Tudo bem?

— Sim, vou ajudar você a se tornar uma bela de uma canalha.

Ela pula no meu colo e dá um gritinho, quase me derrubando da banqueta, e eu a agarro e sorrio.

— Quando começamos? — Está ansiosa, o que me deixa animado, confesso.

— Calma, bichinha. Primeiro de tudo, antes de aprender a lidar com os homens, você terá de aprender a lidar consigo mesma.

— Como assim?

Eu a puxo pela mão, trazendo-a para o sofá, onde nos sentamos mais confortavelmente.

— Você precisa se conhecer, conhecer o seu corpo, passar a enxergá-lo. Ver como é bonita, gostosa. Por exemplo, o que acha que tem em você, fisicamente, que atrai os homens?

Ela pensa, por alguns instantes, antes de responder:

— Eu gosto dos meus seios. E tenho pernas bonitas.

— E o que mais? — Sei bem que a lista de atrativos de Vivian é muito mais extensa do que isso.

Ela encolhe os ombros, como se não soubesse mesmo o que responder.

— Certo, venha comigo.

Pego-a pela mão e a levo para meu quarto. Coloco-a de frente para o meu guarda-roupa, onde tem um espelho de corpo inteiro.

— Você confia em mim? — pergunto sinceramente.

— Claro que confio — ela olha em meus olhos através do espelho.

— Ótimo! Não vou ultrapassar nenhum limite, tudo bem? Mas vou lhe dizer e mostrar tudo o que um homem pode ver, se você quiser mostrar. Você precisa passar a se enxergar como realmente é.

— Tudo bem.

Coloco-me atrás de Vivian e a envolvo com meus braços. Puxo o laço do seu roupão e o retiro, fazendo-o cair pelos ombros, deixando-a apenas em seu *baby doll* de ovelhinhas. Delicadamente, desço meus dedos por seus braços. Sinto seus pelos se arrepiarem, mas tento ignorar esse reflexo.

— Você tem braços delicados, muito femininos. Dá para imaginá-los em um abraço muito facilmente. — Junto seus braços, como se ela estivesse abraçando a si mesma, com os meus por cima dos dela. — Viu como é fácil? Parece que foram feitos para abraçar.

Ela se observa com muita atenção. Adoro ver o efeito que seu olhar minucioso está causando sobre si mesma. Espero alguns segundos, até que desço novamente seus braços, deixando peito e abdômen livres.

— Sim, você tem razão, seus seios são muito bonitos. São firmes, nem grandes e nem pequenos. Abra as mãos — peço, e assim que ela obedece, as pego pelos punhos, espalmando-as sobre os próprios peitos. Tomo o cuidado de não esbarrar, o que é mais difícil do que imaginei. — Viu? São perfeitos, cabem nas mãos. Nas suas, sobram um pouco, porque são pequenas, mas nas mãos de um homem, certeza de que teriam o encaixe perfeito.

Vivian sente um pouco os peitos com as mãos, maciez, formato, peso. Parece ter um real contato com eles pela primeira vez. É muito sexy vê-la apalpando, mexendo neles. Chega a me dar calafrios por todo corpo. Quando parece satisfeita, ela retira as mãos, e as pego nas minhas.

— Essas mãozinhas pequenas, de unhas feitas, são muito sedutoras. Os dedos são compridos, dá para imaginá-los perfeitamente firmes em torno de um pau.

Viv arregala os olhos e recolhe as mãos, imediatamente. Ela abaixa o rosto, mas pego seu queixo entre o meu polegar e indicador, e o ergo.

— Ei, olhe para mim! Lembre-se, eu estou falando para você tudo o que você pode ser capaz de provocar em um homem. Sei que estou sendo rico em detalhes, mas se você quiser, posso parar a qualquer momento. Não quero te causar nenhum mal-estar.

Ela me encara com olhos indecisos, mas não demora a colocar as mãos sobre as minhas novamente, e eu sorrio. Em seguida, giro-a, colocando-a de lado para o espelho.

— Suas pernas são mesmo torneadas, firmes, pernas fortes e boas demais para se enrolar em volta de um quadril. Mas essa bunda, mulher, é uma perdição. Tão empinadinha, que quando você coloca um vestido ou saia, chega a levantar um pouco atrás. Na calça jeans, não deixa muito espaço para a imaginação.

Vivian fica observando seu bumbum, com olhar um tanto duvidoso, percebo. Acho que não gosta muito do que vê. Teremos de trabalhar em cima disso. Ela tem uma bunda linda, e precisa acreditar no que digo.

Eu a viro de frente para o espelho novamente. Passo os dedos pela linha da sua cintura fina até o quadril, por cima do pijama.

— Está vendo isso aqui? Chama-se violão. E homens adoram tocar.

Sorrio. Percebo que ela ofega um pouco ao meu toque, mas preciso ignorá-la. Meu pau está apertado dentro da cueca, e estou fazendo um esforço sobre-humano para me lembrar de que estou aqui para ajudar a minha amiga. Apesar disso, não me culpo nem um pouco. Eu gosto de mulher, porra, fazer o quê?

Vou para a parte superior, tentando manter as coisas mais seguras.

— Quando você prende o cabelo — digo, enrolando seus fios e os colocando para cima — dá pra ver o seu pescoço esguio, com essa veia pulsante, e isso é bizarramente sedutor.

Passo o indicador sobre a veia azulada, e ela deita um pouco o pescoço de lado, me fazendo prender a respiração.

Vivian fecha os olhos, e acabo espelhando o mesmo gesto, porém, eu os abro novamente e, quando volto a falar, minha voz está mais rouca:

— Dependendo da roupa que estiver usando, dá para ver também essas sardas, que são uma loucura de tão sexy.

Desço os dedos do pescoço para o seu ombro, percorrendo também a linha da clavícula.

Ela abre seus olhos, mantendo-os semicerrados. Percebo que a respiração está entrecortada, ofegante, e tremores percorrem o seu corpo. A garota está cheia de tesão. Preciso que o foque em si mesma, que perceba que isso é o que provoca nos homens. Que essa é a deusa sexy que ela é.

Conheço Vivian e sei que, se eu quisesse, a foderia agora mesmo, e lidaria com toda a merda depois. Na verdade, não é que eu não queira, porque nesse momento, não há nada que me faria mais feliz. Meu corpo está pegando fogo por ela. Sei que Viv não teria forças para negar. Está seduzida. Vulnerável. À minha mercê. Mas não é sobre mim, nem sobre nós. É sobre ela. É justamente isso que não pode acontecer. Ela tem de seduzir, não o contrário.

— Vivian, abra os seus olhos e pare de se derreter em minhas mãos.

O meu comando parece despertá-la de um transe. Ela raspa a garganta e apruma o corpo, ficando até mais alta. Parece desconcertada, sem saber o que fazer. Viro-a de frente para mim.

— Ei, não é para ficar com vergonha de nada. Vamos terminar, e depois vamos conversar, estamos em um exercício. Okay?

Ela faz que sim com a cabeça, e a viro de frente para o espelho novamente.

— Muito bem. Esses cabelos, apesar de ficarem lindos presos, soltos também são um tesão. Longos, escuros e com ondas, dá para encher as mãos com eles.

Passo os meus dedos por seus cabelos, devagar, aproveitando a sensação. Ela quase fecha os olhos novamente, posso perceber, mas se segura.

Muito bem, baby. Vai ter mesmo que aprender a se segurar se quiser que isso dê certo. Você e eu teremos.

— Agora, vamos nos aproximar mais do espelho. Quero que veja seu rosto mais de perto. — Ficamos mais próximos de seu reflexo, e a vejo engolir em seco, em antecipação. — Começaremos por esses lábios... — Passo o polegar pelo inferior. — Você tem uma boca convidativa, macia, de um tom de rosa bonito, natural. Bem apertados em volta de um pau, devem fazer miséria.

Ela ri, vira-se e me empurra.

— Você é mesmo um pervertido.

— Nunca neguei. — Dou de ombros, fazendo uma carinha inocente. — Seu nariz pequeno e empinado, por sua vez, é a coisa mais fofinha desse mundo. Ele te dá um ar de inocência. Você pode usar muito isso a seu favor, em conjunto com essa boca sexy. É uma combinação muito sedutora, essa coisa da inocência com a sensualidade.

Deixo que se observe pelo tempo que sente vontade, até que seus olhos encontram os meus no espelho novamente. Só então me sinto à vontade para continuar.

— Mas o que realmente você tem de maior trunfo nesse rostinho, está aqui — digo e a viro para mim, alinhando o meu olhar ao dela. — Esses seus olhos... Você tem olhos castanhos, meio esverdeados, pequenos. Mas são vivos, tão vivos! O seu olhar é intenso, ardente. Muitas vezes, parecem produzir pequenas chamas. Faíscas.

— Sério? Quando? — Ela parece realmente curiosa.

— Quando você está empolgada, animada. Quando está defendendo alguma coisa que acredita. Ah, e quando está com tesão também.

E cá está ela, corando novamente. Nossos rostos estão perigosamente perto, sei disso, mas não recuo nenhum milímetro.

— E você já me viu com tesão, por acaso? — Ela tenta parecer indignada.

— Pode apostar que sim. — Sorrio maliciosamente.

— Ah, é? Quando?

— Hum, não sei... Agora?

Dou uma risada rouca, e ela fica muito vermelha. Eu a abraço forte, e Vivian me dá vários socos nos braços, até que a solto.

— Você está brincando comigo. — Ela vira o rosto e faz aquele beicinho lindo de quando está magoada.

— Ei, olhe pra mim — digo, puxando seu queixo entre meu polegar e indicador. — Eu estou mentindo?

Viv respira fundo.

— Sobre o quê?

— Você não sentiu tesão aqui hoje, comigo?

Ela nega com a cabeça, mas seus lábios dizem o contrário.

— Claro que senti.

— E qual o problema em admitir isso, bichinha? Eu também senti. Somos dois jovens adultos, saudáveis e cheios de libido, é natural. Eu estou aqui, num exercício com você e para você, porém estou mexendo com a sua mente, vendo você inteira, tocando em seu corpo. Só se fôssemos feitos de gelo para não sentirmos nada.

— Mas somos amigos, Tom... — ela retruca, confusa.

— Sim, somos! Por isso, o que sentimos não é o problema. O que fazemos com isso, sim, pode se tornar um problema.

— Como assim?

— Sentir tesão um no outro em uma situação como essa, por exemplo, é absolutamente normal. E acho legal esclarecermos isso, porque vamos falar muito sobre sexo daqui em diante, então, isso pode se repetir algumas vezes. Nós nos deixarmos levar pelo momento, sem nos preocuparmos com a nossa amizade, e sem considerarmos a real importância que temos um para o outro, isso, sim, seria um problema. E não deixaremos que aconteça jamais. Nós nos amamos demais para colocarmos tudo a perder por uma boa trepada.

Vivian fita o meu rosto, à procura de algum mínimo titubear em tudo o que estou falando. Porém, ela não encontrará nada aqui. Eu realmente amo o que temos e a respeito demais para ultrapassar qualquer linha. Nem que meu pau fique prestes a explodir — o que espero que não aconteça —, eu farei algo para estragar a nossa amizade e traumatizá-la ainda mais.

Viv se aproxima e me abraça apertado.

— Obrigada por ser tudo o que eu preciso!

Eu a abraço de volta, com todo o carinho que sinto, verdadeiramente, por ela.

— Acho que a lição de hoje terminou. Quero que você a faça mais vezes, mas sozinha. Pode usar o meu espelho quando quiser. Tente se enxergar da forma como lhe mostrei hoje. O que coloquei na sua frente, é tudo o que já é seu, e que é capaz de enlouquecer um homem. Quanto mais você compreender o poder que tem nas mãos, melhor saberá usá-lo.

Saímos de todo o torpor sexual, e Vivian me ouve com atenção, fazendo sinal afirmativo com a cabeça.

— Certo, e qual a próxima lição?

Sorrio.

— Ansiosa?

— Super!

— Amanhã você tem reposição de aula?

— Não, amanhã é um bom e velho sábado comum — ela diz, juntando as mãos, como se agradecesse.

— Vamos às compras então!

Ela dá pulinhos e gritinhos felizes.

— Amei essa parte. Vamos ao shopping?

Sua animação também me anima.

— Não.

— Ué... E o que vamos comprar? Roupas sedutoras? — pergunta, mudando a voz de forma estranha, e passando as mãos pelo corpo, exageradamente, fazendo-me rir pelo nariz.

— Ainda não chegamos nesse momento, *Pretty Woman*.

— Eeeeei... Esse é meu filme favorito!

— Eu sei. E você ainda tem o nome da personagem.

— É! Mas aonde vamos, afinal?

— Você vai mesmo me fazer falar, não é?

— Claro! Aonde vamos? Aonde vamos? Aonde vamos?

A curiosidade dela é fofa, mas quando começa desse jeito, não para mais, e se torna irritante. Parece o burro do *Shrek*. Eu queria deixar o passeio ser uma surpresa, mas decido falar logo, para ter um mínimo de paz.

— Pois amanhã, querida Vivian, você e eu iremos a uma *sex shop*.

— O quê?!

CAPÍTULO 4

VIVIAN

Tomas sorri e me dá um beijo na bochecha, desejando "bom dia", e indo para o seu quarto, sem me dar chance de retrucar. Por que raios tenho de ir a uma *sex shop* com ele? Nunca entrei em uma, nem mesmo sozinha. Morro de vergonha! O máximo que já fiz foi comprar um vibrador em um *site* na internet, que veio em uma embalagem superdiscreta. Nada além disso. E nem uso tanto, para dizer a verdade. Não achei tão bom quanto imaginava que fosse.

Sou filha única, e fui criada em uma família tradicional, católica, de ascendência portuguesa. Meus pais são muito amorosos e sempre fizeram de tudo para me dar a melhor educação, secular e cristã, e, em pelo menos uma delas, não sou a pessoa que eles gostariam que fosse. Estou longe de ser uma garota submissa, virgem, resignada. Pelo contrário, sou "braba", como diz Tomas. Uma mulher forte, que luta pelo que quer, que não deita para homem — menos quando estou numa relação, porque acabo fazendo isso, mesmo sem querer —, e que já transou consideravelmente por aí. Ainda assim, algo da minha criação me acompanha. Sonho com uma família. Em me casar na igreja, de vestido e véu. E o sexo, para mim, é um pouco tradicional. Talvez eu tenha até algumas travas e tabus.

Portanto, eu não vou entrar em uma *sex shop* com você, Tomas William. Mesmo tendo uma fila de mulheres que provavelmente adorariam fazer isso com o "perigo" da Universidade.

Vou para a cozinha e tomo um copo de água fresca. Estou morrendo de sede depois de toda a experiência dessa manhã. Foi incrível me enxergar através dos olhos de Tomas. E um pouco constrangedor também. Compreender o quanto ele conhece o meu corpo, em mínimos detalhes, foi intenso. Não me sinto mal com isso, pelo contrário, saber o quanto Tom me repara, emociona-me de alguma forma. Ter alguém que presta atenção em mim dessa maneira é bonito demais. Ainda que seja o meu melhor amigo.

Aproximo-me da porta de seu quarto. Quero falar com ele sobre amanhã, senão isso vai martelar na minha cabeça o dia todo. Entro e ouço o barulho do chuveiro. Vou até o banheiro, que está aberto, e de onde sai uma névoa de fumaça e vapor. Não sei o que acontece, mas apenas sinto que preciso continuar meu caminho. Não consigo parar ou dar meia-volta, é quase como estar entorpecida. Ao chegar mais perto, minhas pernas bambeiam, e me apoio no portal, diante do que vejo: Tomas está debaixo do chuveiro, os cabelos e ombros largos sendo banhados pela água, um dos braços esticado em frente ao corpo, com a mão espalmada nos ladrilhos, e a outra, massageando o seu membro, para frente e para trás, com intensidade.

Fico hipnotizada pelo movimento, e pelos gemidos que saem da sua garganta, que se comunicam diretamente com o meio das minhas pernas. Abro a boca, buscando pequenas lufadas de ar, e aperto as coxas uma na outra, involuntariamente. Sinto-me muito excitada, e percebo minha calcinha começando a ficar molhada. Não consigo tirar os olhos dele. A mão grande desliza continuamente em volta do pau, ainda maior.

Pelo amor da deusa, ele é enorme!

O braço que faz os movimentos de vai e vem está contraído, os músculos inchados, as veias mais protuberantes estão saltadas. O V sexy que desce do seu quadril, chama a atenção no meio de todo o conjunto erótico. Lambo os lábios e engulo em seco. Sinto meus mamilos doloridos por baixo do pijama. Parece que a punheta que presencio se comunica com todo o meu corpo.

De repente, ele acelera o movimento, e eu ofego junto. Tomas geme mais e mais alto, até que solta uma espécie de urro abafado, vindo do fundo da garganta:

— Oooooh... Vivian!

Vejo seu pênis começar a jorrar, e parece que acordo de um torpor. Abraço-me e saio correndo para o meu quarto, fechando a porta e me jogando na cama. Cubro-me com o edredom até a cabeça.

Tomas gozou falando o meu nome! Que loucura!

Estou toda trêmula, sentindo um frio na barriga, e encharcada no meio das pernas. Juro que tento, mas não consigo segurar um sorriso de satisfação, porque ele me seduziu agora há pouco, e fiquei muito envergonhada por isso. Só ajudou a provar o seu ponto, de como eu sou facilmente influenciável pela minha vulnerabilidade. Só que, vendo o que acabei de presenciar, percebo que eu o seduzi também. Todo aquele papo dele sobre sentir tesão não era mentira. Tom, de certa forma, também se rendeu a mim. Tanto, que precisou se aliviar, urrando meu nome.

— Ei... — Ele abre uma fresta da porta do meu quarto, e eu descubro a cabeça para olhá-lo. — Não tem de se arrumar para a aula?

— Só vou às 17h.

Olho para seu V através da toalha enrolada no quadril. Seguro uma risada ao pensar: "eu sei o que você estava fazendooooo".

— Vou me vestir e sair então.

— Okay. Até mais tarde.

Ele sorri e fecha a porta. Abraço-me novamente e rolo na cama, sentindo-me verdadeiramente uma deusa.

De repente, a ideia de ir a uma *sex shop* com Tomas nem me incomoda mais.

Estou entediada. A aula está um saco, não consigo me concentrar, mas não tenho coragem de levantar e sair. Vários colegas já fizeram isso, e tenho pena do professor. Ele está tentando, afinal de contas.

Pego meu celular por debaixo da mesa, abro o *WhatsApp* e procuro o contato de Tomas.

Eu: Vai sair hj à noite?

Bichinho: Até ia, mas tomei um bolo.

Eu: Ora, ora, o grande fodelão foi rejeitado?

Bichinho: Ia sair com meu primo, engraçadinha, mas ele vai ter de trabalhar.

Eu: Já sei, ia com o Yuri atrás de carne nova, mas como ele não poderá, não está a fim de repetir agenda.

Bichinho: Me conhece bem.

Eu: Eu posso sair com você!

Bichinho: Ha, ha, muito engraçado.

Eu: É sério! Eu adoraria te ver em ação. Eu poderia aprender com isso, não?

Bichinho: Eu não ficaria em paz em te deixar sozinha num lugar para pegar outra mulher.

Eu: Eu posso chamar Valerie. Link foi para a casa dos pais passar o fds, ela está sozinha, pode me fazer Cia.

Bichinho: Não sei se é uma boa. Ficar sendo observado, pô, é meio constrangedor.

Eu: Ah, vamos, faz parte da minha aula prática. Laboratório.

Bichinho: ...

Bichinho: ...

Bichinho: ...

Fico impaciente. Que tanto ele digita?

Bichinho: Tudo bem.

Eu: Sério?

Bichinho: Sério. Tem razão, pode ser bom para você.

Eu: Perfeito! Seja o mais canalha possível!

Bichinho: Serei o clichê dos canalhas.

Eu: Só não magoe a mulher.

Bichinho: Isso nunca! Não de propósito, pelo menos.

Eu: Ai, estou animada! Que horas você vai para casa?

Bichinho: Já estou em casa.

Eu: Ok, eu chego às 20h.

Bichinho: Estarei à sua espera.

Eu: Vou avisar Valerie. Que a força esteja com você!

Bichinho: Você e suas referências nerdolas.

Eu: Continue me amando 😉

CAPÍTULO 5

VIVIAN

— Vai ficar aí, enquanto eu me arrumo? — Tomas sai do banheiro, de toalha enrolada na cintura, e indaga ao me ver sentada em sua cama.

— Claro! Quero ver você se aprontando para a caça. Deve ter algo de diferente. Qualquer coisa que eu possa usar quando estiver fazendo o mesmo.

— Tudo bem, você que sabe...

Ele dá de ombros e se dirige ao guarda-roupa. Tom abre uma das gavetas, pega uma cueca boxer preta, e sem a menor cerimônia, deixa a toalha cair. Tenho uma ampla visão da sua bunda, redonda e firme. Engulo em seco, quando me dou conta de que, ultimamente, tenho reparado mais do que deveria no corpo forte e másculo do meu amigo.

Ele veste a roupa de baixo e solto a respiração, sendo que nem percebi que havia prendido. Quando se vira, a visão é ainda pior: meu olhar vai parar diretamente no volume proeminente na frente da cueca. Tenho quase certeza de que meus olhos se arregalam por um microssegundo.

— Gosta do que vê? — Tomas pergunta, com uma sobrancelha levantada e um sorrisinho safado.

Raspo a garganta, piscando de volta para ele, reorganizando meus olhos e minha mente.

— Eu estou na seca, não se vanglorie tanto. Acho que só estou precisando transar.

Ele coloca uma calça jeans preta, e pega meias e sapatos para calçar, enquanto me pergunta:

— Qual a sua noção de tempo, mulher? Você acabou de terminar o namoro. Nem eu fico na seca tão rápido assim.

Abaixo a cabeça, visivelmente constrangida. Ele para, observando-me, com um dos sapatos na mão. Percebendo meu desconforto, cauteloso, indaga:

— Ei, o que foi agora?

Giro o anel de prata com pedrinhas brancas que uso na mão esquerda, um hábito comum, que repito sempre que estou concentrada ou nervosa.

— Nós já não transávamos fazia um tempo. Por isso que sugeri o fim de semana na cabana. Seria um clima diferente, num lugar romântico, pensei que poderíamos reacender alguma chama.

Ele me observa, compreensivo.

— Quanto tempo?

— Sei lá! Acho que uns cinco, seis meses, talvez.

Tomas arregala os olhos, mais do que eu gostaria que tivesse.

— Mas vocês passavam as noites juntos, todo fim de semana. Todos os sábados, pelo menos.

— Eu sei.

— E ele só virava para o lado e dormia?

— De uns tempos para cá, dizia que estava cansado, que tinha muita coisa na cabeça, que o trabalho estava sugando suas energias. Agora sei bem *quem* estava sugando e *o quê*.

Estremeço de raiva ao rememorar aquelas malditas fotos no celular. Não apaguei nenhuma. Quero-as ali para me lembrar, quando eu quiser me entregar a alguém novamente, do motivo pelo qual não devo fazer isso.

Tomas dá a volta na cama, pegando minhas mãos.

— Bichinha, sinto muito. Mas aprenda, esse é o primeiro sinal de que algo vai muito mal. Um relacionamento tão recente assim, pô, vocês estavam juntos há, sei lá...

— Um ano — interrompo-o.

— Em um relacionamento de um ano, se você passar quase a metade dele sem transar, obviamente tem algo errado. Homem nenhum dorme toda a semana ao lado de uma mulher gostosa, que acabou de conquistar, que ama, e simplesmente ignora a presença dela.

Reflito, e ele tem total razão. Na verdade, eu meio que sempre soube disso. Só não queria acreditar.

— Você pelo menos se aliviava durante esse tempo, de alguma maneira? Se masturbava?

Começo a rir, nem sei o motivo.

— Tentei, mas não conseguia manter a excitação durante a masturbação com os meus dedos. Nunca consegui. E não gosto do meu vibrador.

— Entendo... Tudo o que você tem é um vibrador?

— Sim.

— Mais um excelente motivo para irmos à *sex shop* amanhã.

Faço sinal positivo com a cabeça.

Tomas se levanta, veste uma camisa branca, de linho e botões, e dobra as mangas até os antebraços. Dá duas borrifadas de perfume, e caminha até o espelho, olhando seu reflexo. Apenas passa os dedos pelos cachos largos, sem se importar em penteá-los, e também não parece se preocupar com a barba rala, por fazer. Ele olha para mim, dá uma voltinha, e abre os braços.

— Que tal?

— Você tá lindo, mas... É só isso?— Aponto para ele.

— Como assim?

— É assim que você se prepara pra seduzir? Só escolhe uma roupa legal e fim? Não tem toda uma elaboração, sei lá, uma música enquanto faz isso, minutos de concentração, o ensaio de uma dança de acasalamento?

Tomas joga a cabeça para trás e dá uma gargalhada, mas quando volta seu olhar para mim, é diferente, muito mais intenso. É como se algo emanasse dele, uma energia sexual, libidinosa. Ele simplesmente muda.

— Não tem a ver com o que você veste ou com o que você faz, Vivian. É como você se mostra, como se comporta.

Ele se ajoelha na cama, vindo agachado em minha direção. Estou estática e prendo a respiração, automaticamente. Seus movimentos lentos, parecendo um lince, ressoam na minha virilha. Sinto meus mamilos endurecerem.

Por que o meu corpo deu para responder ao dele de forma tão absurdamente imediata? E como eu nunca percebi como Tomas é incrivelmente sexy?

Ele se aproxima, e sinto seu perfume masculino entrando pelas minhas narinas. O rosto está muito próximo ao meu, porém, sem me tocar. Eu apenas engulo. Seus olhos sustentam os meus. Nossas respirações se misturam, e nem ao menos percebi que havia aberto a boca.

— É assim que funciona, minha bichinha — ele sussurra, e sinto seu hálito quente.

Acabo passando a língua nos lábios, involuntariamente. Ele desce o olhar para a minha boca, e passa o polegar pelo meu lábio inferior. Estremeço sob seu toque. Seus dedos passeiam pelo meu rosto, mandíbula, até o pescoço, e sinto todos os pelos do meu corpo se arrepiarem.

De repente, Tomas parece se recompor, no automático. Ele raspa a garganta e se levanta da cama em um pulo.

— Lição dada, lição cumprida. — Tom estende a mão para mim, erguendo-me em seguida. — É assim que me "preparo". — Ele faz aspas com os dedos, dá uma piscadela. — Vamos, Valerie já deve estar impaciente esperando por nós.

Então, segue pelo quarto, como se o momento intensamente erótico entre nós não tivesse acabado de acontecer, enquanto eu ainda me sinto toda bamba. Realmente, eu tenho muito que aprender com esse homem.

E preciso, urgentemente, gozar.

Nós nos acomodamos a uma mesa redonda e pequena, próxima ao balcão. Valerie está com um vestido preto, que vai até os joelhos, de gola canoa e cintura franzida. Sapatos altos compõem o seu *look*, e os cabelos volumosos estão soltos. Eu optei por um macacão vinho, de calças compridas, frente única e decote em V. Prendi os cabelos em um coque bagunçado, e coloquei um par de sandálias de saltos altos, mas não tanto quanto os de Valerie. O lugar está bem cheio, como acontece com todos os bares do entorno da Universidade, em especial às sextas-feiras. Tomas aparece, trazendo os drinks que pedimos no balcão.

— Moscow Mule... — Valerie estende a mão, tomando a caneca. — Margarita... — Pego a taça de borda salgada, agradecendo. — E cerveja pra mim. À que vamos brindar? — Tomas pergunta, olhando diretamente nos meus olhos.

— À novas conquistas! — respondo, levantando minha taça.

— À novas conquistas! — eles repetem, encostando as bebidas na minha.

Olho ao redor. O *Take n' Dance* é um dos bares que mais gosto, pela atmosfera e ideia do lugar. Aqui, a premissa é dançar. Os ambientes são divididos entre o balcão de bebidas, as mesas, e uma pista de dança, que ferve a noite toda ao som de vários DJs. Todo o tipo de música rola nesse espaço, de todos os lugares do mundo. Hoje, no quadro lá fora, diz "Noite de Música Brasileira".

Logo que dou meus primeiros goles na bebida, que desce deliciosa e salgadinha pela garganta, um rapaz de aproxima de mim, tomando minha mão. Ele sorri, e eu sorrio de volta, levantando-me e o acompanhando para a pista de dança. Pegue e dance, é o nome do bar. E é exatamente isso que ele faz.

Começa uma música chamada *Voando pro Pará*, de uma cantora chamada Joelma. É o que leio no telão, pelo menos. Começamos a nos mover pela pista. Não faço ideia de como dançar isso, mas me lembra um pouco de uma lambada. Eu sigo os instintos do meu corpo, e a desenvoltura do meu parceiro, e tudo parece muito mais fácil do que pensei que seria. O rapaz alterna entre dançar junto, em um movimento uníssono de quadris, e me girar, onde me sinto flutuando pela pista. A sensação é boa demais. Quando a música termina, estou sorrindo largamente, e ele também. Agradeço pela dança, ele beija a minha mão, e eu volto para a mesa.

— Uau, não perdeu tempo — Valerie diz, abanando-se.

Realmente, aqui dentro está muito calor.

— O que posso dizer? A dança me chama. — Sorrio, tomando mais um pouco do meu *drink*, que ficou parado, esperando-me.

— Aliás, que movimento de quadris, hein? Estou impressionado. — Tomas me dá uma piscadela, e acho que ruborizo um pouco.

Pelo menos, sinto meu rosto mais quente.

Um homem se aproxima de nós, e pede a mão de Valerie. Ela está prestes a descer da cadeira, quando Tomas implica:

— Link não vai gostar nadinha disso.

Ela toma um grande gole do seu Moscow Mule, ficando com um bigodinho de espuma nos lábios, e responde:

— Então não conte para ele.

Tom dá uma risada baixa, fazendo sinal negativo com a cabeça.

Agora que estamos sozinhos, dou uma boa olhada ao redor, analisando as pessoas. Ainda não contei a Valerie exatamente sobre meu projeto com Tomas. Ainda mais, que ela sempre insinua que estamos destinados. Que nossos caminhos darão mil voltas, mas acabaremos voltando um para o outro. E por mais que já tenhamos dito que não, que somos praticamente irmãos, nada a convence do contrário. Então, sem a presença dela, consigo falar mais abertamente com Tom.

— Já escolheu alguém para esta noite?

Ele dá um gole em sua cerveja. Sua presença está tão forte e marcante, que até seu movimento de engolir é sensual. Ele tem razão, é o jeito de se portar. Tomas está absolutamente sexy. E é só o mesmo cara de sempre. Como pode?

O telão anuncia a música *Sintomas de Prazer*, de uma cantora chamada Ludmilla. Tomas levanta, entrelaça seus dedos aos meus, e me leva com ele para a pista de dança, sem dizer nada. Ele passa um braço pela minha cintura, puxando-me para si, e a outra mão segura a minha nuca, quando a música começa a tocar. A canção é lenta e sensual, e nos movemos devagar, nossos corpos muito juntos, com quase nenhum espaço entre eles.

Estou praticamente sem ação, e apenas o sigo. Tenho certeza de que ele está ficando duro sob as calças, e sinto minhas pernas virando gelatina, enquanto me seguro em seus braços. Tom mantém os olhos predatórios fixos nos meus, por um tempo que não sei precisar, até que desce a mão da nuca para a minha cintura, com seus dedos roçando em minhas costas nuas, de forma lentamente dolorosa. Ele cola a testa na minha, embalando-me ao seu movimento. Fecho os olhos, aproveitando o momento. A atmosfera é de êxtase, e desejo, e sexo.

Ele pega a minha mão e me gira, colando as minhas costas no seu peito, segurando o meu quadril, roçando os lábios pelo meu pescoço — que viro de lado, dando-lhe maior acesso —, lento e suave. Tomas me vira novamente, e se agacha na minha frente, subindo lentamente com o nariz colado no meu corpo, como se estivesse me cheirando inteira. Quase morro achando que ele vai roçar o nariz na minha boceta, que já está latejando e encharcada, mas Tom pula essa parte.

Fico agradecida por ele se lembrar dos limites, mas, ao mesmo tempo, frustrada. A quem quero enganar, afinal? Ele me deixou desejosa por isso, a culpa é dele. Estou ofegante como nunca. Tomas continua com o nariz pela minha barriga, meu decote, até chegar ao pescoço, queixo, boca, e parar com o rosto de frente para o meu.

E a música acaba nesse exato momento.

— Uma amostra grátis para você. — Ele dá um sorriso sacana, a voz não deixa de demonstrar certa rouquidão.

Pisco várias vezes, engolindo em seco, até que consigo voltar para meu eixo, e o encaro, de boca aberta.

— Uau! Você é muito bom nisso!

Ele faz uma reverência e eu me abano, ainda quente com toda a sua sexualidade eminente. Pelo amor da deusa, chega a ser sufocante!

Voltamos para a mesa, e Valerie nos observa, com um sorriso de satisfação. Ao que parece, o garçom acaba de reabastecer nossas bebidas, e eu viro a minha taça de uma vez, só parando quando o líquido termina.

— O que foi? — pergunto a ela, que não para de me encarar.

— Nada não.

Tomas dá um gole em sua cerveja, e parece completamente sob controle de si mesmo.

Como ele consegue? Tomas William é o deus da sensualidade!

Ele mal se senta, e uma ruiva se aproxima da nossa mesa. Ela é linda! Cabelos vermelhos, longos e lisos, alta, dona de um corpo esguio e escultural, peitos enormes, uma boca carnuda, mais vermelha ainda do que os cabelos... A mulher parece saída de um site de moda. A ruiva se aproxima de Tomas, e sussurra ao seu ouvido. Ele olha para ela, fazendo sinal negativo e sorrindo. Tom se levanta, passa o braço pela cintura da ruiva, e segue com ela para a pista de dança, não sem antes olhar para trás e me dar uma piscadela.

— O que foi isso, afinal? — Valerie está confusa, e com toda razão.

— Amiga, vamos para minha casa. Já aprendi tudo o que precisava por hoje. E tenho muita coisa para te contar.

CAPÍTULO 6

TOMAS

Entro pelo apartamento, com o sol nascendo lá fora. Vou direto para a cozinha, e alcanço uma garrafa de água na geladeira. Tomo um longo gole, e alongo meu pescoço em seguida. Foi uma noite extenuante, de bastante "atividade física", se é que posso chamar assim. Scarlett, a gostosa que conseguiu me levar para a sua cama essa noite, me fez gastar uma boa energia sexual que andava acumulada. Fodi aquela boca gostosa, e, principalmente, aquela boceta ruiva, tantas vezes e por tantas horas, que acredito que ela vá se lembrar de mim por algum tempo, especialmente na hora de sentar.

Como quase sempre acontece, na hora que me levantei para vir embora, ela fez biquinho, disse-me para ficar, pediu meu número, perguntou se poderíamos nos ver novamente, etc, etc, etc... Então, rolou a costumeira conversa, com frases que, apesar de sinceras, já viraram meus chavões registrados.

"Você é muito legal, mas não quero me comprometer".

"Não estou pronto para me apaixonar".

"Foi ótimo, mas não tenho interesse em romance".

"O problema não é você, sou eu".

E, assim, saí da casa da mulher, sem perspectivas e ilusões. Sei que acabei causando certa frustração, mas em nenhum momento eu a enganei. Ela me abordou no bar, ficamos juntos, ambos quisemos o sexo quente que rolou entre nós, mas nunca houve promessas de depois. E só não irei repetir o *date*, porque ela é do tipo que se apaixona, e eu não. Simples assim. Se não, poderia comê-la uma segunda vez.

Antes de ir para o quarto, percebo um volume no sofá, todo enrolado em uma coberta. Talvez Valerie tenha dormido aqui. Não vi o momento em que as meninas vieram embora, pois passei um bom tempo com Scarlett na pista de dança, e quando voltei, elas já não estavam mais. Pensei até em mandar uma mensagem para Viv perguntando se estava tudo bem, mas decidi deixar para lá quando a ruiva sentou no meu colo e começou a me beijar.

Aproximo-me e vejo que, na verdade, quem está dormindo no sofá é Vivian. Não sei se trocou a roupa quando chegou, porque se cobriu com a manta até o pescoço, mas ainda está de maquiagem. A cabeça pende de lado, apoiada em uma das mãos, e a boca se encontra um pouco aberta. Um fio de cabelo está colado em seus cílios, e automaticamente tento tirá-lo, devagar, para não acordá-la. Não tenho sucesso, pois assim que passo meu dedo pelo seu rosto, Vivian emite um gemido preguiçoso, daqueles que a gente dá quando começa a acordar. Ela abre somente um dos olhos, mantendo o outro fechado.

— Bom dia, bichinho... — sussurra com a voz rouca, dando um sorriso meigo.

— Bom dia, bichinha! Desculpa, eu não queria te acordar.

— Não tem problema. — Ela se espreguiça, bocejando e esticando o corpo todo. — Que horas são?

Alcanço meu celular no bolso, para poder responder.

— Seis e meia.

— Você está chegando agora? — Ela senta, coçando os olhos, espalhando um pouco mais o rímel.

— Estou, sim. Aliás, você fica linda de panda.

Ela imediatamente pega meu celular e coloca na câmera frontal, para olhar sua imagem, dando uma risada sonolenta.

— Idiota. Esqueci de tirar a maquiagem.

— Percebi. Por que dormiu no sofá?

— Estava te esperando.

Meu coração se aquece, do nada. Ela é fofa, essa maldita.

— Então... — Vivian se levanta, e percebo que veste uma calça de moletom cor-de-rosa e uma camiseta branca. Ela vai na direção da cozinha, prepara e liga a cafeteira. — Quer dizer que a noite rendeu, hã?

— Normal. Sexo de qualidade. — Pisco para ela, que revira os olhos.

Viv se serve de café e traz também para mim.

— Obrigado! — Pego a caneca, levando-a aos lábios.

— Para você é realmente só isso, Tom?

Fico um pouco confuso, mas tento melhorar o agradecimento.

— Muito obrigado, minha bichinha linda, minha deusa!

— Não é disso que estou falando, idiota. — Ela ri, dando-me um tapinha no braço e se sentando ao meu lado no sofá.

— Então, é o quê?

— Para você, sempre é só sexo?

Ah, agora entendi. E o que mais deveria ser? Amor? O amor só ferra tudo, mulher, olhe para você.

De repente me dou conta de que, quem me questiona, é a mulher dentro dela que está se sentindo ofendida por todas as outras que são abandonadas depois do sexo, assim como já aconteceu com ela também. Ou a menina dentro dela, que acredita no sentimento, no romance, em relacionamentos e finais felizes. Não sei se me irrita ou me encanta.

Como ainda pode ter isso dentro de si, depois de tantas decepções?

Decido que só me irrita mesmo.

— Para mim é sempre sexo. E isso não faz de mim um monstro. — Ela mantém os olhos atentos, tão vidrados, que tenho a sensação de que quer desvendar alguma verdade oculta. — Eu não minto para nenhuma mulher. Não iludo ninguém. Não prometo nada. E só saio com mulheres que demonstram que querem o mesmo que eu.

— Mas você não imagina que a forma carinhosa como você as trata pode levá-las a querer algo mais?

— Ué, o que isso quer dizer? Tenho que ser um babaca com as mulheres então, para que elas não queiram ter um romance comigo?

— Não foi isso que eu quis diz...

— Foi, sim — interrompo-a. — Vivian, eu trato qualquer uma com quem fico com respeito e carinho. Eu sou intenso, e quando estou com uma mulher, estou *realmente* com ela, seja pelo tempo que for. Eu me dedico, me empenho, não só sexualmente, mas eu cuido, abraço, beijo... Não penso em mais nada ou ninguém, sou completamente devotado. Seja por uma hora, seja por um dia. Esse é quem eu sou. Nunca vou pegar uma mulher e só meter nela, isso eu poderia fazer em qualquer buraco. Não sou esse tipo de cara. Se ser um parceiro sexual que faz o mínimo, leva as mulheres a criarem expectativas, só me mostra que infelizmente faltam homens decentes no mundo. E eu só posso lidar com o que eu faço, sinto e penso, o que os outros fazem, sentem e pensam não é minha responsabilidade.

Ela me olha por alguns segundos, sem nada dizer. Ficamos assim por um tempo, tomando nosso café, em silêncio. Percebo suas engrenagens funcionando a todo vapor, e quero dar o momento que ela precisa para raciocinar sobre tudo o que falei. Por isso que, depois de alguns minutos, ela é a primeira a falar.

— Você tem um bom ponto.

Sorrio, dando um beijo na bochecha dela.

— Eu sei. E você deveria pensar em experimentar o mesmo.

— Eu? Por quê?

— Porque uma das coisas que te fazem sofrer é justamente você criar todas essas expectativas de romance. Se você conseguisse sair com uns caras apenas pela diversão, sem compromisso, se frustraria bem menos e seria muito mais feliz e satisfeita, em diversos sentidos.

Dou um sorriso safado, que ela não retribui. Sei que está discorrendo mentalmente sobre tudo o que eu disse. Conheço Viv há tempo suficiente para saber que esse é daqueles momentos em que eu preciso deixá-la na caixinha do nada, refletindo sobre as coisas. Dei-lhe bastante repertório para pensar, e de coração, espero que ajude de alguma forma. Faz tempo que queria falar essas coisas para ela, e hoje tive a ocasião perfeita.

— Vou tomar um banho e dormir por algumas horas. Ainda se lembra do nosso compromisso de hoje? — Levanto-me, bocejando e esticando o corpo.

— Claro que sim. A que horas iremos?

— Hoje é feriado, a loja fecha às 14h, então temos de estar lá às 14h01.

— Ué, como assim?

— Liguei para Lígia, ela vai esperar para nos atender quando a loja estiver fechada. Sabe, para você ficar mais à vontade.

— E quem é Lígia?

— A dona da *sex shop*. Somos amigos.

— Claro que são... — ela sussurra, como se sugerisse algo, mas estou muito cansado e com sono para retrucar. — Até daqui a pouco, bichinha.

Então me dirijo ao quarto, indo direto para o chuveiro.

— Ansiosa? — pergunto ao estacionar em frente à *Web Prazer*.

— Um pouco. — Ela gira, sem parar, o seu anel do dedo anelar esquerdo, como sempre faz quando está nervosa ou muito concentrada, e o gesto não me passa despercebido.

— Pense como se estivesse indo a uma loja de brinquedos. O que não deixa de ser uma verdade.

Caminhamos para a porta de vidro, que já está com a plaquinha de fechada. Lígia nos avista lá de dentro, e logo vem abri-la. Diferente do que Vivian insinuou mais cedo, conheci Lígia em uma feira de produtos eróticos, logo que entrei na faculdade. Estava com uma garota que tinha acabado de conhecer em uma festa, e me chamou para irmos ao evento, porque lá havia umas cabines eróticas de aluguel por hora, com vários acessórios, onde poderíamos fazer um sexo "expresso e gostosinho".

Depois de utilizarmos a cabine — e pagarmos uma multa por ultrapassarmos o horário —, fomos dar uma volta pelo local. Ela se interessou pelo estande da loja da Lígia, e enquanto uma vendedora a atendia, a dona e eu ficamos conversando. E nossa amizade nasceu assim: despretensiosa, de forma muito natural, sem sacanagem nenhuma ou segundas intenções. Ela é, para mim, uma espécie de irmã mais velha, uma amiga que guardo a sete chaves e não divido com ninguém. Só agora, quatro anos depois, decidi dar um pouquinho dela para Vivian. É questão de "vida ou morte", afinal. Sei que estou exagerando, mas é quase isso mesmo.

— Oi, sejam muito bem-vindos! — Ela abre seu sorriso raríssimo, e me dá um abraço apertado, na ponta dos pés, já que sou bem mais alto. — E você deve ser Vivian! Muito prazer! Entrem, fiquem à vontade!

Viv lhe dá um abraço um pouco constrangido, e Lígia fecha a porta atrás de nós, para depois vir ao nosso encontro e perguntar:

— E então, no que posso ser útil?

— Lígia, a minha amiga aqui precisa aprender a gozar sozinha.

Vivian me dá um soco no braço, ao passo que me repreende:

— Idiota!

Essa mania! Os socos dela doem para cacete!

— Ele não tem o menor tato, não é? — Lígia a encara, com uma expressão compreensiva. — Que tal se eu começar a te mostrar algumas coisas bem legais e explicar como funcionam, para você começar a ter opções em mente? Tomas disse que você viria para conhecer, sem compromisso. Depois decidiria com calma, e compraria pelo site. Acho excelente, porque daí você terá o seu tempo, sem pressão, para tomar suas decisões. Então, posso lhe mostrar algumas coisas, mas você também pode passear pela loja, e me perguntar sobre qualquer produto que te interessar.

Percebo que a expressão de Viv se suaviza, e ela se vira para mim:

— Tomas, pode ir dar uma volta?

O quê? Ela só pode estar de sacanagem!

— E perder toda a diversão? — Tento levar na brincadeira a tentativa de me tirar daqui, torcendo para que Vivian desista.

— Pode ser divertido para você, mas, para mim, é descoberta, é sobre meu corpo e meu prazer. Quem tem de vivenciar isso sou eu, e ter você junto vai acabar me prendendo. Prefiro que saia, por favor! Se não puder me esperar, eu volto de Uber.

Encaro Vivian, boquiaberto. De onde ela tirou essa segurança toda, de repente? Eu vejo essa mulher apenas quando ela está falando de seu trabalho na faculdade, defendendo suas ideias, brigando pelas coisas... Expressar-se dessa forma assertiva por si mesma, acho que é a primeira vez. Olho para Lígia, que me observa com uma sobrancelha levantada. Está se divertindo, á filha da mãe.

Respiro fundo, dando-me por vencido.

— Estarei naquele *pub* ali em frente, tomando uma cerveja. Quando terminar, me encontre lá. — Vou até Lígia, e lhe dou um abraço. — Obrigado por ficar além do horário por nós! Cuida direitinho dessa moça.

— Fique tranquilo. Pelo visto, ela sabe se cuidar muito bem.

Depois dessa, resta-me sair pela porta e atravessar para o outro lado da rua.

CAPÍTULO 7

VIVIAN

Solto o ar quando Tomas sai, sem perceber que o havia prendido.

— Ele pode ser bastante intimidante, não é? — Lígia atrai o meu olhar, que estava preso na porta desde que Tom saiu.

Olho para ela, que está me encarando. Seus olhos são profundos, parece já saber o que vou responder, antes mesmo que eu fale. Aliás, toda a sua aparência é de uma mulher forte, profunda, inquietante. Lígia tem cabelos curtos, com corte *pixie*, e uma franja moderna, jogada de lado. O tom é perfeito, pois são grisalhos — precocemente, já que ela parece muito jovem —, porém os fios brancos e pretos se misturam, deixando o cabelo com aspecto de luzes feitas em salão. Ela usa um delineado gatinho nos olhos, e a boca supervermelha. Uma blusa branca e preta de poá, com os botões fechados até o pescoço, colocada para dentro de uma calça preta, arrematada por coturnos pretos, compõem o seu visual.

Ela é tão estilosa!

Eu queria conseguir sustentar um *look* igual a ela. Parece uma *pin-up underground*.

— Ele quer tanto o meu bem, que às vezes pode ser sufocante. — Sorrio, com carinho.

A verdade é que eu até gosto de ser sufocada por ele, na maior parte das vezes. Mesmo me cansando.

— Entendo... Por onde quer começar? Prefere dar uma olhada por aí primeiro?

Faço sinal positivo com a cabeça, e começo a caminhar pela loja.

A sessão que está mais perto de mim, parece ser de acessórios. Vejo algumas coisas que já conheço de ver e ouvir falar, como plugues anais, anéis penianos, *eggs*... Não sou nenhuma virgem casta, leio livros eróticos, vejo filmes, já fui a chás de *lingerie*, tenho vida sexual ativa há oito anos, enfim... Nunca investi, realmente, foi no sexo comigo mesma.

Algumas coisas chamam a minha atenção, mais por curiosidade do que outra coisa. Um cinto de castidade masculino, por exemplo. Penso que deveria dar um desses a Tomas e rio sozinha. Vejo um separador de pernas com suporte de elevação para porta, e um par de algemas em couro e pelúcia. Devem ser muito interessantes de se usar a dois. Porém, estou aqui para um voo solo, preciso focar. Durante o passeio, dois produtos chamam minha atenção.

— Pode me explicar sobre esses dois? — peço a Lígia, que caminha comigo, mantendo uma confortável distância.

— Claro! — Ela se aproxima, pegando o primeiro nas mãos. — Esse aqui, que tem esse formato de microfone, chama-se Varinha Mágica. Ela é exclusiva para ser usada no clitóris, e a vibração é muito potente. Você pegou essa mais comprida, mas eu, particularmente, prefiro essa daqui. — Lígia alcança outra peça no mesmo formato, porém em tamanho um pouco menor. — Acho que facilita mais o manuseio, sabe? Eu tenho uma ali no balcão para demonstração, vou mostrar na sua mão como funciona. E esse outro que você está segurando, é um estimulador de clitóris, com língua vibratória e pulsação. Vamos ver os dois. Vou aproveitar e pegar mais algumas coisas na mesma linha.

Eu a sigo, e Lígia começa a colocar um monte de produtos em cima do balcão.

— Me dê sua mão. — Ela encosta a tal varinha mágica na minha palma, e a liga. A intensidade de vibração me assusta, e a retiro, por reflexo. A mulher dá uma risada. — Amor, essa é só a intensidade um. Vai até a dez.

Ela vai aumentando. Parece que a vibração na palma da minha mão começa a ressoar no meio das minhas pernas. Puta merda! É forte a danada. Imagino isso no meu clitóris, e acredito que a sensação deve ser incrível, e o resultado, promissor.

— Certo! — Raspo a garganta, um pouco constrangida pelo rumo dos meus pensamentos. — E o outro?

— Me dê seu dedo.

Lígia coloca o negócio, que tem uma linguinha, na polpinha do meu dedo indicador, e o liga. A língua começa a funcionar, e faz cosquinhas na minha pele. Obviamente, sei que lá embaixo não sentirei, exatamente, cócegas.

— No clitóris a sensação é mais poderosa, porque você sente o movimento da língua e a pulsação, uma combinação bem letal. — Ela sorri, pegando três novas caixas e colocando na minha frente.

— Aqui eu tenho três aparelhinhos diferentes, dois separados, e eles combinados. — Ela abre a primeira caixinha. — Esse aqui é um *bullet*. Ele vibra, tem doze intensidades, e pode ser usado tanto no clitóris, quanto internamente, para estímulo do ponto G. Você controla a intensidade pelo controle remoto. Tenho vários modelos. Segure.

Aperto a cápsula entre as mãos, e ela liga o aparelho, indo até a intensidade máxima e voltando.

— Esse próximo é a paixão absoluta de dez entre dez mulheres. Chama-se sugador de clitóris. — Ela o retira da caixa, e tem um formato meio cilíndrico, com um buraco em cima, bem no meio, como se realmente fosse sugar algo. — Depois que isso daqui foi inventado, meu bem, a mulher só fica sem gozar se quiser.

Pego o sugador em minhas mãos, e o toque do material é bem suave, quase aveludado.

— Ele realmente suga?

— Ele emite uma pulsação que parece um sugar. Olha, eu posso até demonstrar na sua mão, mas no caso desse daqui, vai valer muito mais a minha palavra. Você terá de confiar em mim. Porque nada, e é *nada mesmo* te prepara para o que você vai sentir quando usar essa gracinha no seu clitóris.

Os olhos de Lígia brilham ao falar do brinquedinho. Realmente, ou a mulher vende o seu peixe muitíssimo bem ou é apaixonada pelo tal sugador.

— E esse daqui? — Aponto para a terceira caixa, tentando evitar a excitação incômoda que sinto querer me tomar novamente.

— Esse é a junção dos dois. Sugador numa ponta, e *bullet* na outra. Você vai penetrar a vagina ao mesmo tempo em que estimula o clitóris. Esse *bullet* é estilo "vai e vem", ou seja, imita o movimento da penetração, mas tenho o que somente vibra e estimula o ponto G também, se preferir.

São tantas coisas diferentes e incríveis, que fico zonza de tanta informação. Ao mesmo tempo em que quero levar tudo, não faço ideia do que realmente quero.

— Vá ver mais coisas, temos todo o tempo que você quiser! Pergunte tudo! Aproveite, olhe, pegue, sinta. Só não saia daqui com dúvidas.

Lígia é muito legal. Ela me deixa incrivelmente à vontade para esclarecer as minhas questões, e sem a menor sensação de estar incomodando. Passeio pela parte de artigos de BDSM, de pênis realísticos e de *Cyber Skin* — que ela me ensinou que é um material que se assemelha muito à pele humana —, de todos os tamanhos, cores, com ventosa, sem ventosa, com vibração, sem vibração... Masturbadores, cosméticos, óleos, sprays, bolinhas, perfumes íntimos, géis comestíveis... Estou completamente tonta, e agora estamos na parte de fantasias e *lingeries*.

— Acho que não preciso disso. Estou comprando coisas só para mim, não para usar com alguém — digo, querendo encerrar o *tour*.

— É aí que você se engana. — Lígia se aproxima, levando-me para frente de um espelho de corpo todo. — Quando você se arruma para alguém, você pensa naquilo que a pessoa gostaria de ver. Mas, e você? O que *você* gostaria de ver? E como você enxerga o seu corpo? Por que não se empenhar para si mesma, com o mesmo empenho que tem quando vai se arrumar para o outro? O seu melhor sexo, inclusive, pode ser consigo mesma. Ninguém conhece o seu corpo melhor do que você. Pelo menos, não deveria. Seus olhos também merecem ver a mulher gostosa que existe aí. — Ela aponta para mim.

Lígia tem um bom ponto, e algo importante para realmente me fazer refletir.

— Prometo pensar sobre isso.

— Que bom! — Ela sorri. — Acho que acabamos, não é?

Tenho certeza de que ela percebe meu desejo de ir embora.

Sou tão transparente assim?

— Sim, acho que sim.

— Aqui está o cartão da loja com o nosso site. É www.webprazer.com.br. Lá tem tudo o que te mostrei aqui hoje, e se algum item estiver indisponível, logo chega, recebemos mercadorias o tempo todo. O pacote vai com a maior discrição, sem logo ou nome da loja, sem descrição de conteúdo e com remetente em pessoa física. Atrás do cartão, anotei também o meu número pessoal. Qualquer dúvida que tiver, não se acanhe em me procurar. De verdade, amiga de amigo meu, é minha amiga também.

Dou um abraço forte em Lígia, sem nada do constrangimento de quando cheguei à loja. Sinto-me confortável e feliz por tudo o que fez por mim. Ela descortinou um mundo que eu mal sabia que existia, de tão grande e cheio de informações. No fim das contas, eu não conhecia *nada*. Estou totalmente fascinada. E muitíssimo curiosa para experimentar.

— Obrigada, Lígia. De coração!

Ela me abraça de volta.

— De nada. Espero vê-la novamente, e que depois me conte se gostou das comprinhas.

CAPITULO 8

TOMAS

Quando a vejo entrando pela porta, dou um suspiro de alívio. Porra! Não aguentava mais esperar. Ela ficou duas horas naquela loja, pelo amor de Deus!

Vivian me vê e vem até mim, sentando-se no sofá, ao meu lado. Logo que a enxerga, o garçom vem ao nosso encontro.

— A senhorita deseja algo?

— O mesmo que ele, por favor! — Ela decide, depois de olhar para a garrafa de cerveja à minha frente.

Quando ele se afasta, Vivian se mantém calada.

— Pelo amor de Deus, mulher, eu estou quase explodindo aqui!

— Gente, e por quê?

Ela ri de mim. Está claramente adorando estar no controle da situação.

Vou deixar. Por ora.

— Porque quero saber como foi, não é óbvio?

Ela fica mais alguns segundos em silêncio, até que se vira de frente para mim, superanimada, com os olhos faiscando.

— Foi ótimo, eu amei! Lígia é muito legal, me deixou super à vontade, e me ensinou um monte de coisas. Não vejo a hora de vasculhar o site. Nem sei o que escolher, de tanta coisa que gostei!

Fico triunfante com a animação dela. Ela morde o lábio, em expectativa ao que vou dizer, mas eu nem tenho o que falar. Só a puxo para o meu colo e a abraço, feliz, muito feliz.

— Eu sabia que estava fazendo a escolha certa, trazendo você aqui.

— Pois estava mesmo. — Ela tira um cacho da minha testa, dando um beijinho em seguida.

Sempre sinto uma coisa estranha no peito, uma emoção diferente quando ela faz essas coisas. Acho que a forma carinhosa como Vivian me trata, desperta em mim um afeto estranho, que não sei explicar. Tento não pensar muito nisso, como de costume.

Acredito que a garota só se deu conta de estar no meu colo agora, pois desceu para o sofá novamente, meio constrangida.

— Vai sair hoje? — ela me pergunta, tentando mudar a direção das coisas.

— Já estou saindo, não? — Levanto a minha garrafa de cerveja para ela.

— Com alguma mulher, eu quis dizer. — Viv revira os olhos, impaciente, o que me faz rir.

— Até onde me consta, você é mulher. A não ser que tenha algo muito sério para me contar.

Vivian engasga com a cerveja que está tomando bem nesse momento, e começa a tossir. Dou-lhe leves tapinhas nas costas.

— Idiota, quer me matar? Quis dizer uma mulher com quem você possa fazer sexo!

Esfrego suas costas, mesmo ela já tendo parado com a tosse.

— Não. Quero ficar com você hoje.

Ela ajeita a postura, esticando o corpo e levantando o queixo, olhando-me de cima.

— E quem disse que eu não vou sair?

Adoro essa Vivian defensiva. Ela me excita. Se não fosse minha melhor amiga, tenho certeza de que sentiria vontade de fodê-la aqui mesmo.

— Você vai?

— Não... — Ela se rende, jogando-se no sofá novamente.

Suprimo a vontade de rir, para não ofendê-la.

— Então, passaremos a noite juntos. Você, *Netflix*, cobertor, guloseimas e eu. Topa?

— Super! — Ela aplaude, parecendo uma criança de cinco anos.

— Então vamos pagar e passar no mercado a caminho de casa.

— Pelo amor da deusa, é muito açúcar nesse meu corpinho — Vivian reclama, colocando o pacote de *marshmallows* de lado.

Tomo um gole do vinho, e coloco a taça no chão, ao lado da minha cama.

— Tudo bem. Amanhã você dá uma corrida e queima isso.

— De mil quilômetros!

— Que exagero! — Rio do drama, já tão habitual para mim.

Terminamos a série que estávamos assistindo juntos, "Entre Estranhos", passada na *Apple TV*. Abro o catálogo da *Netflix.*

— O que quer assistir agora?

Ela se senta como se tivesse acabado de ter uma ideia genial.

— Vamos abrir o site da Web Prazer?

Sorrio. Não tem coisa que adoraria mais do que fazer isso com ela.

— Vamos. — Tento parecer blasé. — Pega o meu *notebook* ali em cima da escrivaninha.

Ela alcança o computador, abre, e imediatamente se senta ao meu lado. Passo o braço por trás dela, para nos acomodar melhor. Vivian começa a navegar pelo site, de categoria em categoria, de forma metodicamente organizada. Ela vai me apontando as coisas que a interessam, as que Lígia lhe mostrou, explicando sobre tudo, e mesmo que eu já saiba algumas coisas, fico calado, deixando que ela fale o quanto quiser. É um prazer ver todos os termos eróticos saindo dessa boca bonita. Por um segundo, eu quase me esqueço de quem ela é.

— Acho que é isso! — E me entrega o *notebook*, mostrando o carrinho feito por ela.

Viv escolheu uma Mini Varinha Mágica, um Sugador de Clitóris com *Bullet* Vai e Vem, um Pênis com Ventosa em Cyber Skin, de 17 x 3cm — hummm... Gulosinha, comigo você se divertiria mais —, e um óleo de massagem chamado Amor Próprio. Eu adorei o nome! Achei incríveis as escolhas de Vivian, mas eu quero mais. Vou dar uns presentinhos para ela. Algumas surpresas.

— Excelentes escolhas, minha bichinha.

— Gostou?

— Sim, gostei. Mas quem tem de gostar, no fim das contas, é você.

— estou animada. Só não fecho a compra hoje porque meu cartão vira depois de amanhã, e eu não sou rica que nem você, já estou com uma fatura alta para esse mês.

— Se eu quisesse te dar de presente, você deixaria?

Ela cruza os braços e fecha a cara, como eu já imaginava que fosse fazer.

— Claro que não. Como vou conquistar amor-próprio deixando um homem pagar meus brinquedos sexuais?

— Tudo bem! — Levanto as mãos em rendição. — Então, coloque no meu cartão. Só vem no mês que vem. Se você comprar hoje, na segunda você já recebe os produtos, e quando vier a fatura do próximo mês, prometo que te aviso.

Ela pensa por alguns momentos.

— Mesmo? — Vivian me olha, desconfiada.

— Mesmo.

— Okay.

Pego o cartão para digitar os dados, mas antes de fechar a compra, e enquanto Viv vai ao banheiro e busca uma segunda garrafa de vinho, incluo mais dois itens no carrinho. Adoraria ver a cara dela quando a mercadoria chegar, mas tenho aula o dia todo na segunda.

Que inferno!

— Eu estou bêbado, Vivian!

— E daí, eu também estou.

Ela insiste há mais de dez minutos para assistirmos um filme chamado 365 DNI. É um filme erótico, mas a crítica é muito ruim.

— Dizem que esse filme é péssimo, bichinha.

— Quem diz? — Ela fica de pé, em posição imponente, e sei que lá vem mais um discurso, defendendo seu ponto de vista. — Não podemos nos guiar pela cabeça dos outros, Tomas, precisamos ter nossa própria opinião. Só podemos dizer se algo é bom ou ruim se experimentarmos.

— Eu não preciso experimentar óleo de fígado de bacalhau para saber que é ruim.

Ela me encara por alguns segundos e se joga em cima de mim.

— Por favor! Por favor! Por favoooor...

Vivian não percebe o que está fazendo, mas enquanto implora, está sentada no meu pau, cavalgando sobre ele. Mesmo com a minha calça de moletom e o pijama dela nos separando, não consigo ficar imune, e acabo endurecendo, quase de imediato.

— Isso é o seu pênis? — Ela arregala os olhos, sem sair de cima.

— É. — Dou de ombros, em um pedido silencioso de desculpas.

— Pelo amor da deusa, você não pode endurecer o pau para mim! Abaixa isso!

Ela realmente está bêbada, pois não tem um pingo de constrangimento em sua voz.

— Eu não posso controlar, ué, você estava cavalgando em mim. Não sou um santo, não!

E então, vejo Vivian se transformar. Ela assume uma postura muito mais sensual, quente, um olhar sedutor. Será que estou tão bêbado que estou vendo coisas?

— Ah, é? E se eu fizer assim?

Ela se esfrega um pouco, para cima e para baixo, e... Puta que pariu! Esse caminho que escolheu percorrer é perigoso demais.

— Para com isso, Vivian! — Minha voz sai rouca e suplicante.

— Ooooh... Por quê? Não está gostando? Ou é demais para você?

Se ela continuar, eu não vou conseguir responder por mim. Sei disso. Portanto, eu a pego pelos braços e a giro, colocando-a debaixo de mim.

— O que você quer de mim? — pergunto, a minha boca a centímetros da dela.

A maldita sorri, vitoriosa.

— Quero ver o filme.

Não acredito! A desgraçada usou de sedução, de atributos sexuais para me convencer! E eu caí que nem um patinho.

Quem é essa, e o que fez com a minha Vivian?

A bichinha está se transformando, não dá para ser mais tão inocente perto dela.

Que safada!

— Você é uma diaba!

Ela dá uma gargalhada e se levanta da cama, enchendo nossas taças de vinho, enquanto eu coloco o filme.

Pelo visto, a noite será longa.

CAPITULO 9

VIVIAN

Acordo sufocada. Um emaranhado de braços e pernas em volta de mim, mal permite que eu me mexa. Um calor insuportável me faz suar. Vou chegando para o lado devagar, desvencilhando-me do corpo forte e pesado, até conseguir me sentar na cama. Minha cabeça lateja.

Para que eu fui beber tanto, minha deusa?

Vou ao banheiro de Tomas, faço xixi e lavo meu rosto, verificando a minha aparência no espelho. Estou um lixo. Bebo um pouco de água da torneira, e faço um bochecho com *Listerine*. Quando volto, Tom ainda está dormindo, mas uma de suas mãos tateia o meu lado da cama, como se me procurasse. Torno a me deitar, e ele me puxa novamente para si, abraçando-me de conchinha. Não tenho forças para lutar, e já me sinto adormecendo novamente.

Abro os olhos. Ainda estou na cama de Tomas, porém, ele não está mais ao meu lado. Espreguiço-me e sento, sentindo-me melhor do que da primeira vez que acordei. Vou direto para o meu banheiro, tiro as roupas e me enfio debaixo do chuveiro. Aos poucos, as memórias da noite passada vão surgindo. Lembro de terminarmos nossa série, que entrou no rol de favoritas, com certeza. De nos entupirmos de doces; terei de dar uma corridinha mais tarde. De tomarmos muito vinho, demais. De fazermos as compras no site da Lígia. Começamos também a ver o filme 365 DNI, mas acho que dormi na metade...

Peraí! De repente, vem uma lembrança bem nítida. Vejo Tomas deitado, comigo em cima dele, encaixada em seu quadril, e, pior, me esfregando nele! Pior ainda, lembro de ter *gostado*! Por que diabos eu me esfreguei nele? Se eu estava por cima, fui eu que tomei a iniciativa. Ele não deixou que eu continuasse, também me lembro disso. Mas, por que comecei isso? Onde eu estava com a cabeça?

Termino o banho e corro para o quarto, enrolada na toalha. Sento em frente à penteadeira, analisando meu reflexo no espelho. Eu esfreguei a minha boceta no pau de Tomas! É Tom, caralho! E pior, parece que ainda o sinto duro, embaixo de mim. A sensação é muito vívida, e eu fico excitada.

Pelo amor da deusa, eu *preciso* que meus brinquedos eróticos cheguem logo. Estou numa seca que já está levando todo o meu juízo embora.

Depois de colocar um vestido leve e pentear os cabelos úmidos, sigo para a cozinha. Tom está preparando alguma coisa no fogão e, quando me vê, abre um largo sorriso.

— Bom dia, bichinha! Como está se sentindo?

Ele está agindo absolutamente normal. Será que não se lembra de nada? Estávamos mesmo muito bêbados.

— Até que bem. Acordei mais cedo e tava na merda, mas agora estou de boa. E você?

— Bem também. Estou fazendo omelete para gente, senta aí que já está quase pronto.

Acomodo-me na banqueta e aguardo. Tomas serve a comida em dois pratos, que coloca sobre o balcão. Depois, serve dois copos com suco de laranja e me entrega um deles.

— Obrigada! — Tomo um gole do suco gelado.

Ele apenas sorri, e começamos a comer em silêncio. Tom parece tranquilo, mas eu sinto como se tivesse um elefante no meio da sala. Preciso falar.

— Tomas, sobre ontem à noite, não sei se você se lembra exatamente de tudo...

— Eu não costumo ter amnésia alcoólica — ele me interrompe, sem me olhar diretamente.

Merda! Ele se lembra!

— Então, eu queria pedir desculpas pelo que eu fiz.

Ele pousa o garfo no prato e finalmente olha para mim.

— Está se desculpando exatamente pelo quê? Por ter me embebedado, por ter me feito ver aquele filme horrível ou por ter se esfregado em mim ao ponto de me deixar com dor nas bolas?

Acho que devo ter passado do rubor. Devo estar roxa. Azul. Nem sei!

Nem sequer consigo olhar para ele, que dirá responder alguma coisa.

Tomas se levanta, colocando-se de pé entre minhas pernas, puxando meu queixo para que eu fique cara a cara com ele.

— Viv, passei a manhã pensando sobre os últimos acontecimentos, e é o seguinte: temos nos provocado, você e eu, e essa é a verdade. Estamos em um joguinho, provavelmente porque o acordo que fizemos de eu te ensinar sobre o universo da sedução tenha criado uma atmosfera sexual entre nós. Isso não me incomoda. Como já disse uma vez, somos adultos, solteiros e saudáveis. E se quer saber, eu mudaria o rumo das coisas. Seria seu amigo com benefícios, com todo prazer. Adoraria te ajudar a conhecer e explorar tudo o que quisesse, a respeito de si mesma e do sexo. Comigo, você sabe que estaria segura. Porém, sem romance, sem comprometer nossa amizade. Porque eu te amo de verdade, e não quero perder você. Por isso, estou sendo absurdamente sincero. Se você for capaz de separar as coisas, pelo menos comigo, eu estou disposto. Mas se não for, não faça mais aquilo, porque da próxima vez, eu não respondo por mim. A bola está com você. Quase que literalmente.

Ele dá um sorrisinho sacana.

Fico estática. Tento emitir algum som, mas apenas sussurros saem da minha garganta. Encaro Tomas, e não vejo nada em seus olhos que me ofereça alguma dúvida, algum sinal de brincadeira. Ele está falando seriíssimo.

É possível ter uma amizade colorida com Tomas? Evoluir nossa relação para outro nível? É o tipo de coisa que funciona, será? E eu? Quero isso? Gostaria mesmo de algo assim com ele?

Certo, eu sei que quero. Porra! Quero muito. Mas, poderia conviver com isso? A nossa amizade conseguiria sobreviver?

Sinceramente, não acredito que me apaixonaria por Tomas. O estilo de vida descompromissado que ele leva não me atrai nem um pouco. Sou uma romântica assumida e, por mais que eu queira aprender a ser sedutora e até um pouco canalha, tudo não passa de um meio para um fim. O que eu realmente quero, um dia, é deixar um cara completamente de quatro por mim, querendo me dar tudo, amor, carinho, casa, filhos e cachorros. Eu quero, sim, um conto de fadas. Tom me enche de amor e carinho, mas nunca me apaixonei por ele por esse motivo. Acho que esse seu jeito de viver, nunca me deu nem brecha para pensar nisso.

Já o sexo... Bem, não é como se nunca tivesse me passado pela cabeça, especialmente nos últimos dias.

Olho para a boca dele, perigosamente perto da minha, e umedeço os lábios. Ele se aproxima ainda mais, roçando os dele nos meus bem de leve. Meu estômago se contorce e sinto minha virilha formigar. O homem cola a boca dele na minha, ainda de leve, como se pedisse permissão. Ele coloca as mãos sobre as minhas coxas e vai subindo e descendo por elas, até que as aperta. Finalmente gemo e abro a minha boca, oferecendo-lhe passagem, e ele toma a minha língua na sua, sem cerimônia.

Agarro Tomas pela nuca, enroscando uma das mãos em seu cabelo, e ele me puxa pelas coxas, para enrolar as minhas pernas ao seu redor. Lembro-me vividamente de quando ele me disse que eu tinha pernas boas de enrolar em um quadril.

Tom me leva para o sofá, deita-se e me coloca por cima dele, exatamente na mesma posição de ontem.

— Termine o que começou, Vivian. Não parei um segundo de imaginar até onde você iria se eu não tivesse interrompido.

Começo a me esfregar nele, a princípio timidamente, mas ao sentir seu pau duro embaixo de mim, perco a vergonha. Minha boceta já está molhada, desesperada, implorando por algum alívio. Ele toca nos meus seios, por cima do vestido, provocando os bicos, e eu gemo, empurrando-os contra as suas mãos.

— Caralho, que gostosa! — Ele aperta e puxa meus mamilos sobre o tecido, fazendo-me gemer alto.

— Tomas, por favor...

— Porra! Não geme meu nome assim, que eu não aguento.

Ele me coloca ao seu lado, ficando de frente para mim, e começa a descer os dedos pelo cós da minha calcinha. Eu me contorço ao seu toque, ansiando, querendo mais. Ele começa a me acariciar pela lateral da peça, empurrando-a de lado.

— Aaaaaahhhhh... Tomas...

— Porra, mulher! Você está encharcada! Que deliciosa!

Ele massageia meu clitóris e eu rebolo junto, querendo aumentar a sensação de seus dedos. Quando acho que não aguento mais tanta esfregação, ele espalma a mão, aplicando um pouco mais de força, enquanto enfia um dedo em mim. Dou um grito, que ele abafa tomando a minha boca, beijando-me com vontade, ardor, desejo, necessidade. E enfia mais um. Enquanto me penetra, vou de encontro aos seus dedos ao mesmo tempo. Começo a sentir uma pressão vinda de dentro do ventre, e espasmos começam a tomar conta de mim. Arqueio as costas, gemendo, arfando. E gozo livremente, encontrando conforto, cura, alívio.

Estou tentando, em vão, controlar a minha respiração, quando Tom tira os dedos de mim e os coloca na minha boca. Eu chupo e provo o meu gosto, surpreendentemente adocicado. Sinto-me tão safada! Ele tira os dedos da minha boca e os chupa também, o que acho absurdamente erótico. Em seguida, toma-me novamente, em um beijo longo e profundo.

Começo a descer a minha mão por seu corpo. Quero mais dele. Quero senti-lo. Encontro seu pau, duro feito pedra, e acaricio.

— Viu o que faz comigo? — pergunta, rouco, e eu me sinto excitada em alto nível.

— Vamos ver o que posso fazer para resolver isso — digo e puxo o seu membro para fora da cueca.

Aperto de leve e começo a acariciá-lo, para cima e para baixo, em movimentos constantes.

— Sonhei com essas mãozinhas em volta do meu pau...

Ele joga a cabeça para trás e emite um gemido rouco, delicioso. Continuo a masturbação, alternando a velocidade, ora um pouco mais lenta, ora um pouco mais rápida. A respiração dele acelera e, quando passo o dedo em sua glande, a sinto molhada. Melo meu polegar com seu pré-gozo, e o levo à minha boca, passando a língua, enquanto olho em seus olhos. Ele me observa com algo que parece adoração.

Tom me vira de costas para ele, enfia o pênis no meio das minhas pernas, bem abaixo da boceta, e começa a me foder assim, sem penetração, apenas esfregando o pau entre as minhas coxas. Eu o aperto para aumentar a fricção, ele urra em agradecimento, agarrando um dos meus seios, aumentando o ritmo das estocadas. Seus gemidos vão ficando mais fortes, até que Tomas solta um grito abafado no meu cabelo e sinto seu líquido quente jorrar e escorrer pelas minhas pernas. Ele me abraça apertado, buscando fôlego, e tentando voltar ao ritmo normal de seus batimentos cardíacos.

— Caralho! Isso foi... — Não completa a frase.

Eu entendo. Também não conseguiria.

Tom cheira e beija meus cabelos, até que me viro de frente novamente. Ele passa os dedos pelo meu rosto e puxa meu queixo para me beijar. Sinto minhas coxas meladas ao esfregar uma na outra e simplesmente amo a sensação.

— Hoje podemos deixar assim, nessa esfregação deliciosa? Começar devagar? Sei lá! Acho que me sentirei melhor, só para me acostumar a essa ideia de amigos com benefícios.

— Claro! — Ele continua a acariciar meu rosto. — Só quero dizer que foi muito bom. Que você é incrível. E uma puta de uma gostosa.

Dou um tapa em seu braço, e ele ri.

— Você sabe que esses seus tapinhas e socos doem, né?

Encolho os ombros.

— Problema seu. Lide com isso ou pare de me irritar.

Tomas cai na gargalhada, e eu dou outro tapa.

É, acho que, por incrível que pareça, pode ser que consigamos realmente lidar com essa nova configuração de amizade.

CAPÍTULO 10

TOMAS

Passamos o restante do domingo muito bem, como sempre é quando estamos juntos. Eu estudei para uma prova que tive hoje de manhã, e Vivian ficou escrevendo alguma coisa do seu trabalho de conclusão de curso. Depois da sarrada que demos, tentei manter o restante do dia absolutamente normal, mesmo eu querendo me trancar no quarto e gritar e Viv parecendo ter se empenhado em fazer o mesmo. Ainda não acredito no que aconteceu. Sério, eu sempre achei a minha amiga uma baita gostosa, e quando a conheci, queria muito levá-la para a cama. Só que, desde que decidimos dividir o apartamento, nos colocamos na *friendzone* e aprendemos a viver muito bem por lá.

Porém, de uns dias para cá, uma chave virou. Desde que Vivian me pediu para ensiná-la a ser safada, "canalha". Seus olhos suplicantes me deixaram sem saída, a não ser concordar com o seu plano maquiavélico. A partir daí, começamos com algumas provocaçõezinhas — mais eu do que ela, confesso —, mas não imaginei que chegaríamos aonde chegamos ontem. E mais, que ela não fugiria para as colinas, logo em seguida.

Percebo que começamos o "projeto" tem pouquíssimo tempo, mas só isso já parece ter reiniciado Viv. Ela está mais atrevida e reativa, no melhor sentido. Engraçado, bastou uma decisão e a mulher já começou a se transformar. São pequenos e sutis pontos, mas conheço Vivian tão bem que, para mim, são muito perceptíveis.

E ontem... Ter o corpo dela em minhas mãos, a sua boca na minha... Sua língua, o cheiro da sua pele, sentir sua boceta molhada... Eu achei que iria explodir de tanto tesão. Nada poderia ter me preparado para tudo aquilo, nem mesmo a minha imaginação ao longo desses anos. Parecia que um desejo reprimido havia sido libertado de dentro de mim. Se eu pudesse, confesso que teria virado Vivian do avesso. Foi dificílimo me controlar para poder testar seus limites, ver até onde eu poderia ir sem assustá-la. E foi o melhor que fiz. No fim, ela ainda estava lá. Não saiu correndo. E no resto do dia, apesar de termos agido como sempre um com o outro, em vários momentos me peguei olhando para ela, e percebi também seus olhares furtivos para mim.

E, meu Deus, muitas palmas para o fato de que ela me deixou gozar nas suas pernas. Que porra mais excitante! Eu nunca havia transado dessa forma, com as coxas de uma mulher, e quero *muito* repetir isso com ela. Mas antes, quero comer aquele corpo inteirinho.

Estou esperando a próxima aula começar e, falando na diaba, ouço o som do *WhatsApp*.

Bichinha: Posso saber pq a minha caixa da Web Prazer tem dois itens a mais?

Eu: Boa tarde pra você tb, senhorita. São meus presentes de iniciação.

Bichinha: Sei. E suponho que a lingerie eu deva usar pra você.

Eu: Quanta injustiça! Quando a comprei eu nem imaginei que te foderia!

Bichinha: kakakakakakakaka, okay.

Eu: Falando sério, a peça íntima é para você. Quero que vista e se sinta sexy, se admire, se veja. É uma lição. Não tem que usar para ninguém se não quiser. E falo sério.

Bichinha: Entendi. E o outro item?

Eu: Esse é para usar comigo. Vamos aproveitar na aula que temos juntos na quinta.

Bichinha: NA AULA? ESTÁ MALUCO?

Eu: Não, estou falando bem sério. Fica tranquila, não é nada explícito. 😉

Bichinha: Quero saber o que é. Foi o único que veio embrulhado em papel de presente, posso abrir?

Eu: Não. Vamos abrir juntos, na quinta.

Bichinha: Aiiii... Por favor!

Eu: Não estrague a minha surpresa.

Bichinha: Poxa... Está bem. ☹

Eu: Não faça essa carinha. Você vai gostar.

Bichinha: Ok. Chega que horas hoje?

Eu: Às sete e meia, mais ou menos.

Bichinha: São quatro ainda. Vou aproveitar então que não tenho mais nada pra fazer e explorar a minha caixa.

Eu: Hummmm... Queria ver isso.

Bichinha: Vai ficar querendo.

Eu: Diaba!

Ela não responde mais. A nossa conversa curta é o suficiente para me deixar excitado e louco para voltar para casa. Não acredito que ainda terão três aulas pela frente para aturar.

Quase tenho um troço quando avisam que o último professor teve um imprevisto e não poderá comparecer à aula. Era tudo o que eu queria. Saio da sala igual um risco e vou trotando pelo campus, direto para casa. Não sei direito o que espero encontrar, mas não vejo a hora de ver minha companheira de apê gostosa.

Quando giro a chave na porta, ouço uma música vinda lá de dentro. Coloco mochila e chaves na banqueta da cozinha e, ao pisar no corredor, percebo que a música vem do meu quarto. Sinto um frio na barriga, no exato minuto em que percebo que Vivian está sozinha lá.

O que ela pode estar fazendo?

Só a ideia já me excita, e fico duro no pequeno caminho até à porta, que está entreaberta. Não chego a reparar qual música termina, mas a que inicia agora é *Don´t Mess With My Mind,* de EMO. Coloco a cabeça pela fresta, cautelosamente, e paraliso com o que vejo, prendendo a respiração.

De frente para o meu espelho, está simplesmente o epítome da perfeição feminina.

Vivian está vestindo a *lingerie* que eu lhe dei. Trata-se um sutiã preto, rendado em detalhes vermelhos, que faz conjunto com uma calcinha vermelha e minúscula, também de renda, em conjunto com uma cinta-liga da mesma cor, que se conecta a um par de meias pretas, arrastão. Sim, eu entendo de *lingeries*, não é a primeira que eu compro para alguém, e que aprecio também. Mas, com certeza, essa é a única que me deixou sem palavras e sem ar. Não pela peça em si, mas pela mulher incrível que a está vestindo. E, para completar, Viv ainda colocou um par de sapatos pretos, de saltos altos e finos.

A roupa de baixo parece ter sido feita sob medida para ela. Seus seios se apertam dentro do sutiã, uma parte salta para fora, deixando margem para a imaginação. Muito, muito sexy. A calcinha se enfia pela sua bunda, redonda e gostosa. A liga desce pelos quadris esculpidos, e as meias abraçam suas coxas torneadas. O sapato deixa suas pernas mais longas, e sua postura impecável. Ela está com alguma coisa nas mãos que não sei o que é, pois ambientou o quarto à meia-luz. Vivian passa as mãos pelo sutiã, pela beirada da calcinha, pelo elástico da liga... Está tocando a própria pele com as pontas dos dedos, virando-se pelo espelho lentamente, admirando-se...

É tão excitante vê-la assim!

Ela se movimenta mais algumas vezes, até que seus olhos encontram os meus.

— Meus Deus! Homem, você me assustou! — Ela coloca a mão no peito, ofegante.

— Desculpe, não era essa a intenção... — Minha voz sai rouca. Não há meios de disfarçar o tesão que estou sentindo. — Minha aula terminou mais cedo.

— Não, eu que peço desculpas. É que você disse que eu poderia usar seu espelho, e...

— E você pode — interrompo, chegando bem mais perto. — Você está linda demais.

Coloco-me atrás dela, mas não a toco. Consigo perceber o movimento da sua garganta engolindo em seco, pois os cabelos estão presos em um coque bagunçado.

A música *Promises,* também de EMO, começa a tocar em seguida, e ela me entrega o frasco que tem nas mãos.

— Já que está aqui...

É o óleo que me fez sorrir aquele dia, chamado Amor Próprio. Porém, agora, tudo o que menos quero é rir. Retiro a minha camisa pela cabeça, e os olhos de Vivian me acompanham, através do espelho. Ela morde os lábios, e isso ressoa em todo o meu corpo. Abro o frasco, e deixo o óleo pingar pelos seus ombros. Coloco-o de lado, e começo a massageá-la. Vivian expira ruidosamente pela boca. Esfrego minhas mãos pelos seus ombros, pescoço, linha da clavícula, colo, até a parte dos seios que está para fora do sutiã. Ela geme e arqueia as costas, empurrando os peitos cheios contra as minhas mãos. Eu os aperto, só um pouco, mas logo pego o frasco novamente, despejando mais óleo nas minhas mãos. Ela solta um gemido de frustração.

Ainda não, minha gostosa, teremos tempo para eles.

Esfrego minhas mãos besuntadas em sua barriga, até a beirada da calcinha, entrando só um pouquinho com os dedos por ela. A mulher bambeia as pernas, mas eu me afasto, para apreciar sua bunda. Encho as minhas mãos nas carnes redondas e macias, apertando e massageando, deslizando óleo e desejo por elas.

Vivian se vira de frente para mim e me agarra pelo pescoço, puxando-me para si. Ela enfia a língua pela minha boca sem pedir licença e me toma. O beijo é ardente, bruto, desejoso, cheio de pedidos e promessas. Empurro Viv até a beirada da cama e a jogo nos lençóis, deitando-me por cima dela. Não paro de beijá-la, não posso parar, não consigo. Fodo sua boca com a minha língua, numa promessa silenciosa do que pretendo fazer com a sua boceta.

— Tomas, por favor...

Ouvi-la dizer meu nome, inebriada de desejo, me tira totalmente o controle.

— O que você quer, sua provocadorazinha safada?

— Quero você dentro de mim. Por favor!

Porra! Essa mulher vai me matar.

Beijo a barriga de Vivian e vou subindo na direção de seus seios. Abaixo os bojos do sutiã e eles saltam para fora, durinhos. Ela tem peitos lindos! Primeiro os aperto, massageio, constatando que eu sempre tive razão; cabem perfeitamente em minhas mãos. Tomo um dos bicos rosados na minha boca e passo os lábios, a língua, e chupo com força, enquanto apalpo o outro seio. Vou revezando entre eles, e ela sempre se arqueando, empurrando-os mais e mais para mim.

— Tomas, por favor, eu não aguento mais!

Tem tanta coisa que ainda quero fazer com ela, mas nesse momento, precisamos de alívio. Sei disso. Não é só ela que está a ponto de perder a cabeça. Levanto-me, vou até a mochila e pego uma caixa de camisinhas que comprei hoje.

Pensando nela.

Vivian me olha em expectativa. Tiro as calças e, quando desço a cueca, vejo seus olhos se arregalarem rapidamente. Fico satisfeito, não vou mentir, lógico que adorei essa reação. Desço a camisinha pelo meu pênis e me posiciono novamente em cima dela.

Chego sua calcinha para o lado e enfio um dedo em Vivian, que geme instantaneamente.

— Puta merda! Está muito molhada. Eu vou deslizar tão gostoso dentro de você!

Enfio outro dedo, e ela os aperta com sua boceta, deixando-me louco.

Seguro meu pau, que está duro feito uma tora, e me posiciono na sua entrada. Passo um pouco a cabeça no seu melado, e ela me observa, ofegante, até que finalmente me empurro de uma só vez e inteiramente dentro dela, que solta um grito:

— Aaaaaah... Tomas!

Fico um tempo parado, tanto para Vivian se acostumar ao meu tamanho, quanto para eu me acalmar, pois quase gozei só de entrar nela. Sua boceta é muito apertada, e que delícia descobrir isso!

Quando sinto que ela está bem e eu estou sob controle, começo a me movimentar. Primeiro devagar, e, aos poucos, aumentando a velocidade. Seguro as mãos de Vivian com as minhas, ao lado da sua cabeça, enquanto bombeio nela. A mulher se contorce embaixo de mim, e nossos olhares se encontram. Suas pupilas estão escuras e dilatadas, sua pele brilha de óleo e suor, e ela nunca esteve mais bonita.

— Você é linda demais... — digo enquanto entro nela com mais e mais força.

Gememos juntos, porém ainda sinto que não é o suficiente. Quero mais. Quero essa mulher inteira. Ela parece sentir o mesmo, pois enrola as pernas em mim, pedindo mais, puxando-me como se quisesse me colar nela.

Pego Vivian no colo, levantando-a comigo da cama através dos quadris, e ela mantém as pernas enroladas na minha cintura. Eu a empurro contra a parede ao lado, e prendo seu corpo com o meu. Ela me olha, sedenta, lambendo os lábios. Eu encosto minha boca na dela, nossas respirações unidas, e começo a fodê-la, descontroladamente. Estoco forte e fundo dentro de Viv e, agora, sim, tenho a sensação de completude. De estar até o mais profundo dela. De tomá-la por inteiro.

Vivian geme, sussurra palavras ininteligíveis, e eu capturo tudo com a minha boca. Não quero abrir mão de nada que saia dela. Continuo fodendo essa mulher deliciosa, e sinto o seu corpo, entregue a mim, começar a tremer. Quando sua boceta se contrai e ela convulsiona em pequenos espasmos, intensifico ainda mais as estocadas, e a safada grita na minha boca, um rugido de prazer, agonia e desespero.

— Tomas, aaaaah... Caralho!

Eu não paro, e o orgasmo dela também não, até que a boceta dela me aperta tão forte que eu urro, também em sua boca, que me captura. E, finalmente, me sinto derramar, com uma sensação de prazer inexplicável.

Não sei por quanto tempo, mas estamos abraçados, muito ofegantes, e eu encosto a minha testa na dela.

— Porra, Vivian...

Ela me dá um beijo lento, demorado e carinhoso. Eu a seguro pelos quadris e a deito na cama, com cuidado. Fico observando-a. Seu rosto está rosado, os olhos brilhantes, os cabelos se soltaram e estão bagunçados, a pele reluzente, os peitos, ainda intumescidos, para fora do sutiã...

— O que foi? — ela pergunta.

— Você nunca esteve tão linda. Uma verdadeira deusa.

Ela sorri, um pouco tímida.

— Vou tirar a camisinha no banheiro, depois venho te buscar para te dar um banho.

Ela só faz que sim com a cabeça, sem nada dizer. Vou ao banheiro, tiro o preservativo e jogo fora. Encho a banheira de água em seguida e volto para buscá-la.

Vivian pegou no sono. Parece acabada, espalhada na minha cama.

Minha bichinha linda!

Aproximo-me com cuidado, e solto as meias, desenrolando-as de suas pernas e tirando-as pelos pés, delicadamente. Abro o fecho da liga e do sutiã, e consigo tirá-los, com algumas manobras. Ela nem se mexe. Deve estar realmente exausta. Desligo a luz do quarto, e volto para a cama, deitando-me ao seu lado, puxando suas costas para o meu peito. Eu a abraço e dou um beijo nos seus cabelos. A sensação é de paz. É como se tudo estivesse exatamente onde deveria.

— Boa noite, minha deusa.

CAPÍTULO 11

VIVIAN

Acordei no meio da noite, meio sem noção de tempo e espaço. Ao me situar, aos poucos, percebi que estava na cama de Tomas — de novo —, e, devagar, as lembranças da noite passada foram voltando. Tivemos uma experiência sexual simplesmente alucinante. Tomas foi sensual, sedutor, e cheio de iniciativa na medida certa, e acredito que eu também. Ou, pelo menos, eu me esforcei para ser. Ainda sou muito nova nessa questão de "sedução programada", mas tenho feito o meu melhor para entender as maneiras de usar meu corpo como uma arma para seduzir. E Tomas é bastante receptivo quanto a isso. Porém, como ele é um sem-vergonha, não sei se tenho precisado realmente fazer muito esforço. Apenas coloquei a lingerie que ele me deu, e parece ter bastado.

Fácil demais, não é?

Saí da cama dele, de fininho, para não acordá-lo. Percebi que estava só de calcinha, e procurei pelo restante das roupas íntimas, que estavam em cima da sua cadeira da escrivaninha. Deixei a cinta-liga no travesseiro ao seu lado, propositalmente. Peguei o resto das roupas, corri para o banheiro social, tomei um bom banho, e fui dormir na minha cama, que é o meu lugar. Claro, sem deixar passar despercebida a sensação maravilhosa de preenchimento e satisfação.

Agora são 6h da manhã e estou aqui, bem acordada, pensando em toda essa loucura. Isso que Tomas e eu começamos é surpreendente e delicioso. Ainda sinto a boca dele na minha, seu pau dentro de mim. Quando me sequei depois do banho, senti minha pele sensível, meus seios doloridos, um ardor delicioso no meio das pernas... O espelho me revelou lábios vermelhos e inchados e, ao tocá-los, quase pude sentir novamente os beijos desesperados e lascivos. É um tesão descobrir esse prazer ao lado de Tom, mas não quero que isso nos leve a outros lugares, e até que me sinto muito bem quanto a isso.

Surpreendentemente, estou conseguindo separar as coisas melhor do que esperava. Eu sinto desejo por Tomas, quero comê-lo de colherinha, mas não estou nem perto de ter qualquer sentimento romântico por ele, o que é um alívio. Não sei explicar o porquê, já que eu sou a tal romântica incurável, e meu melhor amigo cheira a encrenca. Talvez seja a clareza de que ele não presta. Ou o senso de preservação de toda a nossa relação de amizade e lealdade. Ou o fato de ele conhecer todas as minhas vulnerabilidades.

Enfim...

Mesmo assim, só de me lembrar daquelas mãos enormes percorrendo meu corpo, daquela foda na parede, consumindo-me, exigindo tudo de mim, minhas pernas se contorcem. Muito bem, talvez seja uma boa oportunidade de inaugurar a minha caixa. Um ótimo "bom-dia" para mim.

Pego a bendita dentro do meu guarda-roupa e olho para ela por alguns instantes. Pois bem, por onde vou começar? Quero muito testar a varinha mágica. Eu levo até a cama e me deito. Coloco os *airpods* e uma *playlist* para tocar no celular, a fim de criar um clima. Deito-me novamente, pelada, pois não me dei o trabalho de vestir nada para dormir, e *High*, de Whethan e Dua Lipa começa a tocar.

Dou início, passando as mãos pelos meus seios. Acaricio os bicos, bem suavemente primeiro, com as palmas das mãos abertas, roçando de leve, causando arrepios. Eles vão endurecendo devagar, o que é delicioso de sentir, e parecem enviar uma descarga elétrica pelo meu corpo. Chupo o indicador e o dedo do meio de ambas as mãos. Quando pego nos bicos com as pontas dos dedos, primeiro provoco, acaricio, e em seguida, aperto com força, sentindo a eletricidade no centro exato do meu prazer. Junto as coxas uma na outra, em busca de um pouco de alívio. Encho as mãos com os meus peitos, pesados, e continuo apalpando, apertando, puxando os picos duros.

Meu tesão só aumenta. É enlouquecedor.

Sinto minha barriga se contorcer, e começo a descer uma das mãos por ela, alisando, devagar, até chegar ao topo da minha boceta. Passo as unhas na virilha, ao redor, e puta merda! Que fome absurda! Já quero muito gozar, mas anseio um pouco mais dessa sensação de prazer, desse frio na barriga, do dolorido bem lá embaixo.

Pego a varinha mágica, que começa a vibrar assim que encosto no botão de ligar. Deixo na velocidade um e a levo para o meio das pernas, encostando de leve no meu clitóris.

Puta que pariu!

Solto um gemido assustado, quase um choro, antecipando o que me espera. Deixo minha boceta se acostumar à vibração, e porra! Que delícia!

Aumento a velocidade. Quero mais.

Dois.

Gemo mais alto, não sei exatamente o quanto, porque *Wicked Games*, de The Weekend, toma meus ouvidos. Contorço-me e isso faz com que a sensação se intensifique.

Três.

Arqueio minhas costas, apertando minhas pernas em torno do objeto.

Quatro.

Mordo os lábios para não gritar, enchendo minhas bochechas de ar.

Cinco.

Viro de lado, enfiando a cabeça no travesseiro, sufocando os gritos de prazer.

Eu vou morrer!

Seis.

Volto a deitar de barriga para cima. Essa porra socando meu clitóris vai me matar, é sério mesmo!

Sete.

Aperto o lençol ao meu redor com tanta força, que sinto o momento em que o arranco do colchão.

Oito.

Espasmos começam a tomar conta do meu corpo, e eu me contorço, começando a tremer. Sinto minha cabeça zonza, e pequenas estrelas piscam dentro do meu cérebro.

Nove.

CARALHO!

Dez.

— Aaaaaaaahhhhhhhh...

Gozo tão intensamente, que a vibração do bastão chega a me incomodar, de tanto que meu clitóris pulsa e dói. Não consigo nem encostá-lo mais e o desligo rapidamente. Estou toda molhada e melada no centro das pernas e acabo não resistindo: enfio logo dois dedos, bem fundo dentro de mim. Começo a tremer imediatamente, e começo a me masturbar incessantemente, porque não quero parar de gozar, quero mais, preciso de mais!

Encontro o meu ponto G, e com as pontas dos dedos me concentro ali, dando pequenos empurrões, massageando-o, e o resto de sanidade que ainda me restava se esvai. Grito, enquanto gozo com força nos meus próprios dedos, e é uma porra de um tesão absurdo quando sinto meu líquido quente melando a minha mão, escorrendo...

Caralho! Que maldição de siririca boa!

Tiro os dedos de dentro de mim, ainda ofegante, e os vejo melados, brilhantes. Sorrio, enquanto os esfrego um no outro, admirando o meu gozo, satisfeita.

Transar comigo mesma realmente pode ser muito bom, Lígia estava coberta de razão. Porém, depois da experiência incrível, assim que consigo controlar a respiração, decido me levantar. Passam das 7h da manhã e não posso me dar ao luxo de ficar deitada, já que tenho aula às 8h50. Tomo um banho rápido, coloco um jeans e uma blusa branca, pego um casaquinho azul e, quando sigo para a sala, Tomas está em uma das banquetas do balcão.

— Bom dia, bichinha! — Ele sorri, tomando um gole de café.

Vou logo até a cafeteira pegar o meu e volto para ocupar a outra banqueta.

— Bom dia! Já acordado? Você só tem aula à tarde, não?

— Pois é, mas acordei assustado, com um grito vindo do outro quarto.

Arregalo os olhos e tenho certeza de que minhas bochechas ficam num tom de rosado muito mais forte. Não me aguento e começo a rir. Ele ri junto, e em segundos, estamos às gargalhadas.

— Me desculpe, Tom.

— Não me peça desculpas, mas talvez seja bom conversar com a senhora que mora no apartamento de cima.

Dou um tapa no braço dele, ainda envergonhada.

— Estava pensando no que fizemos na noite passada, acabei ficando com tesão, e fui explorar a minha caixa nova. — Dou de ombros.

Ele sorri genuinamente.

— E aí?

— A varinha mágica é um nove de dez.

— Uau, bom assim?

— Muito. Só não dou nota máxima, porque precisei chegar à velocidade mais alta para gozar, e porque estava com tesão por causa da gente. Não sei se, sozinha, sem algo muito específico, ela daria conta do recado. Aaaah... Mas aconteceu uma coisa muiiito boa: gozei nos meus dedos pela primeira vez.

Tomas arregala os olhos, e uma expressão real de plena satisfação toma seu rosto.

— Temos um grande avanço, senhoras e senhoras! — Ele faz uma mesura, e eu rio. — Quer dizer que pensou em nós, hein?

Ele me observa com uma sobrancelha levantada.

— Claro! O que fizemos ontem foi...

— Eu sei... — ele me interrompe. — Você é uma deusa em ascensão. Capaz de seduzir e enlouquecer um homem. E sabe exatamente o que fazer depois. Mulher, quando terminarmos isso, você será uma máquina destruidora de machos.

Dou uma risada. Será? Não sei, ainda tem muito da romântica e sonhadora dentro de mim e tenho consciência disso.

— Vamos ver — respondo. — Tenho aula, não posso me atrasar — digo, logo que me levanto, colocando a caneca na pia.

Pego minha mochila, chaves, e já estou me despedindo de Tom, quando penso por um segundo. Aproximo-me dele, que ainda está sentado na banqueta, e me enfio no meio das suas pernas. Pego seu rosto com as mãos e aproximo meus lábios dos seus. Ele os abre, e sinto sua respiração quente. Antes de qualquer descontrole, dou um beijo rápido e suave, no canto da sua boca. Em seguida, vou até a porta.

— Até mais tarde! — digo, dando uma piscadela, achando divertidíssima a expressão chocada e boquiaberta de Tomas.

Saio pelo corredor, comemorando internamente.

É sobre isso, gata!

CAPÍTULO 12

TOMAS

Dirijo de janelas abertas e capota baixada, sentindo o vento frio gelando o meu rosto. É uma sensação agradável, de leveza e liberdade. Twenty One Pilots gritam *Holding On To You,* a plenos pulmões, nos alto-falantes do carro. Respiro fundo por diversas vezes, a ponto de sentir minhas narinas arderem e meu peito queimar.

Sei bem porque precisei simplesmente sair correndo, e dirigir para longe de casa e da Universidade. Vivian. Esse é o nome da minha perturbação. Tenho zero problemas com o nosso acordo, estou gostando do que temos feito juntos; gostando bastante, a propósito. O problema, é que a mulher decidiu me provocar o tempo todo, e o meu pau não sabe se controlar perto dela. Tudo o que eu quero quando a vejo, ou quando sinto seu cheiro, ou, principalmente, sua proximidade, é fodê-la de todas as formas que puder.

Já imaginei tantos cenários com Viv, que poderia escrever uma reedição do *Kama Sutra* com essa mulher. Logo, controlar-me já é uma tarefa difícil. Não pensar em sexo perto dela depois de experimentar o quão fundo posso ir naquela bocetinha apertada, é humanamente impossível. Só que, com ela me provocando, passa de todos os limites: é torturante. E eu simplesmente precisava respirar longe daquela atmosfera sexy, de luxúria.

Chego à empresa dos meus pais, passo pela recepção sem parar para cumprimentar ninguém, e vou direto até a sala dividida pelos meus irmãos, que me recebem com seus cumprimentos característicos.

— Quem é vivo, sempre aparece! — Alexander dá a volta em sua mesa e me puxa para um abraço rápido, de tapinhas nas costas.

Ele é o meu irmão do meio, o mais amigável e gentil de nós três. Alex tem vinte e nove anos, é uns três centímetros mais baixo do que eu, com cabelos um pouco mais claros do que os meus. De resto, somos a cópia perfeita um do outro. Rosto, corpo, jeito de andar, de falar. Absolutamente tudo. Já chegaram a perguntar se somos gêmeos.

— Ao que devemos a honra? — H. pergunta, com as mãos juntas sobre a mesa, e um meio sorriso.

Aproximo-me dele, que estende a mão e me dá um cumprimento forte, firme e intimidador. Esse é Henri, o mais diferente de nós. Ele é o mais alto dos três e, considerando que tenho 1,84m, não é pouca coisa. Tem cabelos castanho-escuros, bem rentes à cabeça, olhos verdes — o único que puxou essa característica da nossa mãe —, e um maxilar forte, rijo, típico do Minotauro que ele é. Henri malha muito, bem mais que Alex e eu, e acho que desconta todas as suas frustrações no boxe. E devem ser muitas, pelo visto. É o mais sério de nós, também. Deve ser por isso que parece ter mais do que os seus trinta e dois anos de idade.

— Só passei pra ver vocês. Esses últimos semestres de faculdade são complicados, não dá tempo pra muita coisa.

Olho a rua pela persiana, disfarçando, porque sei muito bem os motivos de andar sem tempo, e não tem nada a ver com Arquitetura.

— Lembro bem como era, querem nos fazer desistir até o fim, tornam tudo impossível! — Alexander me apoia.

— Me poupem, os dois. Nem é tão ruim assim. Aliás, em comparação com agora, não é nada. E para falar a verdade, sabemos bem das prioridades de Tomas. — Ele se levanta, abotoa o paletó, dá a volta, cruza os braços e se encosta em sua mesa, sorrindo, sarcástico. — Quem anda comendo agora, Tontom?

Ele usa o meu apelido de infância de propósito, pois sabe o quanto me irrita.

— Porraaaa... Me diga que é Vivian, por favor! — Alex une as mãos, em súplica. — Eu não conseguiria morar com aquela mulher sem bater uma punheta todo dia, sério mesmo. Tomas, se você dá conta disso, és um soldado aguerrido! — Ele faz uma reverência, e eu rio da expressão.

— Ou é gay — Henri reforça a implicância, mas nem me importo.

Incomodo-me mesmo é com a maneira como Alexander se refere a Viv. Já falamos algumas vezes sobre ela, sei o que eles pensam e isso nunca me irritou antes, apesar de que sempre exigi respeito com a minha amiga. Porém, agora estou muitíssimo desconfortável.

— De onde vem isso de soldado aguerrido? — Desvio habilmente da conversa.

— Estou fazendo aulas de espanhol. Adrián, nosso CEO da filial de Madri está precisando de ajuda, e comecei a estudar a língua para dar uma força. — Alex dá de ombros.

— Não desvie do assunto, Tontom. Quem é a da vez? — Meu irmão mais velho insiste, com seu olhar felino que nunca deixa passar nada.

— Como se eu comesse uma mulher só — bufo.

Devo ter soado mais ríspido do que o normal, porque Henri, perspicaz como é, se aproxima e diz:

— A-há! Tem alguma coisa aí!

— Tem? — Alexander se levanta, os olhos brilhando, olhando de mim para o meu irmão mais velho.

— Claro! Ele já entrou aqui diferente, não percebeu? Meio perdidão, mais aéreo... E arregalou os olhos quando você falou da Viv.

Odeio esse sorriso presunçoso de Henri!

— Hummm... Observando agora, você até que tem razão, H. Ele está diferente... Como posso dizer? Está menos Tomas! — Alex completa como se fosse uma conclusão brilhante.

E é reforçado por Henri, que estala os dedos, aponta para ele e responde:

— Isso!

— Vão se foder!— Canso de ouvir os dois falando sobre mim como se eu não estivesse aqui. — Depois de quatro anos, vocês realmente acham que eu daria esse mole? Vivian quer casar, ter filhos, toda essa bobagem romântica. Eu só quero foder e voltar para casa a tempo do café da manhã.

— É, isso não combina mesmo com você — constata Alex. — Na verdade, combina muito comigo, diga a Vivian para me mandar uma mensagem.

Ele me dá uma piscadela, e eu quero arrancar seus olhos.

E o pior é que ele tem razão. Apesar do palavreado chulo, Alexander é romântico. Namorou a mesma mulher por dez anos, namoro de adolescência, e acreditamos que se casaria com ela. Ele e Chiara chegaram a ficar noivos e planejavam o casamento, até meu irmão encontrá-la fodendo com o seu melhor amigo, aquele que seria seu padrinho, atrás da chopeira, no seu aniversário de vinte e sete anos. Desde então, Alex tem lutado para ficar bem, mas sei que ainda tenta se recuperar do baque, e que ainda não consegue sair com ninguém. Para ir a um encontro, meu irmão precisa de um mínimo de envolvimento, interesse, encantamento. Enfim, assim como Viv, ele também é um romântico de coração partido. Realmente eles combinam.

Afasto rapidamente o incômodo que esse pensamento me traz.

Henri dá de ombros, voltando para sua mesa.

— Bem, não tenho mesmo tempo para isso, há muito trabalho aqui a ser feito. Não vejo a hora de você se formar.

Meu irmão mais velho sempre pareceu o homem de gelo. Sem demonstrar emoções, seus olhos não parecem expressar absolutamente nada. Desde pequeno é assim, e não sei se algo aconteceu antes de eu nascer que explique esse temperamento frio e calculista, mas esse é Henri. Ele nunca apareceu com uma mulher em casa, e até aí, eu também não, mas meus irmãos já me encontraram por aí com mais de uma mulher, em circunstâncias, às vezes, constrangedoras. Mas Henri sempre pareceu absolutamente controlado, o tipo de cara que jamais seria pego em qualquer situação na qual não quisesse ser visto. Apenas vi mulheres saindo de seu apartamento quando estava chegando por lá, em um par de ocasiões. Mulheres lindas, mas que pareciam tão frias quanto ele.

Aproveito a deixa e me levanto, despedindo-me dos meus irmãos.

— Vou dar uma passada para ver o pai e a mãe. Vamos marcar de jogar sinuca e tomar umas no fim de semana. Sinto saudades dos meus maninhos — digo, apertando a barriga ausente de Alexander, que sorri.

— Vamos ver — Henri responde, e reviro os olhos.

— Até!

Fecho a porta atrás de mim, ainda a tempo de ouvir os dois respondendo, em uníssono:

— Tchau, Tontom!

Voltei para casa pensando na conversa com meus irmãos e acabei nem indo à aula ontem. Vivian está se tornando uma provocadora um pouco mais perigosa a cada instante. Sinto-me absorto em sua aura sedutora, e ela está protagonizando meus pensamentos mais pecaminosos. Penso em foder aquele corpo quente e delicioso desde o momento em que acordo, e isso está saindo de controle. Especialmente quando a vejo perambulando pela casa, provocando-me deliberadamente. Gosto dessa mulher ousada que está se tornando, admito. Mas eu não sou o principal alvo de sua sedução. Adoro ser sua cobaia, mas Vivian precisa de mais. Precisa ser matadora.

Hoje é quarta-feira, e decido elaborar uma "lição" um pouco mais teórica para o dia. Esforço-me de verdade, faço anotações, e preparo um ambiente propício para "estudarmos": coloco um bloco com caneta no sofá, e no chão, logo em frente, um copo térmico grande de água gaseificada geladinha, com um prato de discos de parmesão como petiscos.

Procuro dentro do guarda-roupa de Vivian o quadro branco que ela usa para estudar de vez em quando. Eu o encontro, levo para a sala e o monto, de frente para o sofá. Dez minutos depois, ela chega. Está com uma carinha exausta, e quase me arrependo de ter escolhido justamente hoje para enchê-la com mais "conhecimento".

Pelo menos, esse é divertido!

Ela observa o cenário, intrigada, jogando mochila e chaves no chão, ao lado da porta — o que sempre me irrita, já que não custa nada colocar em cima da banqueta, ou do balcão —, e chutando os tênis dos pés.

— O que é isso? — pergunta, apontando para onde estou.

— Sua lição de hoje. — Sorrio, meio que me desculpando.

— Oba! Posso só tomar uma ducha rápida?

— Claro!

— Já venho!

Ela corre para o banheiro e a minha insegurança em perturbá-la se esvai. Esqueço sempre o quanto Vivian está animada com tudo isso, e relembrar é muito, muito bom.

Dez minutos depois ela aparece na sala, com um camisão de algodão colorido, que pende de um ombro, e cabelos presos em um coque. Apenas isso. A mulher está vestindo um saco de batatas, e meu pau está ficando duro.

Preciso me controlar!

— E então? — pergunta, e eu aponto o sofá.

— Deixei papel e caneta para você, se quiser anotar. Tem água gelada na *Stanley*, e aqueles disquinhos de parmesão que você adora.

Ela se joga em mim, abraçando-me e dando seus pulinhos felizes.

— Aiiiii... Amei! Estou com fome de mil mendigos.

— Então, talvez tenhamos que ver algo mais substancial para comer depois.

— Mais tarde. Agora, quero aula — ela diz, já com a boca cheia, sentando-se no sofá com o bloco de papel e a caneta em mãos.

— Certo — digo, assumindo uma postura séria, firme, sem distrações. Mesmo quando ela chupa o sal dos dedos, após colocar um disco de queijo na boca. — Você quer aprender a seduzir, de forma a deixar sua memória marcada em um homem, ainda que não queira nada a longo prazo com ele, não é? E, mesmo que acabe querendo, quer deixá-lo rastejando, para que se entregue completamente a você, antes de se entregar a ele, estou correto?

— Exatamente!

— Vale a pena começar dizendo que nós, homens, somos muito guiados pelos sentidos. Em especial, a visão e o olfato.

Escrevo no quadro e, ao me virar, vejo Vivian anotando atentamente.

Uma diaba malditamente fofa e sexy!

— Gostamos muito do que vemos, e nem estou falando do que é obvio, como uma bunda bonita ou uns peitos gostosos. Isso também. Mas gostamos muito de sutilezas. Quando vocês lambem os lábios, passam os dedos pelo pescoço antes de colocar uma mecha de cabelo atrás da orelha, ou passam, "despretensiosamente", as pontas dos dedos pelo próprio colo, ajeitando um colar, ou pelos braços, em uma conversa normal... Quando mordem os lábios num sorriso... Nossos olhos acompanham tudo. Nada passa despercebido, em especial aos olhos afiados de um cara safado. É muito excitante. Ontem, o que me deixou ainda mais aceso do que te ver de *lingerie*, foi a forma como você estava tocando seu corpo. Porra! Você estava uma delícia ali, passando os dedos em si mesma, e sem saber que eu estava observando. Me seduziu completamente.

Observo Vivian apertar as pernas, uma na outra. Não a culpo, meu pau igualmente está animado com a lembrança.

— Também gostamos dos cheiros que sentimos. E não só do perfume. Do cheiro de fêmea, de excitação. É um cheiro sexual, que só quem está emitindo, e quem está sentindo, consegue perceber, eu acho. Puro feromônio. Então, se ficar excitada, não se acanhe. Saiba que irá cheirar deliciosamente. Use essa percepção ao seu favor. E, sempre que puder, se aproxime do cara, e o deixe sentir seu cheiro mais de perto. Seja sutil, não se jogue. Se achegue para pegar uma taça, por exemplo, ou para passar por ele para ir ao banheiro, ou até apanhar sua bolsa. Crie sua memória olfativa nele.

Ela anota freneticamente. Nunca vi Vivian tão aplicada. Vou lhe dar um A+, bem na sua boquinha, quando eu enfiar meu pau fundo lá dentro.

Ops! De onde veio isso? Foco, Tomas!

Eu espero que termine de escrever e continuo:

— Algo muito importante na hora de seduzir um homem, em especial um canalha, ou até para ser pior do que ele: se controle e tenha paciência.

Demonstre interesse, mas nunca euforia. Flerte, abuse da sacanagem que precede o sexo, mas não esteja disponível demais. E sempre use o olhar. Olhar nos olhos é muito hipnotizante.

Vivian para de anotar solta um sonoro suspiro e me interrompe pela primeira vez.

— Isso tudo parece um jogo. É até meio cansativo.

— É um jogo, bichinha, e estou tentando te ensinar a jogar com as armas que conheço, e com as que já sei que você tem. Você quer ser mais safada, mais canalha, ao mesmo tempo quer seduzir esses caras que não prestam para se divertir, e seduzir os que talvez sejam decentes e deixá-los se arrastando por você, certo?

— Isso mesmo.

— E como quer tudo isso, se não aprender a jogar esse jogo sexy e sujo?

— Você tem razão. É que parece difícil. Não tenho prática para saber até onde pareço interessada ou disponível demais. É uma linha muito tênue.

— Isso você terá de manter em mente e praticar. É tentativa e erro. Mas você é naturalmente sedutora, tem se saído muito bem nessa arte. Acredito que saberá a hora de parar.

— E se eu não souber?

Ela parece insegura demais e isso pode estragar tudo. Penso numa solução. A ideia me desagrada um pouco, e nem ao menos sei o porquê. O que importa é que acho que pode funcionar, e muito, para ela.

— E se sairmos esse fim de semana, mas dessa vez, para você seduzir alguém? Vou contigo, ficamos com os *airpods*, em ligação, e eu me mantenho o mais próximo possível, observando. Vou te alertando pelo fone, se precisar, dentro daquilo que conseguir ver e ouvir, obviamente. O que acha?

— Como se fôssemos dois espiões! — Os olhos dela faíscam.

Dou uma risada.

— Mais ou menos isso. Podemos ser sócios na arte da espionagem da sacanagem!

— Sim! Poderíamos nos chamar de "Filhos da Puta S.A.".

Dou uma gargalhada e me sento perto dela no sofá, pegando seu copo e tmando um gole d'água.

— Temos um combinado?

Estendo minha mão para ela. Vivian me entrega a sua, sem pestanejar.

— Claro! Estou animada! Nervosa também! E ansiosa! Mas, animada!

Sorrio e dou um beijo em sua bochecha.

— Acho que por hoje está bom, né? Vamos pedir cachorro-quente?

CAPITULO 13

VIVIAN

Acordo com o despertador. São 7h da manhã, e hoje Tomas e eu temos uma aula juntos, às 9h40. Levanto-me de um pulo, ansiosa ao me lembrar de que ele disse que abriríamos juntos hoje o item misterioso da caixa do prazer. Havia me esquecido disso!

Como assim?

Ontem, depois da aula que ele me deu, íamos pedir um lanche em casa mesmo, mas acabamos decidindo comer no carrinho de cachorro-quente do Rocco, um senhor muito simpático que conhecemos desde o primeiro período de faculdade. Temos o maior carinho por aquele *point*, e tenho certeza de que será um dos lugares de que mais sentirei falta quando a graduação terminar.

Foi muito bom sair andando pela rua com Tomas, conversando, rindo, falando de tudo e de nada, como sempre fizemos. A atmosfera sexual entre nós andava tão forte, que estávamos meio que perdendo essa nossa naturalidade. Estar com Tom é fácil, tranquilo, familiar, e quero que nunca seja diferente. Só percebi o quanto senti falta naquele momento, quando voltamos a ser só bichinho e bichinha de novo, a romântica e o canalha que moram juntos, e são os melhores amigos do mundo, contrariando toda e qualquer expectativa. Foi muito bom, dormi de barriga cheia pelo lanche generoso, mas superleve e feliz.

Porém, hoje já acordei pensando nos prazeres da carne. Rio de mim mesma, porque estou ansiando pelo presente que Tom tem para mim. No fim, devo ser tão pervertida quanto ele, essa é a verdade. Resolvo tomar logo um banho, arrumar-me e preparar nosso café da manhã. E tomo uma decisão: se ele não falar da caixa, também não falarei. Vamos jogar um joguinho, e vou me controlar.

Eu consigo! Não sou nenhum animal que só sabe agir por instinto, afinal. Não é? Tomas não receberá o gostinho de me ver ansiosa.

Quando começo a comer meus ovos mexidos, o bichinho aparece na cozinha, seu cheiro de capim-limão preenchendo o ar. Está só de calça jeans, os cabelos ainda úmidos, com gotas escorrendo pelo pescoço e peito musculoso. Ele é apetitoso, não posso negar e, combinado ao seu odor fresco, me faz engolir em seco, com o desejo começando a surgir pelo meu ventre.

— Bom dia, bichinha! — Ele parece não perceber o que provoca em mim, e sou grata por isso.

— Bom dia, bichinho! Seu prato está tampado no fogão, para não esfriar.

Ele sorri, pegando a comida e se sentando ao meu lado.

— Está cheia de energia hoje, hein? São oito horas e você já tomou banho, fez o café e está pronta pra sair... Por que isso? — Sua pergunta parece capciosa.

Observo Tomas por alguns segundos, buscando por alguma pista do que está pensando, mas não consigo ver absolutamente nada. Ele reclama de Henri, seu irmão mais velho, ser fechado, mas quando quer esconder algo, seu olhar é tão impenetrável quanto o dele.

— Dormi bem, somente. — Dou de ombros, isso terá de bastar.

— Entendi...

Ele termina de comer, coloca nossa louça na pia e volta para o seu quarto, enquanto vou escovar os dentes e ajeitar o cabelo. Quando saio do banheiro, ele também sai de seu cômodo, já arrumado.

— Não está esquecendo nada? — Tomas pergunta, com uma sobrancelha arqueada.

— O quê?

Faço a expressão mais inocente possível, e acredito que funciona, pois ele parece até um pouco desapontado.

— O item embrulhado da caixa. Aquele que usaremos juntos, hoje.

Quando ele diz isso minha barriga se contorce e minhas pernas dão uma leve fraquejada.

— Ah, é verdade! Vou buscar!

— Leve para a sala. Vamos abri-lo juntos.

Pego a caixa na velocidade da luz e logo vou até ele. Tomas está de pé, encostado na parede, com os braços cruzados. Os músculos se contraem na camisa, fazendo com que pareça maior, e me sinto pequena, ansiosa e excitada.

Ele sorri e se aproxima, devagar, dando-me uma única voz de comando:

— Abra.

Obedeço, imediatamente rasgando o papel de presente. Quando vejo o objeto, meus olhos de arregalam.

— O que é isso? — Minha voz sai em um sussurro.

Eu sei o que é. Só não estou acreditando.

Ele pega a caixa, a abre, passa a mão pelo objeto, lentamente, e apenas esse movimento já é sexy demais.

— Isso, meu bem, é um vibrador de calcinha. É para colocar na sua *lingerie.* Ele fica encostado no seu clitóris. Segure.

Estendo a minha mão para ele, que coloca o vibrador bem em cima. A textura é agradável, aveludada, e o formato é parecido com o de um absorvente, porém um pouco mais cilíndrico.

— E como funciona? — Minha voz permanece instável, sussurrada.

Tomas pega mais alguma coisa dentro da caixa, mas não me deixa ver. O negócio começa a vibrar, de repente, e tomo um susto. Ele dá uma risada satisfeita, mostrando-me o objeto que tem em mãos.

— Controle remoto?

Sinto meus olhos saltarem das órbitas.

Tomas apenas faz que sim com a cabeça, o sorriso nunca deixando seus lábios.

— E o que pensa que fará com isso? — Minha voz agora sai mais firme, como se tirasse forças de algum pingo de dignidade que ainda me resta.

— Usarei em você na aula, hoje.

Engulo em seco. Suas pupilas estão dilatadas e sua respiração ruidosa. O safado está visivelmente excitado com a ideia, não posso negar que também estou. Porém, de certa forma, sinto-me ultrajada, com medo, envergonhada. São emoções muito conflitantes.

— Tomas, temos três horas seguidas de aula agora de manhã.

— Eu sei.

— Vai ser uma tortura.

— Vai, sim.

— E qual o objetivo disso?

— Você aprender a se controlar.

Engrenagens começam a rodar na minha cabeça, tentando encontrar um sentido contundente nessa explicação. Percebendo minha confusão, Tom se recompõe da excitação e pega na minha mão vazia, tentando me passar segurança.

— Bichinha, uma das coisas que podem fazer uma pessoa ser presa fácil de outra, é o desejo. Se deixar levar pela excitação. Muitas vezes o homem, por pensar com a cabeça de baixo, ou a mulher, por querer abrir as pernas, acaba fazendo isso sem parar para pensar em quem está levando para cama, ou na cama de quem está indo parar. Se for só sexo, o dano é mínimo. O problema é que, no seu caso, a entrada de sentimentos é algo possível. Então, temos de aprender a controlar esse tesão. Tanto para ser capaz de decidir quem quer levar para cama, quanto para escolher quando e como. Você tem o direito de ter esse poder.

E a explicação faz todo sentido. Será um exercício que me ensinará a controlar o tesão que sentirei no momento das vibrações. Se conseguir me controlar ali, sem me tocar, sem puxar Tomas para um lugar privado, sem querer foder a todo custo ou gozar descontroladamente, então posso aprender a ter um mínimo de controle. Posso entender como meu corpo funciona quando é levado ao limite. Pode ser que funcione.

— Entendi — digo, levantando-me e indo até o banheiro. Quando retorno para a sala, Tomas me observa, curioso. — Podemos ir.

Seus olhos brilham e as pupilas voltam a dilatar. Ele entendeu que o objeto já está na minha calcinha.

— Muito bem, bichinha. Vamos nos divertir com sua próxima lição!

Já se passaram cinquenta e cinco minutos de aula, a tortura ainda não começou, e meu coração parece que vai saltar da boca de tanta ansiedade. O professor de Economia Aplicada ao Novo Século acaba de passar uma lista de exercícios, e alguns alunos se sentaram juntos para discutir as atividades. Estou em uma das últimas cadeiras, encostada na parede, e Tomas sentado ao meu lado. Ele tira um par de *airpods* e me oferece.

— E os exercícios?

— A gente já está cansado de saber isso tudo. E daqui a pouco ele vai fazer junto com a turma, para ver se entendemos corretamente. Apenas ouça a música.

Pego os fones e os coloco, reconhecendo de imediato os vocais. É *Side To Side*, de Ariana Grande e Nicki Minaj. Antes que me acostume à batida, uma vibração começa no meio das minhas pernas e puxo o ar, arregalando os olhos. Tomas segura a minha mão por baixo da mesa e a aperta, como se me lembrasse de que preciso me controlar e ficar quieta. A sensação que o objeto provoca é bizarramente imediata, e meu clitóris espalha a vibração por todo o meu corpo. Aperto as pernas uma na outra e prendo o lábio inferior com os dentes.

Isso está realmente acontecendo, no meio de todo mundo! É inacreditável!

A vibração aumenta, e encosto a cabeça na parede, de lado, contorcendo-me um pouco, mas tentando me segurar o melhor que consigo. Lidar com isso é muito mais difícil do que eu poderia sequer imaginar. Beira o impossível. Minha boceta lateja forte, junto ao objeto, parecendo se fundir a ele. Novamente a intensidade de vibração aumenta e, consequentemente, a sensação. Pego um lápis e o mordo, desesperada, para evitar gemer no meio da sala de aula.

Esse tempo todo evitei olhar para Tomas, mas não consigo mais. Meus olhos suplicantes encontram os dele, que estão escuros de tesão, e observo sua respiração entrecortada. Olho ao redor, e a sala parece alheia ao nosso momento erótico. Por baixo da mesa, espalmo minha mão sobre o pau de Tom e me satisfaz ainda mais senti-lo duro e enorme. Ele também está tendo de se controlar, e isso me faz sorrir. O desgraçado percebe e aumenta a vibração, retomando o próprio controle e me fazendo encolher.

Merda!

Eu vou acabar gozando, e não sei ser silenciosa quanto a isso. Faço menção de me levantar, mas Tomas me segura pelas coxas, não me deixando sair do lugar. Sinto-me suar frio, e uma gota escorre pelo meio das minhas costas.

Porra! Que sensação louca, que tesão do caralho!

Oscilo entre uma euforia absurda e uma sensação de fraqueza, de estar totalmente entregue. Começo a perceber pequenos espasmos percorrendo meu corpo. Meu clitóris começa a doer. Eu não vou conseguir segurar. Não vou conseguir. Não vou conseg...

A vibração para de repente, e a música desliga ao mesmo tempo.

— Então, pessoal, vamos corrigir os exercícios?

A voz do professor desperta a minha mente do torpor sexual. Pisco algumas vezes, tentando retomar o controle, mas o meu corpo não dá sinais de que conseguirá sair tão cedo dessa nuvem inebriante de luxúria. Levanto-me rapidamente, catando a minha mochila e pedindo licença para ir ao banheiro. Não espero permissão e apenas saio, quase correndo, porta afora.

CAPÍTULO 14

TOMAS

Fico completamente atônito com a saída abrupta de Vivian. Nem me dou o trabalho de disfarçar ou dar explicações, apenas coloco tudo dentro da mochila e saio da sala, correndo através dos corredores, olhando para todos os lados, mas sem nenhum sinal dela.

Viv disse que iria ao banheiro, e se for verdade, é lá que provavelmente irei encontrá-la, certo?

Ainda assim, por que ela teve que sair daquele jeito? O que está se passando na mente da garota? A experiência erótica foi demais para ela? Será que a machucou? Irritou?

Apresso o passo até o banheiro feminino e encontro as senhoras que cuidam da limpeza interditando a entrada do local.

— Olá! Bom dia! O banheiro está fechado? — questiono uma das mulheres, que me olha, desconfiada.

— Sim, está em manutenção. Por que quer saber? Você não é uma menina. — Ela repuxa a boca, meio a contragosto.

— Boa observação. É que uma amiga estava passando mal na aula e disse que viria direto para cá. Juntei o nosso material e vim logo atrás, para saber como está e oferecer ajuda.

— É Vivian? — Uma moça pergunta, também uniformizada, porém bem mais nova e simpática do que as outras.

Óbvio que Viv deve conhecer todas as profissionais de limpeza do prédio. Ela conhece todos os porteiros e seguranças também.

— Ela mesma! Você a viu?

A jovem vê a minha aflição e me puxa de lado, dizendo em um tom de voz baixo:

— Ela veio aqui, mas como o banheiro estava impedido e Vivian estava com cara de quem queria vomitar, eu dei a chave do banheiro da Secretaria C para ela, que hoje está fechada, não tem ninguém. Acabamos de limpar lá.

— Muito obrigado!

Aperto suas mãos e corro até a secretaria indicada que, para a minha sorte, não é tão longe. Chego, dou a volta no balcão da recepção, adentrando pelo acesso de funcionários. Por sorte, Vivian deixou aberto.

Vejo a placa indicando o banheiro e me aproximo, batendo os dedos na porta de madeira.

— Vivian, sou eu... — falo baixinho.

— Vá embora! — Ela parece nervosa e chateada.

Tento abrir a porta, mas está trancada.

— Viv, por favor, abra para mim! Sou eu, pô, seu bichinho!

Alguns segundos de silêncio depois ouço a tranca girando. Abro a porta devagar e encontro Vivian de frente para o enorme espelho da pia do banheiro, segurando o grande balcão de cimento queimado, que ela aperta com tanta força, que os nós dos dedos chegam a estar esbranquiçados. Deixo a mochila numa poltrona próxima e me aproximo dela, com os seus olhos me acompanhando pelo reflexo.

— Você não tinha o direito... — ela rosna entredentes.

Suas pupilas estão dilatadas, a respiração ofegante. Um vislumbre de compreensão me perpassa e acho que entendo exatamente o que está acontecendo. Ainda assim, quero ouvi-la.

— Direito de quê? — pergunto no exato instante em que quase encosto o meu corpo na parte de trás do dela.

— De me enlouquecer dessa forma, principalmente dentro de sala de aula.

Cheiro seus cabelos, sutilmente, sem me encostar nela, mas perto o suficiente para que ela sinta e veja o que estou fazendo.

— Pois você foi muito bem lá. Quando percebeu que perderia o controle, foi embora. Saiba que sempre pode fazer isso num encontro. Pelo menos, descobriu que é capaz de se segurar, mesmo estando cheia de tesão. Ainda que seja difícil. Tirou um A, senhorita Hedonê.

Ela me observa, inflamada. Sinto algo quente, quase febril, emanando do seu corpo.

Calor e energia começam a dominar o ambiente, e é incrível como isso me doma inteiramente também. Vivian não sabe, mas nesse momento, ela me tem totalmente à sua mercê.

— E se eu não quiser? — Ela se vira, imponente, olhando diretamente em meus olhos.

— O quê?

Engulo em seco, antecipando na minha mente o que está por vir. Ou, pelo menos, tentando.

— Me segurar. — Vivian ergue o queixo, como se me desafiasse.

Eu ergo os braços em rendição e, com a voz rouca, apenas respondo:

— Então, faça o que quiser.

Não preciso falar duas vezes. Viv me puxa pelo pescoço, fazendo-me ficar da sua altura, e enroscando brutalmente sua língua na minha. Não existe delicadeza ou suavidade. O que essa mulher tem é fome, ganância, desespero. O beijo é quente, devoto e implora por muito mais. Uma dança vibrante de línguas, lábios, dentes, saliva, respirações, gemidos. Vivian enfia as mãos por baixo da minha camisa, passando as unhas pelas minhas costas, eu enrolo meus dedos em seus cabelos, puxando-os, fazendo-a gemer ainda mais na minha boca.

— Me fale o que você quer...

Ela estremece em minhas mãos.

— Quero que você me coma agora, nesse banheiro.

— Seu pedido é uma ordem, minha deusa. Mas, primeiro, eu preciso sentir seu sabor.

Pego na barra do vestido curto de Vivian, passando as mãos pelas suas coxas, provocando, sentindo-a arrepiar em meus dedos. Ela estende os braços para cima, e puxo a peça, tirando-a pela cabeça. Vivian chuta as sapatilhas de seus pés, e eu desabotoo seu sutiã, liberando os seios perfeitos. Lambo, chupo e mordisco os mamilos duros e quentes, enquanto seguro e aperto os peitos pesados e deliciosos em minhas mãos. São dois cumes simplesmente incríveis, dignos de adoração.

Ergo Vivian pelos quadris, e a coloco sentada sobre o balcão da pia. Eu a puxo para frente, de forma a deixá-la metade para fora. Tiro sua calcinha e o vibrador que ainda estava alojado ali. Agacho-me à sua frente, abro bem suas pernas, sua boceta brilha, lustrosa do seu melado, espalhando-se, quente, para mim. Lambo os lábios em antecipação e logo levo a minha língua ao seu clitóris.

Ela geme e inclina o corpo para trás, proporcionando-me ainda mais acesso. Não aguento e chicoteio seu botão inchado e pulsante algumas vezes, voraz, ritmado, incansável. Seguro suas coxas no lugar, tendo total domínio de seu corpo, até que ela começa a tremer. Então, paro. Vivian rosna, e eu sorrio, satisfeito com a sua impaciência.

Lambo toda a extensão da sua boceta, desde a fenda encharcada até o clitóris, enchendo a minha boca. O sabor dessa mulher é inexplicável. É gosto de fêmea, de lar, de açúcar e de Vivian. Enfio a minha língua em sua abertura, estocando, uma, duas, infinitas vezes. A fodo com a língua, literalmente.

— Porra, Tomas!

Ela se contorce, e levo meu polegar ao seu clitóris, apertando-o apenas uma vez. Viv segura a minha cabeça, enterrando meu rosto mais forte em sua boceta, e goza em espasmos descontrolados, as coxas tremendo em minhas mãos, que estão abertas e espalmadas sobre elas. Sugo tudo o que sai da sua bocetinha perfeita, só para me levantar e beijá-la mais forte e mais duro. Ela se enrola em mim, parecendo não se cansar.

— Eu preciso te foder, Vivian — rosno ao seu ouvido, e ela geme algo ininteligível em resposta.

Corro até a mochila e saco uma camisinha. Volto para ela e a desço, virando-a de frente para o espelho.

— Apoie as mãos no balcão, fique na ponta dos pés e empine bem esse rabo para mim. Eu vou te foder e você vai assistir. Vai ver como fica gostosa quando está sendo bem comida.

Ela faz exatamente como digo. Chego para o lado, para que Viv tenha um vislumbre melhor. Tiro a minha camisa e desabotoo meu jeans, retirando-o com os sapatos, as meias e a boxer. Ela agora tem uma imagem completa do meu corpo nu, parece que nem sequer piscar, seus olhos estão completamente vidrados. Rasgo o envelope da camisinha com os dentes, e a desenrolo por meu pênis. Em seguida, começo a massageá-lo, excitando-me e certamente a deixando mais faminta, pois ela lambe os lábios em resposta.

Volto a me posicionar atrás de Vivian, enrolo meus dedos em seus cabelos e os puxo. Ela, como sempre, solta um delicioso gemido. Inclino-me, posiciono a cabeça do meu pau na sua entrada e o enfio de uma vez. Viv dá um grito, eu trinco os dentes, de tanto tesão.

Puta merda! Que mulher gostosa do caralho!

Meu pau pulsa dentro dela e eu ainda nem comecei a me movimentar. O que Vivian faz comigo é surreal, é sobre-humano, é feitiço.

Começo a ir e vir na sua boceta apertada, a desgraçada movimenta os quadris em uma dança sincronizada com o meu pênis rígido. A gente começa a foder um ao outro, ao som de gemidos, gritos, sussurros, e palavras inventadas e desconexas. As minhas bolas dão uma surra nela, e o som erótico me faz perder ainda mais a razão. O espelho começa a embaçar com nossas respirações ofegantes, e sal, e suor, e é exatamente assim que sinto a minha mente, tomada de uma nuvem inebriante de prazer.

— Caralho, Vivian! Você é deliciosa!

— Ai, Tomas! Mais forte, por favor... Me come mais forte!

— Porra, mulher! Não fala assim...

— Eu quero mais forte! Me fode, Tomas!

Ouvir meu nome em seus lábios, pedindo que a foda, é como combustível na chama e começo a bombear loucamente, mais e mais dentro dela, rápido, forte, sem parar. Minha mente perde todo e qualquer controle. Esqueço onde estou, quem Vivian é, porque no momento eu só quero, só consigo sentir, sentir, sentir.

Viv geme e grita meu nome, suas pernas estão amolecendo, mas percebo que ela faz todo o esforço do mundo para se segurar.

— Tomas, aaaaaah... Assim! Aaaaaaah... Isso, que gostoso! Vem, safado, vem, me arrebenta!

Ela diz isso com o corpo convulsionando e o efeito que suas palavras têm em mim é devastador. Eu a destruo, tomo todo seu corpo e Vivian goza, forte, barulhenta, apertando meu pau com seus músculos internos, levando-me ao limite.

— Caralho, Vivian!

Agarro seu quadril e dou mais uma única estocada, gozando com um urro animalesco, vindo do fundo da garganta, onde mal reconheço a minha própria voz.

Vivian e eu estamos há algum tempo tentando acalmar nossas respirações. Logo que terminamos, empurrei a mochila para o chão e desabei na poltrona, puxando a garota sobre mim. Ela está sentada em meu colo, com o corpo relaxado sobre o meu. Acaricio seus cabelos e Viv brinca com meus dedos. O engraçado é que, mesmo depois de tudo o que fizemos, esse momento me parece íntimo e confortável demais. Mais do que deveria, pós-sexo quente entre dois melhores amigos. É meio assustador.

— Você está bem? — Puxo seu queixo com os dedos, fazendo com que olhe para mim.

— Agora, sim — ela responde com sinceridade, e eu sorrio, cheirando e beijando seus cabelos.

Abraço Vivian, confuso, meu coração batendo mais forte do que o costume de quando estamos juntos. Ela passa os dedos pelas veias do meu antebraço, como se as desenhasse. Seu toque é muito bom, familiar, certo, e eu não gostaria de sair daqui nunca mais. E isso simplesmente me apavora.

Uma batida à porta interrompe meus pensamentos.

— Vivian, você está aí?

Ela levanta de um pulo só.

— Oi, Teka, estou sim. Já vou sair!

— Precisa de alguma coisa?

— Não, estou bem!

— Um amigo seu estava te procurando, parecia preocupado com você.

— Sim, ele está aqui comigo, e me ajudou nesse tempo! — Ela olha para mim, prendendo o riso. — Já estou saindo.

Vivian pega o vibrador, que joga dentro da minha mochila com naturalidade, e começa a vestir a calcinha.

— É a menina que me deu a chave. Vamos, vista-se... — ela sussurra, aflita, mas parece estar se divertindo.

Nós nos vestimos o mais rápido que conseguimos e saímos pela porta. Vivian devolve as chaves e agradece a Teka, que nos olha muitíssimo desconfiada, porém, visivelmente achando tudo bastante engraçado.

E a garota tem razão, nós nos divertimos por aqui.

Conseguimos sair da Secretaria C e corremos feito dois malucos pelos corredores, até a saída do prédio. Ao pisarmos do lado de fora, pego Viv no colo, nós nos abraçamos e começamos a rir. Ela está linda, feliz, satisfeita, totalmente diferente da mulher irritadiça de uma hora atrás.

O que uma boa foda não faz!

— Você parece bem — provoco.

— Eu estou ótima!

— É mesmo? E o que aconteceu que te deixou tão feliz?

Ela pensa por alguns segundos e sorri maliciosamente.

— Só mais uma boa trepada de ocasião.

Coloco a mão no coração, simulando uma cara de dor.

— Ai, essa machucou.

Vivian se aproxima, ainda mais dissimulada.

— Oh, tadinho... Machuquei seu ego, foi? Meu amigo tem a masculinidade frágil, é?

— Nem tanto, mas você é muito insensível.

Simulo ainda estar magoado. Ou talvez esteja. Não sei, tudo está meio nebuloso.

— Vem cá, meu gostosinho. Quer saber por que estou radiante? — Ela exagera de propósito na expressão, e eu sorrio. — Porque acabei de ter uma foda incrível no banheiro, gozei duas vezes, e minhas pernas ainda estão bambas, meus seios doloridos e minha boceta latejando, de tanto prazer que senti. Melhor assim?

Sorrio, estufando o peito, orgulhoso.

— Muito melhor!

Ela ri, dando-me um soco no braço e me puxando em seguida.

— Aonde vamos? — pergunto, deixando-me levar pela mulher que tira o meu juízo.

Ela nem sequer me olha para responder:

— Almoço, pelo amor da deusa. Estou faminta.

CAPÍTULO 15

VIVIAN

Depois de comer, Tomas e eu nos despedimos, e cada um foi para sua respectiva aula. O maldito me fez pensar nele a tarde toda, porque a cada movimento que fazia na cadeira, sentia minha vagina reclamar, como se rolasse uma pinçada lá no fundo. Para piorar, a parte interna das minhas coxas está superdolorida. Também, o sexo que fizemos naquele banheiro foi tão brutal que não tinha como ser diferente. E o pior é que nem posso reclamar. Fui eu que pedi mais forte, mais forte, mais forte... Sei que ele estava se segurando para não me machucar, seu pênis tem um tamanho *bem significativo*, e não é tão fácil acomodá-lo. Mas eu já me acostumei. Parece que o nosso encaixe é simplesmente perfeito, e era apenas uma questão de tempo para acontecer.

Engraçado isso, não é?

Sinto meu celular vibrar, quando estou andando a caminho de casa. É uma notificação do *WhatsApp.*

Bichinho: Está tudo bem?

Eu: Você quer dizer comigo ou com as minhas partes baixas?

Bichinho: kkkkkkkkkkkkkkk, pq eu perguntaria pelas suas partes baixas?

Eu: Humm, sei lá, talvez porque agora mesmo você estava enfiado nelas?

Bichinho: Bom ponto. Mas é com você que eu estou preocupado.

Eu: Estou bem. Indo para casa.

Bichinho: Vou jantar nos meus pais, eles te convidaram tb.

Eu: Ah, não sei... Estou cansada.

Bichinho: De quê?

Eu: Você sabe de quê.

Bichinho: Então, suas partes baixas estão cansadas.

Eu: E doloridas.

Bichinho: Gostei, te faz se lembrar de mim.

Eu: Como se precisasse disso.

Tomas fica em silêncio. Aguardo sua resposta, mas ela não chega. Não entendo o motivo de ter encerrado a conversa abruptamente. Espero por três infinitos minutos, até que os três pontinhos aparecem, indicando que ele está digitando.

Bichinho: Então, você pensa em mim...

Eu: Lógico! Você é meu Karma.

Bichinho: Caralho! Já me chamaram de muita coisa, mas disso é a primeira vez.

Eu: Que bom! Pelo menos você tem uma primeira vez comigo.

Bichinho: Pois saiba que eu já tive mais de uma primeira vez com você.

Eu: Como assim?

Bichinho: Eu nunca transei com uma amiga. É a primeira vez.

Eu: Hummmm... E o que tem achado?

Bichinho: Tem sido bastante satisfatório, eu diria. Eu nunca comi ninguém dentro da faculdade.

Eu: Olha só, quem diria! O grande fodelão nunca tinha transado dentro da faculdade!

Bichinho: Só no estacionamento.

Eu: Aff... Estragou meu momento.

Bichinho: Eu nunca deixei uma mulher me ver bater punheta no banheiro, e fiquei apenas deixando que assistisse.

Sinto um frio na barriga, meus olhos se arregalam. Meu rosto está pegando fogo, e ao mesmo tempo, é como se todo o sangue se esvaísse dele. Não acredito que ele sabia que eu estava observando, no dia em que o peguei se masturbando no banheiro.

Que safado, calhorda, ordinário!

Eu: Você me viu???

Bichinho: Eu senti você chegar, para ser bem honesto.

Eu: Meu Deus, homem! Por que não me avisou?

Bichinho: Pq eu queria que você assistisse.

Eu: Mas, com que objetivo?

Bichinho: Queria que percebesse o efeito que causa em mim.

Eu: Definitivamente, você não presta.

Bichinho: Nunca neguei.

Eu: Capeta!

Bichinho: Algumas diriam que sou um anjo, mas acho que fico com a sua opção.

Eu: Que ódio! Estou com ranço. E estou chegando.

Bichinho: Eu sei.

Olho para frente e Tomas está me esperando à entrada do prédio. Passo por ele direto, sem dizer uma palavra, fingindo não vê-lo, e vou ao corredor para chamar o elevador.

— Está brava comigo? — Ele corre para me alcançar.

Na verdade, não estou. Não mesmo. Mas, eu também não presto e vou fazê-lo pagar pela gracinha.

— Óbvio. Você me fez de besta.

— Claro que não, bichinha. Você queria ver, eu só não te constrangi, deixei pensar que não notei sua presença. Eu te satisfiz e você me satisfez, só isso.

A porta do elevador se abre e nós entramos. Estamos sozinhos e a energia sexual começa a nos circundar imediatamente.

Como pode isso? Estamos juntos aqui há cinco segundos, pelo amor da deusa!

Os olhos escuros e inflamados de Tomas estão sobre mim, e minha respiração começa a ficar ofegante. É o suficiente para me derreter. Ele não espera, simplesmente se joga, agarrando-me pelo quadril, enrolando minhas pernas nele e me imprensando contra a parede do elevador. Nós nos beijamos sem pudor, sem pensar nas câmeras de segurança ou que podemos parar em algum andar, a qualquer momento. Apenas nos entregamos. Seguro Tom pelos cabelos, e uma das mãos dele agarra forte minha coxa. Ele apalpa um dos meus seios com a outra mão, eu gemo em sua boca.

Nossas respirações se misturam.

Tomas aperta o pau duro em mim.

Estou toda molhada novamente.

Que homem! Que efeito é esse que ele tem sobre mim? Que tesão!

O elevador para no nono andar e Tomas se afasta, permitindo que eu desça, mas não para de me beijar. Eu o puxo pelo corredor, e ele vem me pegando, apalpando-me, apertando-me. Consigo pegar as chaves na mochila, abro a porta do apartamento. Entramos aos solavancos, sempre nos beijando sem parar, jogando as mochilas no chão, uma bagunça de braços e bocas, de um em cima do outro, em desespero, até que tropeçamos na banqueta da cozinha e caímos no chão, ele sentado, e eu de lado, quase por cima dele. Nossas respirações ainda estão ofegantes, quando caímos na gargalhada e nos deitamos, as cabeças lado a lado.

— Precisamos parar com isso, temos de nos controlar. — Minha voz sai falhada, mas compreensível.

— Eu sei, estamos parecendo dois coelhos, mal conseguimos ficar juntos. Não podemos esquecer que somos amigos antes disso tudo.

Ele pega minha mão, levando-a aos lábios.

— Exatamente. Sei que é só sexo, um tesão louco, mas mesmo assim estamos muito entregues a isso. Precisamos retomar o foco.

Tomas me olha, pensativo. Seu olhar é estranho, duvidoso, como se ponderasse algo que não consigo decifrar.

— Concordo! — Ele se levanta rapidamente e me estende a mão.

— Que bom que estamos de acordo.

— Mas, posso te pedir uma coisa?

— O quê?

— Vem comigo até a casa dos meus pais, por favor? Não quero ter de aguentar Alex e Henri sozinho. — Ele junta as mãos em súplica, hábito muito comum, e que sempre me dá vontade de rir.

— Depende.

— Do quê?

— Do que ganharei com isso — respondo, cruzando os braços e levantando uma sobrancelha.

Ele pensa por segundos.

— Eu lavo sua roupa essa semana.

Faço sinal negativo com a cabeça.

— É pouco.

— Hummm... Eu limpo seu banheiro!

Penso um pouco, antes de responder.

— Ainda não é o bastante.

Ele coça a barba rala, andando de um lado para o outro.

— Empadão!

Meus olhos brilham.

— Sua mãe vai fazer o empadão de frango?

— Vai.

— Aquele que eu amo?

— Ele mesmo.

Antes de sair pelo corredor, dou dois tapinhas no ombro de Tomas.

— Meu amigo, você é muito burro. Se começasse pela comida, não teria de lavar minhas roupas nem limpar meu banheiro essa semana.

Dou de ombros e sigo para o quarto, a fim de escolher a roupa que usarei no jantar.

CAPÍTULO 16

TOMAS

Quando Vivian aparece na sala, eu simplesmente perco o fôlego. Ela está vestindo um shortinho vermelho de alfaiataria e algo como uma faixa preta tomara que caia, estilo top, cobrindo os seios, mas deixando a barriga de fora. Por cima, um blazer da mesma cor do short, que mesmo estando com um botão fechado, mostra um decote profundo, chegando até um pouco antes do umbigo. Os cabelos castanhos, soltos, e as sandálias pretas de salto alto, dão um ar ainda mais sensual à mulher. A maquiagem é leve, e o único tom vibrante é o do batom vermelho. Ela está linda, sexy, apetitosa. Seu sobrenome nunca foi tão apropriado: Vivian Hedonê, a deusa do prazer, dotada de luxúria e persuasão, segundo a mitologia grega.

— Você está linda! — Aproximo-me dela, pego uma de suas mãos e a beijo.

É um gesto tão natural, que nem percebo direito o que estou fazendo.

— Para com isso... — Ela me dá um soco no braço. — Posso levar minha *playlist*?

Ela junta as mãos em súplica, quebrando totalmente o clima.

— O que tem de errado com a minha?

— Nada.

— Então?

— Eu sou mais musical. Tenho o direito de escolher.

Sorrio. É verdade, se deixar, Vivian ouve música da hora que acorda até o momento de dormir.

— Pode. Vamos.

Ela dá seus pulinhos, feliz, e seguimos para o carro. Nenhum de nós olha para o outro no elevador, acho que para evitar as lembranças de agora a pouco.

Chegamos ao carro e, assim que dou a partida, Bruno Mars começa a entoar *That´s What I Like*. Vivian, surpreendentemente, começa a cantar junto, parecendo animadíssima.

"I got a condo in Manhattan
Baby girl, what's happenin'?
You and your ass invited
So go on and get to clappin'

Ela fecha os olhos e gesticula, dançando à medida que canta. Achei que era só uma impressão minha, e que seria muito pretensioso da minha parte pensar isso, mas parece que desde que nos tornamos mais íntimos, sexualmente falando, Viv está mais à vontade comigo. No sentido corporal mesmo. Mais leve, mais aberta.

Será que é assim que age quando está em um relacionamento?

Ela parece, sei lá... Mais natural, talvez? Mais feliz?

Sex by the fire at night
Silk sheets and diamonds all White
Lucky for you, that's what I like, that's what I like
Lucky for you, that's what I like, that's what I like"

Eu a observo de rabo de olho, como posso, sem tirar a atenção da *freeway*, até a música terminar.

— Bela performance!

Ela sorri e se recosta no banco, ajeitando os cabelos, sem demonstrar o menor constrangimento. Agora *"Bruninho"*, como Viv o chama, começa a cantar *When I Was Your Man*, e ela relaxa, cantando baixinho.

— Como você está? Ela me observa confusa, estranhando a pergunta. Com razão, joguei um questionamento completamente fora de contexto, como tenho mania de fazer. A minha mente trabalha rápido demais e às vezes falo com a pessoa como se ela estivesse acompanhando os meus pensamentos. — Digo, com relação ao fim do namoro, às fotos daqueles dois, essas coisas. Nunca mais falamos sobre isso.

Vivian pondera um pouco, antes de responder:

— Olha, não vou dizer que esqueci completamente o que aconteceu. Foi doloroso ver as fotos, até mais do que o término em si. O que Ralf fez comigo foi de um desrespeito e de uma falta de cuidado tão grandes, que eu quase acreditei que eu era aquela pessoa.

— Como assim? Que pessoa?

— A que merecia aquilo. Achei que eu era tão sem graça, tão impossível de ser amada por ele ou por qualquer um, que o que aconteceu, no fim das contas, era culpa minha. Que eu devia ter sido desinteressante o bastante para jogá-lo nos braços de outra.

Trinco os dentes, sentindo uma raiva grande tomar conta de mim.

Como assim, em algum momento dessa vida, Vivian pôde sequer imaginar uma coisa dessas? Como pôde cogitar ter culpa pelos erros de um babaca sem caráter?

— Não acredito, Vivian...

Ela dá de ombros.

— Depois de tantas relações fodidas, Tom, uma atrás da outra, você acaba se questionando e se convencendo de que é uma espécie de material estragado.

Faço sinal negativo com a cabeça. Seu discurso dói em mim, mais do que ela sequer pode imaginar. Penso bem em que palavras dizer, porém, Viv acaba se antecipando.

— Mas, não me sinto assim mais. Ou não tanto.

Solto a respiração, sentindo um pouco de alívio tomar conta do meu peito.

— Por que não?

— Por sua causa.

Meu coração quase pula pela boca. Juro que sinto sua batida no topo da minha garganta.

— Por minha causa?

— Sim. Você me fez me enxergar por outro prisma. Acho que, hoje, me vejo mais bonita, desejável, sexy, confiante... Gosto muito mais de como me sinto agora. Com e também sem você.

Sinto um apertar forte na barriga. Como se meu estômago se contorcesse dentro de mim.

— Bichinha, você não pode simplesmente falar essas coisas para mim... — Minha voz sai sussurrada.

— Por que não?

— Porque me dá vontade de fazer amor com você.

Ela fica em silêncio por alguns segundos. É isso, eu quero fazer amor com Vivian. Não quero apenas fodê-la. Já não me basta mais.

E não acredito que verbalizei isso! O que está acontecendo comigo?

— Achei que era isso que estávamos fazendo... — Ela rompe o silêncio.

— Como assim?

— Eu nunca apenas trepei com você, Tomas. Você é importante demais para mim, para eu só foder com você. Todas as vezes em que te entreguei meu corpo, meu prazer e meu desejo, eu te entreguei, também, o meu amor. Pode não ser o ideal de amor romântico, mas, ainda assim, é amor. Pena que você não sabe experenciar isso.

Ela termina a frase e visivelmente se fecha, cruzando os braços e virando o rosto para a janela. Parece um pouco triste, eu diria que até magoada. E eu estou completamente sem fala. Entendo totalmente o que disse, porque eu sei que entreguei o mesmo para ela, ainda que nunca tenha admitido. Achei que isso poderia complicar as coisas entre nós. Mas, agora, ao vê-la se abrindo completamente para mim, sem medo e de maneira tão sincera, eu me arrependo de não ter dito.

Sei que está magoada porque está se sentindo apenas usada por mim, ultrajada por mais um homem que ela gosta e valoriza. Imagino o que se passa por sua cabecinha e me sinto um perfeito idiota, porque não consigo dizer uma palavra. E nem sequer temos tempo, pois nesse exato momento, estaciono em frente à casa dos meus pais.

Desligo o carro, respiro fundo e olho para Viv, que evita meu olhar.

— Vivian, eu...

— Não precisa dizer nada — ela me interrompe, dando um sorriso falso. — Vamos, seus pais estão esperando.

CAPÍTULO 17

VIVIAN

Pisco os olhos várias vezes, tentando evitar as lágrimas que querem se formar, enquanto esperamos alguém abrir a porta. Eu sempre soube quem é Tomas quando a questão é sexo, não sei por que a constatação de uma coisa que nunca foi estranha para mim me deixou tão magoada. Talvez eu tenha imaginado que, sendo sua melhor amiga, pelos anos de relacionamento, pelo carinho e consideração que temos um pelo outro, ele fosse me ver um pouco mais do que apenas como um pedaço de carne.

A quem eu quero enganar com essa palhaçada que estamos fazendo, afinal?

Eu sou uma iludida mesmo, simplesmente não consigo mudar. Vou ser sempre a idiota de quem os homens riem no final.

Sim, essa fodida é você, Vivian. Ha-ha!

A mãe de Tomas abre a porta, vem me cumprimentar e me abraça. E pronto, as lágrimas que eu havia conseguido segurar, caem sozinhas, sem esforço.

— Que saudades, querida! Não a vejo desde... — Ela afrouxa o aperto e percebe que estou chorando. — Meu anjo, o que houve?

— Não é nada, Helena, me desculpe. Só me emocionei, acho que estou com saudades da minha mãe e estar com você me lembra disso.

— Oh, querida! Vocês não se veem há quanto tempo?

— Desde que ela se mudou. No último ano de faculdade, fica difícil pegar um voo de dezoito horas para dormir apenas um, dois dias. E eu não poderia mesmo ficar mais do que isso.

— Entendo. Mas você, pelo menos, pode rodar trinta quilômetros mais vezes, e vir aqui com mais frequência. Também somos família, não é, Tontom?

Olho para Tomas, retomando a consciência de que ele esteve ali o tempo todo. Sinto certo prazer sádico ao vê-lo constrangido pelo uso do apelido de infância, que ele odeia.

— Claro, mãe! Podemos vir sempre que ela quiser!

Sorrio para Helena, sem olhar para ele.

— Obrigada, mas já estou bem — digo, secando as lágrimas. — Foi só um momento emocionante. Eu sou canceriana, você sabe como somos apegados à família. — Tento trazer leveza ao assunto.

— Então, vamos entrar! Os meninos estão na sala de jogos esperando vocês para um aperitivo.

TOMAS

Desde que entramos na sala e cumprimentamos a todos, Vivian engrenou em uma conversa com Alexander e os dois não se largaram mais. Ela nem sequer me olha. Está concentrada no meu irmão que, por sua vez, não para de babar em cima dela. Aliás, quando ela adentrou a sala, até o inexpressivo Henri arregalou os olhos por um segundo, ao vê-la. Eu notei, e quase bati em seu ombro para dizer "ela está insuportavelmente linda, cara, eu sei."

Mesmo conversando com meu pai e Henri, não consigo parar de prestar atenção em Vivian e Alex. Estou irritado, de mau humor, e me sinto extremamente territorialista, querendo tirar minha bichinha dos olhos do maldito. E isso não passa batido pela sagacidade do meu irmão mais velho.

— Cara, quando você vai admitir o que sente por ela?

Papai arregala os olhos, avisa que vai até à cozinha ajudar mamãe e sai de fininho.

— Do que você está falando?

— Da Vivian, mano. Você não tirou os olhos dela desde que chegaram. Alexander parece estar bem empolgado com ela e você está morrendo de ciúme.

— Não estou! — Cruzo os braços, rabugento.

— Claro que está. E espero que não deixe para admitir isso quando for tarde demais, porque alguma coisa está realmente diferente nessa garota. Ela está mais gata, mais gostosa, sexy, sei lá! Um mulherão. Deve estar chamando atenção de muitos caras por aí. Uma mulher igual a ela, ainda mais emocionada como é, não ficará muito tempo sozinha. Se depender do nosso irmão, por exemplo, eles se casam no mês que vem. — Henri dá uma risada de escárnio.

— Ela não vai ficar com Alexander — rosno.

— Pois então, certifique-se disso. Porque não é só ele que parece muito interessado na conversa.

Mamãe aparece à porta.

— Crianças, jantar!

Estamos no caminho de volta e, desde que entramos no carro, Vivian não disse uma palavra. Não aguento mais o silêncio sepulcral, preciso falar alguma coisa, independente do que ouvirei em resposta.

— Por que não está falando comigo?

Ela dá uma bufada, como se não acreditasse na pergunta.

— Vivian, se quer saber, você está brava por uma dedução sua. Já parou para pensar nisso?

Ela franze o cenho.

— Dedução minha?

— Sim. Você simplesmente concluiu que eu só te usei até hoje, que só trepei com você, que só quis seu corpo, e não me importei com seus sentimentos. Não pense que eu não entendi o que está acontecendo.

Ela não nega e não afirma. Apenas se mantém em silêncio.

— Viv, é impossível se deitar com alguém com quem você se importa tanto e simplesmente usar a pessoa. Você é especial demais. Como pode pensar que não faz diferença para mim? Que não sinto nada? Que tipo de merda de homem você acha que eu sou?

Ela parece incrédula.

— Então, se sente alguma coisa, por que não falou nada? Por que me deixou acreditar que...

— Porque estou muito confuso, Vivian — interrompo-a. — Estou com medo. Não, medo é pouco, estou apavorado!

Ela solta o cinto de segurança e vira o corpo de frente para a lateral do meu, no banco do veículo.

— Por quê?

— Porque está sendo muito mais difícil separar as coisas do que eu pensava que seria. Hoje, por exemplo, eu fiquei furioso por ficar vendo você lá, toda cheia de risinhos com meu irmão.

Ela arregala os olhos.

— Eu só estava conversando!

— Não importa. Eu só sei que senti ciúme.

— Tomas...

— Eu sei o que vai dizer, Vivian. Eu não devia sentir isso. Por isso disse que estou confuso. Está difícil para mim.

— Tom, eu...

— Você não me deve explicações, Viv. De nada. Não sou seu dono, nem seu namorado. Sou só seu amigo. Seu melhor amigo, mas somente isso. Eu sei bem disso, e vou aprender a me portar melhor, é que de vez em quando minha mente e meu corpo tentam misturar as coisas e...

— Caralho! Vai me deixar falar? — Ela grita, e eu chego a me encolher no volante.

— Não faz isso, mulher, eu estou dirigindo!

— Então, cala essa boca, pelo amor da deusa! Você é quem está tirando mil conclusões agora, me dizendo coisas que eu não fazia ideia, e não me deixa nem responder!

Fico em silêncio e respiro fundo. Eu que não sou maluco de dar mais nem um pio sequer.

— Tomas, eu entendo o que você está sentindo. Eu achei, até hoje, que estava separando as coisas muito bem. Mas já não tenho tanta certeza. Imaginar que não havia sentimentos entre nós na cama me deixou muito magoada, e sei que isso se deve ao fato de que *eu* tenho sentimentos. Talvez mais do que deveria. Então, obviamente, também estou confusa.

— Eu também tenho sentimentos — digo, finalmente liberando o que está dentro de mim há alguns dias.

Ou serão anos e eu nunca percebi?

— Então, é isso. Ambos temos sentimentos, estamos confusos e não sabemos o que fazer com as novas informações que caíram no nosso colo.

Faço sinal positivo com a cabeça. Ficamos em silêncio. Minha mente me leva por rumos indesejados, e tenho muito medo de que a dela a esteja levando pelo mesmo caminho. E como sempre nos afinamos bem, penso que é exatamente isso que está acontecendo.

— Acho que sabemos o que precisamos fazer... — ela sussurra.

Realmente sabemos, e é tudo o que eu não gostaria. Depois de experimentar essa nova configuração de relação com Vivian, não sei se consigo viver sem isso. Muito menos, se quero. Ela tem sido a grande razão dos meus sorrisos nesses dias, essa é a verdade.

Estaciono o carro na frente do nosso prédio, solto o cinto e me viro de frente para ela.

— Precisamos desfazer esse acordo, Tom. Tentamos, mas não conseguimos ser amigos com benefícios. Se continuarmos, pode ser que nem amigos nós consigamos ser mais. E eu não quero perder você.

Pego a mão dela, em desespero, apertando-a contra o peito.

— Pelo amor de Deus! Nem eu quero ficar sem você.

Viv me dá um sorriso triste, porém, resignado.

— Então, é isso. Vou parar de provocar você a partir de hoje.

Eu dou uma risada cansada.

— Você fazia de propósito, não é?

Ela dá de ombros.

— Aprendi com o melhor.

Puxo Vivian para um abraço e ficamos um nos braços do outro por um tempo, até que eu me afasto e olho em seus olhos, doces e profundos. Tento decifrar o que vejo neles, mas estão nebulosos demais.

— Posso só pedir uma coisa?

— Claro! — Ela me observa, muito séria.

— Eu gostaria de uma despedida.

Vivian franze o cenho.

— Despedida?

— Sim, uma última vez entre nós.

Viv se remexe no banco do carro, em uma clara mistura de desconforto e excitação. Ela puxa o ar, profundamente, e o solta devagar.

— E por que faríamos isso?

— Porque quero fazer amor com você.

Ela arregala os olhos e engole em seco.

— Pela forma como falou agora há pouco, entendi que já fazia.

— Desta vez, quero fazer amor, com você estando completamente ciente de que *nós dois* estamos fazendo isso.

CAPÍTULO 18

VIVIAN

Não sei o que responder...

É claro que eu quero uma despedida com Tomas. Na verdade, eu nem queria ter de me despedir. Eu adoro cada segundo que estamos juntos, e não mais apenas como amigos. Porém, depois de hoje, compreendo que isso não pode continuar.

Confesso que, quando começamos esse arranjo, fiquei com receio de que pudesse realmente acabar me apaixonando por ele. Porque me conheço, eu sou essa pessoa que gosta de amar, de estar em um relacionamento, e o que Tomas e eu temos construído há quatro anos é uma relação incrível. Somos amigos, parceiros, dividimos tudo, estamos sempre ali um para o outro, temos gostos em comum, nós nos admiramos, respeitamos, adoramos, ajudamos, priorizamos... Só não tem relação sexual. Quer dizer, não tinha. Então, tive medo de acabar confundindo tudo se o sexo entrasse na equação dessa amizade, tão importante para mim. E, apesar disso, me joguei e acreditei que estava indo muito bem.

Até então.

Porém, hoje fiquei desorientada. Estou confusa. E, para a minha surpresa, Tomas parece mais confuso do que eu. Eu jamais imaginaria isso. Não creio que estejamos perdidamente apaixonados um pelo outro, claro que não, sou mais esperta do que isso. Tampouco conseguimos nos enxergar apenas de maneira completamente amigável, como antes. Não mais. E isso não deixa de ser uma grande desordem na nossa homeostase.

A proposta dele me tenta, eu quero aceitar. Mas, o pavor disso dar muito errado toma conta de mim. Não sei o que dizer, então apenas saio do carro, sendo seguida por ele.

— Você está com medo... — Tomas constata, assim que entramos no nosso apartamento.

Viro-me para ele e sinto o meu próprio olhar carregado de desejo e dor ao mesmo tempo. Sei que Tom percebe. Ele me vê por inteiro, como sempre.

— E você, não?

Tomas se aproxima, tomando as minhas mãos nas suas.

— Claro que estou, Vivian. E se você não quiser, obviamente respeitarei sua decisão. Continuaremos de onde paramos, antes de começarmos com toda essa luxúria. Porém, eu estou disposto a arriscar. Eu quero muito ter você uma última vez. E que você sinta que estou fazendo amor *de verdade* com você. Só mais uma noite, é tudo o que eu te peço.

Seus olhos suplicantes parecem tão sinceros... Tom quer mesmo isso. E eu estou me derretendo por ele. Nesse instante, tenho certeza de que não serei capaz de dizer não. Então, dane-se a cautela! Não dá, não vou conseguir me segurar. Pelo menos, se for pra dar problema depois, que seja a melhor noite das nossas vidas.

— Tudo bem... — Entrego-me, derrotada.

Seus olhos se arregalam.

— Sério?

— Sim — reafirmo, sem titubear.

Tomas se aproxima, segurando meu rosto com as duas mãos.

— Espera... — peço, afastando-me. — Antes de começarmos, posso preparar uma *playlist*? Você sabe que eu gosto de transar com música e, já que será a última vez, quero que seja perfeito.

Ele ri de mim, com um olhar carinhoso.

— Hoje, eu colocarei música para você.

Surpreendo-me, porque Tomas não é ligado nesses gestos românticos. Aposto que vai encher uma *playlist* de músicas sensuais, de foder mesmo, mas deixo que tenha o controle. Já estou cansada o bastante de lutar comigo mesma, não tenho energia para lutar com mais ninguém.

— Okay, vou te esperar no seu quarto.

— Pode me esperar no seu. Quero fazer amor com você na sua cama, dessa vez.

Mais uma surpresa!

Nunca transamos na minha cama, nem mesmo assistimos nada, passamos um tempo ou ele acabou pegando no sono sem querer, nesses quatro anos morando juntos.

Por que isso agora?

Não consigo deixar de perguntar.

— Por quê?

— Porque seu quarto é mais caloroso, aconchegante. O meu é frio e impessoal. Não quero nada desse tipo entre nós, hoje. Só vou te pedir um favor: não tire essa roupa ainda.

— Está bem.

Sigo para meu quarto, poucos minutos depois Tom aparece com o celular conectado a uma *JBL*. Ele pousa os dois na minha mesinha de cabeceira.

— Eu coloquei uma música no *repeat* e espero que não se importe. Eu quero muito fazer amor com você ouvindo essa música.

— Claro! — Não sei nem como responder a isso, além de concordar.

Tomas dá *play*, e *Kiss Me*, de Ed Sheeran, começa a tocar. É uma música muito romântica, que fala sobre um casal que está se apaixonando, e eu não esperava mesmo por isso. Minha mente começa a se inebriar com o ambiente que ele está criando entre nós, nem sequer consigo reagir. Vejo tudo em câmera lenta e sinto uma emoção muito forte, quase sufocante.

Tom se aproxima de mim, até ficarmos frente a frente. Ele pega meu queixo entre o polegar e o indicador, puxando-me para um beijo suave, um leve encostar de lábios, roçando os dele nos meus. O ligeiro atrito faz cócegas gostosas na pele fina e delicada. Com uma das mãos, Tomas envolve minha nuca, puxando um pouquinho meus cabelos para trás, e desliza a boca pelo meu queixo e mandíbula, bem devagar. Ao chegar ao meu pescoço, ele começa a revezar entre morder de leve, beijar, lamber, e dar pequenas sugadinhas. Estou imersa no que está fazendo, diversas ondas de prazer atravessam meu corpo, e eu só consigo me sentir uma boneca em suas mãos.

Tomas desabotoa o único botão do meu paletó e dá a volta ao meu redor, como um predador, parando atrás de mim. Ele pega a peça pelo colarinho, a desce pelos meus ombros, roçando os dedos nos meus braços e beijando meu pescoço ao mesmo tempo. Inclino a cabeça, para dar-lhe maior acesso, e o homem solta um pequeno grunhido de satisfação. Ainda atrás de mim, Tom desamarra meu *cropped* e o deixa cair, assim como faz com o short, após desabotoá-lo e abrir o zíper. Por último, desliza a calcinha pelas minhas pernas. Ele planta beijos e lambidas pelos meus ombros, minhas escápulas, enquanto segura meus quadris e encosta seu corpo no meu, fazendo-me sentir sua ereção nas minhas costas. Nada é ouvido no quarto além da música, pequenos gemidos e respirações ruidosas.

Algo acende no meu cérebro quando sinto o pau duro, delicioso, apertando-me por trás. Minha boca enche d'água, e eu preciso desesperadamente prová-lo. Viro de frente e me ajoelho, desabotoando e descendo seu *jeans*, com apenas um puxão. A boxer branca marca sua ereção, o pênis parece ainda maior, apertado dentro dela. Enfio meus dedos na cueca e a desço também, com um pouco mais de suavidade. Olho para Tomas, e seus olhos estão vidrados em mim. Pego seu membro e lambo os lábios em antecipação. O pau duro sobe ainda mais, mexendo-se na minha mão, como se tivesse vida própria.

— Isso é o que você faz comigo, linda... — Tom sussurra, a voz totalmente rouca.

Enfio o pênis na minha boca e ele solta um gemido abafado. Começo chupando somente a glande, já úmida, passando toda a língua ao redor, enquanto o masturbo com a mão. Não me basta, quero mais, quero-o inteiro!

Abro mais a boca e vou deixando seu pau deslizar até a minha garganta. Engasgo de primeira, e Tomas tenta tirá-lo, mas o impeço. Deixo-me relaxar e me acostumar à invasão. Quando me sinto bem, começo a chupá-lo, em toda sua extensão. Uso a boca, a língua, sugo o máximo que posso, sem parar. Alterno um pouco com a mão, vez ou outra, para bombeá-lo e deixá-lo mais enlouquecido. Porém, a protagonista eu sei que é a minha boca quente, que aperto mais e mais ao seu redor, para aumentar a sensação de prazer.

Depois de algumas boas chupadas, eu o olho de baixo para cima, e Tomas segura a minha cabeça com uma das mãos, começando, devagar, a meter na minha boca. E era exatamente isso que eu queria.

— Não se limite — peço, massageando seu pênis enquanto falo. — Fode a minha boca, Tomas, por favor!

Ele franze o cenho, seu olhar parece de verdadeira adoração. Volto a chupá-lo com força, sem tirar os meus olhos dos dele. Tom agarra mais forte a minha cabeça e começa a estocar na minha boca, duro, forte, rápido. Engasgo várias vezes, a saliva começa a escorrer ao ponto de pingar no chão à minha frente, mas eu não desejo que pare. Acho que nunca o vi tão entregue, tão delicioso, e eu não quero que acabe. Ele continua bombeando, lágrimas escorrem dos meus olhos, quase sufoco algumas vezes, e a sensação é maravilhosa.

— *Baby*, vou precisar parar, senão vou gozar na sua língua.

Aperto ainda mais em volta dele, dando meu recado. Tomas urra.

— Porra, Vivian! Tem certeza, linda?

Volto a chupá-lo, e ele entende a minha resposta, voltando a bombear na minha boca, agora, mais duro e mais rápido. Cada estocada, uma lágrima, e vou sentindo o seu pau endurecendo mais e mais, até que ele dá um urro, visceral e animalesco, enquanto estoca lá no fundo. Sinto seu pênis pulsando e, finalmente, seu líquido quente jorra, parte escorrendo pela minha garganta, parte se acumulando no fundo da minha língua. Engulo tudo, e ainda o chupo algumas vezes, para sorver cada gotinha do seu gozo delicioso.

Quando termino, Tomas segura meu queixo, fazendo-me encará-lo. Seus olhos estão cheios de algo que não sei decifrar. Ele se abaixa e me busca, erguendo-me, segurando meu rosto com ambas as mãos, e me dando um beijo longo, profundo, demorado, e um abraço muito, muito forte.

Quando me solta, estou tonta e ofegante, mas ainda consigo dizer:

— Vamos acabar de tirar essas roupas.

Ele chuta os tênis dos pés, tira as meias, e sai de dentro da calça e cueca arriadas. Eu puxo sua camisa pela cabeça, com Tomas se inclinando para me dar uma ajudinha. Em seguida, o bichinho me pega no colo, e eu deito a cabeça em seu peito, até chegarmos à cama. Ele me coloca sobre os lençóis e deita em cima de mim, apoiando o peso em seus braços, ao meu redor.

— Obrigado... — Ele me dá um beijo no queixo e me encara, ainda carregando aquelas faíscas indecifráveis nas íris escuras.

Tom acaricia o meu rosto com uma das mãos, mantendo-se apoiado no colchão apenas com o outro cotovelo. Beijo sua palma, e esfrego meu nariz nela.

— De nada.

— Quer tomar um banho comigo?

— Quero.

Levantamos e seguimos até o banheiro dele.

— Quer usar a banheira? — questiona já se dirigindo até a mesma, deduzindo que eu direi sim.

— Não. Prefiro um banho de chuveiro, agora.

Tom parece estranhar, mas não questiona. Apenas não quero demorar demais, temos de aproveitar a noite. Ele começa a regular a temperatura da água, enquanto eu busco minha escova de dentes e retorno ao seu encontro. Duas toalhas já estão separadas, em cima da pia. Um vapor suave começa a se espalhar pelo banheiro. Tomas abre a porta de vidro temperado e me estende a mão. Entrego a minha imediatamente, e entramos juntos no boxe.

CAPÍTULO 19

TOMAS

Assim que entramos no chuveiro, o efeito da intimidade do momento é imediato. Nós nos jogamos diretamente debaixo da água quente, abraçados, beijando-nos, um tesão absurdo nos consumindo, como se tivessem jogado álcool na churrasqueira. E a carne, com certeza, sairá *bem* queimada.

Afasto Vivian um pouco do jato de água. Quero olhar para ela, para o seu corpo bonito, seu rosto delicado. Quero gravar todas as imagens que puder dessa mulher maravilhosa. Ainda não acredito que será nossa última noite. Eu não deveria estar me sentindo assim, mas uma angústia grande toma conta de mim quando penso nisso. Não posso perder tempo. Pelo menos, consegui esse momento, e preciso aproveitar cada segundo.

As gotas de água escorrem pelo corpo de Viv, desenhando suas curvas delineadas. Os olhos são uma mistura de suavidade e luxúria, e isso é malditamente sexy. A boca está inchada e borrada, o batom vermelho espalhado pelo rosto. Trilhos pretos de rímel escorrem pelos olhos. E, com certeza, é a maquiagem mais linda que já a vi usar.

Não aguento mais um segundo sem tocá-la, e a imprenso contra a parede de azulejos. Eu a beijo sem parar, e apalpo seus seios duros, ao mesmo tempo. Seu corpo todo responde a mim, é delicioso demais senti-lo. Não aguento de vontade de chupá-la e logo me abaixo, encontrando sua bocetinha apertada. Passo o nariz por ela, demoradamente. Amo o seu cheiro de sexo, de excitação.

Vivian fecha as pernas de repente, e eu estranho o comportamento.

— Tomas, não precisa...

— Shhhh... — interrompo-a. — Eu quero sentir seu melado na minha língua. Eu preciso disso. Por favor, não negue seu gozo a mim!

Ela me observa de cima, com o rosto tomado de desejo, e abre as pernas novamente. Entendo que pense, a princípio, que vou fazer um boquete de retribuição, mas não sou tão bonzinho assim. O que eu quero é gravar seu gosto na minha memória, então, no fim das contas, isso é mais para mim do que para ela.

Abro a boceta de Viv com meus dedos e lambo toda a sua extensão. Adoro passar a minha língua inteira nela. Vivian estremece e eu faço movimentos suaves de vai e vem no seu clitóris. Ela se contorce nervosamente, pega meus cabelos, apertando o meu rosto na sua genitália, pedindo mais. Começo a chicoteá-la com minha língua inquieta, e ela geme alto, descontrolada. Detenho-me em seu pequenino ponto de prazer, inchado e pulsante, dando a atenção que merece. Quanto mais ele lateja na minha boca, mais eu lambo e chupo.

Quando percebo que Vivian está começando a estremecer, desço a minha boca até a sua fenda, e enfio a língua bem lá no fundo, enquanto continuo estimulando o clitóris com meu polegar. Não consigo fodê-la desse jeito nem por um minuto completo, porque ela logo se parte em mil pedaços, num orgasmo que a faz ficar fraca e escorregar pela parede. Por pouco não cai no chão, pois a seguro a tempo. Ela me abraça, enquanto a coloco de pé, acariciando e beijando seus cabelos molhados.

— Vamos lavar você.

Coloco um pouco de *shampoo* nas mãos e esfrego os cabelos de Vivian, com suavidade, massageando o couro cabeludo. Passo logo nos meus cabelos também, e entro com ela debaixo do chuveiro, enxaguando-nos. Coloco condicionador nas pontas, em seguida. Pego o sabonete, esfrego a barra nas mãos, e passo pelo corpo todo dela: orelhas, pescoço, colo, seios, axilas, braços, barriga, partes íntimas, costas, bunda, pernas e pés. Quando vou me ensaboar, ela o toma das minhas mãos, e faz o mesmo em mim. Suas mãos suaves me esfregando despertam uma sensação deliciosa.

— Eu amo esse cheiro, sabia? Respiro fundo toda vez que você sai do banho, porque a fragrância é incrível.

Sorrio, achando isso muito fofo. Ao mesmo tempo, meu coração acelera ainda mais por ela.

Que merda!

Vivian termina de me ensaboar, e eu pego o gel de limpeza de rosto, passando em nós dois. Capricho nela, por conta da maquiagem borrada. Eu nos meto novamente debaixo do chuveiro, para nos enxaguar.

— Pronto, acho que já está bom.

Fecho a água, pego uma toalha e enrolo em volta de Vivian, que logo sai do boxe. Enrolo outra na minha cintura, e vou atrás dela. Pego uma toalha menor e a puxo para perto de mim.

— Vem cá, vou secar seu cabelo.

Ela não questiona, apenas se coloca de frente para o espelho, pega a pasta de dente e espreme em sua escova. Gostaria que ela escovasse os dentes com a minha, mas não digo isso. Passo a toalha pelos seus cabelos molhados várias vezes, a fim de tirar a umidade o máximo possível, enquanto ela bochecha e cospe a espuma. Achando que é o suficiente, pego um *leave-in*, passo nas pontas de seus cabelos, alcanço meu pente — que quase nunca uso —, e os penteio devagar, desembaraçando os nós quando necessário.

— Desse jeito vou ficar muito mimada. — Ela sorri, e eu dou um sorriso triste de volta.

Infelizmente, não haverá tempo para isso. É nossa última noite juntos, como uma espécie de "casal". Mas, farei de tudo para que Viv nunca mais a esqueça.

Quando concluo, nossos corpos já estão praticamente secos também.

— Obrigada — diz, ficando na ponta dos pés e me dando um beijo suave nos lábios. Ela me estende a mão e eu a pego com a minha. — Vamos para a cama.

Seguimos para o quarto dela e, quando chegamos, *Ed* ainda está cantando no *repeat* a música que escolhi. Eu a ouvi aleatoriamente outro dia, e só consegui pensar em Vivian.

— Já que escolheu essa música para mim, posso colocar uma para você também?

Engulo em seco. Tenho medo do que ouvirei, pois uma música pode dizer tanta coisa... Porém, jamais poderia negar isso a ela.

— Claro, linda.

Ela ainda não compreendeu que pode fazer o que quiser comigo, para mim, em mim.

Sou todo seu, bichinha. Ainda não entendeu isso?

Sigo para a cama e me deito, enquanto ela escolhe a música no meu *Spotify*. *Crazy For You,* de John Coggins, começa a tocar, e isso simplesmente me mata por dentro. A música é quase uma declaração de amor. E, pensando bem, a que eu escolhi também.

O desejo se une à dor quando ela se vira e se aproxima com seu corpo lindo, acompanhado de seu rosto triste. Viv sobe na cama e vem sobre mim, colocando uma perna de cada lado. Nossos sexos se encostam, e eu gemo de desejo, agonia, aflição. Ela se abaixa, e seus cabelos longos, úmidos e cheirosos caem sobre nós, formando uma cortina escura ao nosso redor. É um momento incrivelmente simbólico.

Estamos em nosso universo particular, onde nada pode nos atingir.

CAPÍTULO 20

TOMAS

Vivian coloca a boca sobre a minha e seu beijo é ardente, desejoso, angustiado.

Eu a beijo de volta com a mesma intensidade, tentando transmitir tudo aquilo que não consigo em palavras. Ela sente, eu sei que sim, porque eu também observo exatamente o que Viv quer me dizer.

Não faço ideia de que merda de página é essa em que estamos, mas sei que ultrapassamos, há muito, o limite do aceitável entre dois melhores amigos. Vacilamos, simplesmente não conseguimos ser neutros o bastante para não nos envolver. É por isso que estamos encerrando esse arranjo, para que não se torne algo ainda pior, que vá estragar nossa amizade. Sei de absolutamente tudo, e de fato, racionalmente, é o melhor a se fazer.

Mas, explica para meu coração, que justamente essa noite descobriu que, quanto mais ele tiver dela, mais se quebrará em milhares de pedaços!

É uma dor aguda, que não passa. Quase insuportável.

Giro Vivian, estou por cima dela, agora. Eu a beijo com ainda mais intensidade. Nossos corpos não param de se roçar, e já estou duro novamente. Desço meus lábios por seu pescoço, seus ombros, sua clavícula, seu colo, até chegar aos seus seios. Eu os observo, lembrando que é a última vez que os verei. Passo meu rosto por eles, sentindo os biquinhos duros e macios picando a minha face. Deslizo minha língua por um deles, lambendo com doçura e vontade, até não conseguir mais ser delicado e começar a chupá-lo, e a puxar o mamilo com os dentes, com mais e mais força. Alterno entre um e outro seio, até me fartar.

Vivian se contorce, empinando-os para mim, e os aperto com minhas mãos, tomando os bicos entre meus dedos, dando pequenos beliscões com as unhas. Ela geme alto, e se esfrega bem forte no meu pau, fazendo-me endurecer ainda mais.

Desço minha boca por sua barriga, até chegar ao seu umbigo, que lambo e mordisco ao redor. Ela tenta se contorcer, mas a seguro pela cintura, e parece que o tesão só aumenta. Continuo descendo, e quando chego à bocetinha apertada, enfio um dedo, que desliza com muita facilidade, de tão molhada que a minha garota está.

Minha garota? De onde veio isso?

Vivian geme, e eu enfio mais um dedo. Começo a fodê-la forte com a minha mão. Ela se contorce, e é um tesão vê-la tão entregue ao próprio prazer. Eu meto nela, que empurra o quadril em meus dedos também, aumentando a própria sensação. Quando sinto seus tremores começarem, retiro-os com rapidez e ela reclama, frustrada. Sorrio.

— Ansiosa? — Meu tom é de deboche.

— Você é um desgraçado.

Nem respondo. Viro Vivian de bruços, levanto seu quadril, empinando sua bunda, e dou um tapa em uma das bochechas redondas, que logo atinge um tom suave de rosa. Não dou tempo de a mulher gostosa à minha frente reclamar. Afasto suas nádegas com as minhas mãos, e dou uma lambida demorada em seu cuzinho.

Ela o contrai, assustada, mas eu não paro.

— Aaaaah... O que é isso, Tomas? Aaaaaaaaaah...

Ela geme alto quando dou mais uma lambida, enfio meus dedos em sua boceta encharcada, ao mesmo tempo. Vivian imediatamente perde a vergonha e começa a rebolar o rabo gostoso na minha cara, matando-me de tesão. Eu lambo sem parar seu cuzinho apertado, que está com cheiro do meu sabonete de capim-limão, enquanto a fodo com os dedos novamente.

Viv se contorce, está com tanto tesão que aperta o lençol com as mãos, arrancando-o da cama.

— Tomas, caralho! Por favor... — ela geme, implorando por alívio.

Ainda não, minha deusa. Vou segurar mais um pouco, porque seu orgasmo vai ser fenomenal. Tem de ser o melhor da sua vida. E eu prometo que será. Do tipo que não se esquece nunca mais.

— O que você quer? — pergunto, sabendo que só irei irritá-la.

Adoro! Faz parte do meu, do nosso jogo.

— Quero gozar. Preciso gozar! — responde, ofegante.

— Mas, já?

Afasto os dedos de dentro dela e seguro seu quadril, mas minha respiração quente permanece na sua bunda, instigando.

— Como assim, já? Eu estou morrendo aqui, Tomas!

— Muito impaciente.

Ela se contorce arduamente, tentando se desvencilhar de mim. Eu a deito de barriga para cima novamente e subo nela, colocando meus joelhos em volta do seu quadril.

— Vivian, você manteve seu anticoncepcional depois que terminou o namoro? — pergunto, seriamente, mirando seus olhos.

— Sim, claro! Por quê?

A bichinha realmente não parece entender aonde eu quero chegar. Seu olhar é confuso e perdido.

— Eu quero te sentir. Pele com pele. Quero entrar em você sem nada entre nós. Confia em mim para isso?

VIVIAN

Olho para Tomas por alguns instantes. Se eu confio? Claro que sim!

Ele sempre me contou como se cuida, que não transa sem camisinha em hipótese alguma. Além do que, tenho certeza de que meu bichinho *nunca* faria nada que me fizesse mal. Eu confio nele de olhos fechados.

— Claro!

Não esperava o que vejo, mas seus olhos ficam marejados. Ele sorri tão docemente, que derrete meu coração. E desce sua boca sobre a minha, em um beijo devotado e apaixonado, carregado de sentimentos. Eu o abraço, porque quero senti-lo ainda mais perto. Pele com pele, como ele mesmo disse.

Tomas deita sobre mim, jogando o peso sobre meu corpo, apoiando-se apenas em um dos braços e nos joelhos. Não me incomoda em nada, na verdade. Quero ele inteiro, ser abraçada, engolida, sufocada por ele. O desejo dentro de mim grita seu nome e não posso calá-lo.

Sinto-o posicionando o pênis na entrada da minha vagina. Ele me olha nos olhos, como se me pedisse permissão novamente, e eu apenas faço sinal afirmativo. Ele agarra minhas mãos, ao lado da minha cabeça, e me penetra, devagar, sem tirar o olhar do meu. Senti-lo por inteiro, quente, pulsando, sua pele macia sendo abraçada por meus músculos apertados é a melhor sensação do mundo. Acho que nunca me senti tão plena, tão completa.

Lágrimas escorrem dos meus olhos, quase que no automático, simplesmente porque é tudo forte demais. Ele as seca com os polegares, carinhosamente, e apenas sussurra:

— Eu sei.

Tomas começa a se movimentar dentro de mim e eu mexo meus quadris na sua direção. Dançamos juntos essa folia lasciva, sensual, e eu quero mais, sempre mais. Quero tudo com o meu homem.

Meu homem? De onde veio isso?

— Por favor... — suplico; nem sei bem pelo quê.

— Linda. Minha. Deusa. Você. É. Tão. Perfeita!

Ele dá uma estocada funda entre cada palavra, forte, e eu estremeço de prazer. Tomas passa as mãos em mim, tenta me abraçar, alisar-me, tudo enquanto me fode. Parece querer meu corpo inteiro ao mesmo tempo. É uma agonia linda demais de vivenciar. É como ouvir nosso desespero em uníssono.

Tom se senta, puxando-me, fazendo-me sentar sobre ele. E me abraça, colando o nariz no meu. Continuamos fazendo amor assim: ele, levantando o quadril de encontro a mim, e eu, cavalgando, enlouquecida, em cima dele. Nossas respirações se confundem e começo a sentir meu corpo tremer, mas é um tremor diferente, muito mais intenso. Tomas me abraça ainda mais forte.

— Minha bichinha — ele me chama pelo nosso apelido de amigos e, minha nossa, nunca misturamos isso.

— Eu vou gozar, Tom!

— Goza para mim, gostosa. Eu sigo você.

Meus músculos apertam seu pau, enorme e duro. Espasmos me percorrem e me sinto convulsionar. Dou um grito catártico, que vem do fundo de mim. Tomas urra alto, longamente, misturando sua voz com a minha, com meus gritos de prazer. Seu jorro quente me preenche e sinto fogos de artifício tomando conta da minha mente.

Permanecemos alguns segundos abraçados, somente nos olhando, os narizes colados. Não queremos nos largar, sei que ele sente isso tanto quanto eu.

Meu bichinho, no fim de tudo, eu me apaixonei por você.

Sinto um nó na garganta. É claro que, em algum momento, esse pensamento me ocorreria. Já estava aqui na minha mente, rodeando-me, como uma sombra. Estou me apaixonando por Tom, essa é a indubitável realidade. Porém, o que importa é o que farei com isso. Preciso empurrar para o mais fundo possível, dentro de mim. Não posso, em hipótese alguma, perder meu melhor amigo. E sei bem a aversão que Tomas tem de compromisso. Ele foi um amor comigo esse tempo todo, dedicado e carinhoso, mas não é homem de paixões e amores. Portanto, admitir o que sinto, poderia afastá-lo. E seria devastador não tê-lo na minha vida, tenho certeza.

Tom se deita na cama, puxando-me junto, aninhando-me. Ele afaga meus cabelos, eu acaricio seu peito. Nenhum de nós tem coragem de falar. Sabemos que acabou e é doloroso demais.

Ficamos assim por um longo tempo, até que começo a sentir sono. Ajeito-me melhor ao lado dele, nós nos posicionando de frente um para o outro. Entrelaçamos nossos dedos e apenas nos observamos. Meus olhos começam a pesar, minhas piscadas ficam mais demoradas.

Tomas passa a mão pelo meu rosto e, em um tom de voz angustiado, pede:

— Por favor, não durma.

— Eu não vou.

— Não quero que a noite acabe. — Ele beija meus dedos.

— Nem eu... — sussurro, beijando os dele também. — Não vou dormir, prometo, vou só descansar os olhos — digo, fechando-os, quase sem querer.

Na verdade, não consigo mais mantê-los abertos, estou exausta.

Tom se aproxima, abraçando-me inteira, enrolando-se completamente em mim.

— Estou te sufocando? — Ele se preocupa, como sempre.

— Eu gosto que me sufoque.

Tomas me aperta ainda mais.

— O que eu faço com você de agora em diante, minha bichinha?

Sinto lágrimas espontâneas querendo se formar nos meus olhos fechados, enquanto meu peito se aperta.

— Só não me abandone, meu bichinho. Eu não sei viver sem você — respondo, meio embolado, já muito sonolenta.

— Nunca. Eu nem respiro sem você.

TOMAS

— Eu te amo, minha bichinha... — sussurro.

Sua respiração fica pesada, sei que Vivian pegou no sono. Acho que nem sequer me ouviu, o que me deixa aliviado. Nossa noite, enfim, acabou. Lágrimas escorrem dos meus olhos e as deixo fluir, simplesmente por não ter mais capacidade de segurar tanta emoção dentro de mim. No fim das contas, em toda essa brincadeira, acabei me apaixonando pela minha melhor amiga. O pior de todos os cenários. E vou ter de sufocar essa paixão o melhor que conseguir, se não quiser perdê-la da minha vida. Vivian é uma menina insegura e eu nunca tive boa fama. Ela, melhor do que ninguém, sabe disso. Além do mais, Viv merece muito mais do que acredito que poderia, algum dia, sonhar em dar a ela. Eu mal sei o que estou fazendo na maior parte do tempo. E não sou digno dessa mulher, tenho consciência disso.

VIVIAN

Não tenho coragem de abrir os olhos. Apenas percebo a claridade batendo no meu rosto, o que já me incomoda o suficiente. Tento me virar para fugir da janela, e sinto meu corpo todo dolorido. Estendo o braço para procurar Tomas, mas noto seu lado da cama vazio. Isso, sim, é o suficiente para me acordar. Levanto de súbito, sentando-me e confirmando que realmente estou sozinha. Do seu lado da cama, apenas um grande vazio, uma caixa, e um pedaço dobrado de papel.

Pego primeiro o papel, é uma carta de Tomas.

Uma carta! Que fofo! Quem escreve cartas hoje em dia, gente?

Começo a ler, e meu coração vai ficando apertadinho.

Minha bichinha,

Gostaria de te agradecer demais por esse tempo em que nos divertimos juntos. Tivemos a oportunidade de nos conhecer ainda mais, de nos tornamos íntimos como nunca imaginei que um dia seríamos. Você é uma mulher linda, sexy, interessante, capaz de virar a cabeça de um homem, até de um "tipinho" como eu. Um canalha, como você mesma diz. E não necessitou de lições para isso, só precisou acreditar um pouco mais em si mesma. Acho que, para esse objetivo, nosso "encontro" serviu.

No fim, você não nunca precisou de mim para desabrochar. Era eu quem tinha necessidade de você, para conseguir entender que, entre duas pessoas, pode haver muito mais do que sexo. Você virou a minha cabeça, no ótimo sentido. Muito obrigado por ser quem é, uma amiga tão incrível, e por ter sido uma amante tão perfeita quanto. Saiba que não me arrependo, nem um segundo, de tudo o que vivi ao seu lado.

Segue um presentinho para marcar nossa última noite juntos.

Com amor, T

P.S.: Confesso que fui um pouco canalha com você. Não quis fazer amor aqui só pelos motivos que falei. Quis também saber que, quando estiver sozinha no seu quarto, pensará em mim, assim como eu pensarei em você quando estiver no meu. Me desculpe.

Meu coração dispara a cada linha que leio. É de um carinho e delicadeza que não sei explicar. Várias e várias perguntas surgem, obviamente. Ainda preciso ler mais vezes, para entender tudo o que Tomas quis me dizer nessas linhas, mas, primeiro, a curiosidade me vence, e decido abrir a caixa. Meu coração dispara e sorrio, emocionada, ao ver um vidro da versão líquida do seu sabonete delicioso de capim-limão.

CAPÍTULO 21

TOMAS

Não consigo prestar atenção nas aulas. Sinto-me uma merda desde que saí do quarto *dela* essa manhã. A noite passada foi perfeita, incrível, inesquecível!

Vivian eternizou em mim a beleza de suas curvas, o embriagar do seu cheiro, a sedosidade dos seus cabelos, a maciez da sua pele, a suavidade da sua boca, a doçura do seu sabor, a melodia dos seus gemidos e o desejo do seu olhar. Ela foi marcada dentro de mim, tal qual uma tatuagem, impossível de ser removida. Isso me conforta por um lado, saber que sempre a terei de alguma forma, mas me deixa profundamente triste ao mesmo tempo, porque tenho a certeza absoluta de que nunca mais, nunca mais mesmo, me sentirei da mesma maneira que me senti ao lado dela. Com Viv, não é só companhia ou sexo. É uma mistura inebriante dos dois, de tudo. Ela me traz felicidade genuína, e isso é algo que nunca experimentei.

É estranho, pois eu não sabia que não era totalmente feliz. Eu só levava a minha vida, sem questionar, um tanto entorpecido pela realidade que escolhi, e que, sinceramente, eu gostava. Ou achava que sim. A fama que me precede não existe à toa. Eu não costumava ter problemas para ficar com a mulher que escolhia, em uma noite qualquer. Eu chegava a algum lugar com o fim de me divertir, e se tinha uma gostosa que chamasse minha atenção, fazia um movimento e "*voilà*", mais tarde estávamos os dois suando e trocando orgasmos em algum lugar. Sempre foi muito fácil. E não digo isso para me gabar, mas por ser a mais pura verdade.

Nunca me apaixonei. Nunca tive uma relação duradoura. Já saí com garotas repetidas vezes, até mais de uma, mas quando alguma delas começava a criar expectativas, eu fazia o caminho inverso e me despedia, respeitosamente. Não queria envolvimento, mas apenas dar e receber prazer.

E a vida, irônica como só ela é capaz de ser, fez com que eu me apaixonasse pela única mulher que está, emocionalmente, fora do meu alcance. Seria cômico, se não fosse trágico.

Agora, como vou retomar meu caminho normalmente, como se nada tivesse existido entre Vivian e eu?

Antes, eu não conhecia o amor, e vivia muitíssimo bem. Porém, agora, ele e eu somos amigos íntimos. Não sei mais como agir da mesma maneira, nem sozinho, muito menos quando estiver com ela. E precisarei aprender com urgência, pois nem seuer tenho tempo para lamentar minha dor.

Meu celular vibra e o pego discretamente. Abro o *WhatApp*, tem algumas notificações de conversas. Uma delas é de Vivian. Meu coração dispara. É a primeira que quero ler, mas não o faço. Preciso começar o *detox* desde já. E pensar que sempre odiei essa palavra.

Escolho abrir a conversa do meu irmão do meio.

Alex: Diga que não tem planos para o FDS.

Eu: Primeiro me diz o motivo.

Alex: Nosso pai conseguiu convencer Henri a pescar. HENRI! PESCANDO!

Eu: Está de sacanagem!!! O q ele usou como arma?

Alex: Falou que o próximo na linha de sucessão da empresa tem que ser um bom pescador, porque a pesca ensina muitos valores a um homem.

Eu: kkkkkkkkkkkkkkkkkk o velho sabe jogar!

Alex: Se sabe! Henri trincou o maxilar com tanta força, que fiquei esperando o som de dentes quebrando. Agora que ele topou, o pai quer que você e eu façamos Cia. "Um passeio só de rapazes", ele disse.

Uma viagem no fim de semana é algo inesperado, mas não me parece de todo ruim. Pode ser uma boa oportunidade para que Vivian e eu fiquemos um pouco de tempo longe um do outro e comecemos a restabelecer nossos pensamentos, colocá-los em ordem. Acho que o convite veio em ótima hora. De quebra, vou me divertir vendo meu irmão mais velho, que é 100% urbano e tecnológico, sendo terrivelmente humilhado pela natureza.

Eu: Não perderia por nada desse mundo!

Alex: Boaaaaa! Vamos sair da casa do pai e da mãe amanhã, às seis. Não se atrase, senão, nosso irmãozinho é capaz de usar como desculpa para desistir.

Eu: E vamos dormir em barracas?

Alex: Não, o pai disse que há quinze quilômetros de onde vamos pescar tem uma cidadezinha, com pousadas, restaurantes. Bem simples, mas suficiente para passarmos a noite.

Eu: Prefiro assim, menos parafernália para levar.

Alex: Eu tb.

Eu: Até amanhã.

Alex: Valeu, hermano.

Agora, abrirei a conversa de Henri. A ordem sempre é essa, do mais legal para o mais chato.

Henri: Tomas, você dirá não a QUALQUER convite do nosso pai para esse fim de semana.

Eu: Ih, brother, agora já era. Estou confirmado na pescaria.

Henri: Que inferno!

E assim termina a conversa com ele. Claro que eu rio do desespero do cara. Abro, agora, a notificação do meu pai.

Pai: Tomas, converse com seu irmão Alexander, ele tem um recado meu. Beijos, papai.

Eu: Oi, pai, já conversei, está td certo. Mas o tempo q o senhor levou para digitar essa frase, poderia ter usado para me dar o recado.

Meu pai digita, por minutos intermináveis.

Pai: Não gosto de mexer nessa porcaria. Beijos, papai.

Dou uma risada. Meu velho é uma *figuraça*.

E agora está ali a notificação que falta ler, gritando na tela. O apelido dela, a mensagem dela, no fim, a única que faz meu estômago revirar. Respiro fundo, ao clicar na janela. E pensar, que há poucos dias, nada disso existia.

Bichinha: Oi... Bom dia!

Fico decepcionado. Ela me mandou *só isso*, há uma hora e doze minutos. Um bom-dia simples, sem nenhuma pista do que Vivian possa estar pensando ou sentindo. Pelo visto, vamos mesmo voltar ao velho *modus operandi*. Logo, preciso ser o Tomas de sempre, o melhor amigo, a família dela.

Tudo bem. É o que serei.

Eu: Bom dia, bichinha!

A mensagem é lida na hora. Parece até que ela estava com a minha janela de conversa aberta, esperando pela resposta.

Bichinha: Está td bem? Não te vi sair. Nem tem café na cafeteira. ☹

Eu: Acordei muito cedo e fui para a academia do prédio. Depois, só tomei banho e vim para aula logo, que está um saco, inclusive.

Bichinha: E quando você não acha um saco?

Eu: Tens um bom ponto.

Bichinha: Queria saber se ainda sairemos esse FDS. Sabe, para me planejar, porque preciso mesmo escrever esse TCC interminável.

Putz! Tínhamos combinado de sair esse fim de semana, para ela poder "ir à caça" dessa vez. Não me lembrava disso, sinceramente. Porém, falando a verdade, não acho que é algo que eu consiga fazer agora. Sair com Vivian e vê-la ficando com outro cara está completamente fora dos meus planos. Seria doloroso demais.

Eu: Lembra quando falei que você não precisa de mim para sair e seduzir alguém? Eu estava falando sério.
Bichinha: Não, eu jamais te pediria isso! Não mais. Estou falando de sair só pela companhia mesmo, sem arranjos. Se acontecer de você ou eu ficarmos com alguém, será cada um por si, fique tranquilo.

Sinto-me um bosta. Ela está tentando, nitidamente. A bichinha está fazendo o esforço dela para que retomemos nossa amizade como era, da forma mais natural e menos estranha possível. É uma merda eu não conseguir fazer o mesmo, pelo menos, não tão imediatamente.
Será que para ela está sendo fácil?

Eu: Sinto muito, Viv, mas marquei com meus irmãos e meu pai de pescar nesse FDS.
Bichinha: Pescar? Seus irmãos? Henri?
Eu: Quem poderia imaginar, né? Meu pai usou bons argumentos.
Bichinha: Pô, devem ter sido ótimos.
Eu: Alex está ansioso.
Bichinha: Vocês farão da vida do homem um inferno, não é?
Eu: Pode apostar. 😉
Bichinha: Coitado do "pobre homem".

Rio dela. Como é fácil conversar com Vivian!
Se não fosse a vontade que me consome de correr para casa e beijá-la agora mesmo, não teríamos nenhum problema em fazer isso funcionar, e bem rapidamente. A merda é que eu sou um fodido, de bolas roxas e coração partido.

Eu: Podemos ir no próximo FDS, se ainda quiser.
Bichinha: Onde?
Eu: Sair, ué. Não foi para isso que me chamou aqui?
Bichinha: Ah, sim. Está tranquilo, não se preocupe. Vai ser até bom, na verdade, poderei escrever meu TCC em paz, sem você ficar zanzando pela casa e infernizando a minha vida.
Eu: Diaba injusta.
Bichinha: Não posso fazer nada, se você é um mamute barulhento.

Dou uma gargalhada e meu coração dispara. Que miscelânea sentimental odiosa e deliciosa!

Bichinha: É amanhã que você vai viajar?

Eu: Aham, cedinho.

Bichinha: Vou pedir comida chinesa à noite, quer?

Eu: Ainda não sei a hora que vou chegar, mas qualquer coisa eu aviso.

Bichinha: Ok. Ah, e muito obrigada pela carta e pelo presente. Eu amei, de verdade.

Eu: De nada, bichinha.

Não sei mais o que dizer. Nem um simples convite para dividir uma comida, fui capaz de aceitar. Só de pensar em estar perto dela numa sexta à noite, fico agoniado. Trancado dentro de casa então, mais ainda. Acabei sem saber o que fazer e inventei uma desculpa fraudulenta. Agora, terei de arranjar algo à noite que me dê algum tempo até que eu volte e Vivian já esteja dormindo.

CAPÍTULO 22

VIVIAN

Estou com uma sensação incômoda na garganta desde que conversei com Tomas mais cedo. Parece que um bolo se instalou e insiste em não descer mais, tanto que decido não pedir comida nenhuma. Fico apenas no sofá, passando os canais de TV, sem prestar atenção em nada especificamente.

Por que tenho a amarga impressão de que Tomas está me evitando? Isso está realmente acontecendo ou me encontro totalmente paranoica? Será que ele apenas combinou mesmo essa pescaria com a família, e nada mais do que isso? Ao mesmo tempo, não entendo os motivos de tantas dúvidas, perguntas, inseguranças... Nunca teve disso entre a gente. Acho que o medo do que acontecerá conosco, com a nossa amizade, é tão grande dentro de mim, que estou agindo como uma desesperada. E não consigo evitar. Preciso saber que tudo ficará bem.

Já são 23h e nada de Tom aparecer. Deve ter retomado a vida normal, e estar por aí, em algum bar, conhecendo a sortuda com quem acabará na cama essa noite. Sinto um ciúme dolorido me cutucando forte no peito. Sei que é o melhor a ser feito, já que combinamos de encerrar nosso combinado. Cada um retoma a sua vida e segue adiante, sem grandes efeitos colaterais. Porém, se isso é o certo, por que esse pensamento me causa um desgosto horrível e meu coração fica tão dolorosamente apertado?

Ouço o som de mensagem no *WhatsApp* e pego o celular correndo, desejando muito que seja ele. Porém, é um número desconhecido que aparece na tela.

+1 (206) 312:xxxx: Vivian, preciso muito falar com vc!

Fico assustada, com medo de ser alguma emergência com alguém que eu conheço e logo respondo.

Eu: Quem está falando?

+1 (206) 312-xxxx: Sou eu, Ralf. Você bloqueou meu outro número, consegui esse para falar com você.

Não posso acreditar! Ralf? Meu ex-namorado, Ralf? Aquele demônio? Que porra ele quer depois do que fez comigo?!

Eu: Está maluco? Se eu te bloqueei, o que te faz acreditar que eu vá falar com você por outro número?

+1 (206) 312-xxxx: Vi, por favor, me ouve! Eu sei que errei demais, mas estou arrependido, muito mesmo. Por favor, vamos nos encontrar, conversar, eu preciso ver vc. Eu te amo!

Eu: Ooooh... Jura? E só descobriu isso agora?

+1 (206) 312-xxxx: Às vezes, só perdendo é que damos valor àquilo que temos, infelizmente. Você é a mulher da minha vida, Vivian. Eu descobri que não posso viver sem vc.

Eu: Poxa, que pena! Acredita que eu descobri que vivo muito melhor sem você?

+1 (206) 312-xxxx: Não fala isso, gata, ninguém deixa de amar tão rápido. Nosso amor é grande demais para terminar assim.

Eu: O meu era, Ralf. O meu. Mas não é mais, nem grande, nem pequeno. Nem nada. Só não existe. Vai ver, nunca existiu.

+1 (206) 312-xxxx: Mentira! Eu lembro o quanto vc me amava, lembro absolutamente tudo. Não consigo te esquecer.

Eu: Aí é q está o problema. Se você tem memória, eu tb tenho.

+1 (206) 312-xxxx: Vi, por favor, eu te imploro!

Eu: Para de implorar e para de me chamar de Vi, eu odeio. É Viv. Não, para você, é Vivian. Aliás, não é mais nada. É passado. Me esquece!

+1 (206) 312-xxxx: Me dá só uma chance de me explicar. Uma conversa de quinze minutos, prometo.

Eu: Ralf...

+1 (206) 312-xxxx: O que, meu amor?

Eu: Vá se foder!

Bloqueio o número desconhecido e jogo o celular do outro lado do sofá. Ainda estou sem acreditar no que acaba de acontecer. O que diabos deu na cabeça desse desgraçado para me procurar do nada? Em que Ralf estava pensando? Depois de todo esse tempo, ele achou que apareceria e eu iria me jogar nos seus braços? Que tipo de mulher o idiota acha que eu sou? Já fazem, sei lá, um, dois...

Preciso parar para contar, e só então me dou conta de que, entre o término com Ralf e o arranjo com Tomas, passaram-se *apenas nove dias*.

Minha nossa! Nove míseros dias, pelo amor da deusa! Parece que foi há um século que Ralf terminou comigo, e maior ainda o período que passei com Tom. Além de já termos muita intimidade, foi tudo tão forte e intenso, que parece muito mais tempo do que realmente foi. Que coisa doida, eu não fazia *mesmo* ideia!

No fim das contas, Tomas sempre teve total razão: eu me envolvo e me entrego muito fácil. A verdade é que, em pouco mais de uma semana, me apaixonei por ele. Ou seja, sigo vivendo o meu *modus operandi,* sou uma verdadeira farsa. Só que, com Tom, nunca me pareceu errado. Nunca pensei em me segurar ou em como seria o decorrer das coisas. Tão estranho... Só parecia que era certo, que tinha de ser, e que estava tudo bem. Porém, o alerta vermelho é de que sempre me apaixono por canalhas, e Tom é um canalha, né? Seguimos errando e é isso.

Canso de ficar fazendo esse papel ridículo na sala, de esperar e torcer para ele chegar. Vou para o quarto e me deito, com um dos fones de ouvido sem fio. Deixo Miley Cyrus embalar o meu sono ao som de *Flowers*. Quem sabe eu absorva algo dessa música, perfeita e necessária, enquanto durmo.

CAPÍTULO 23

TOMAS

Bocejo pela milésima vez, a caminho da casa dos meus pais. Tomei uma caneca de café antes de sair de casa e coloquei outra porção igual num copo térmico, que estou usando para beber enquanto dirijo. Ontem eu deveria chegar a minha casa no começo da noite, mas decidi evitar voltar tão cedo, porque seria uma tortura jantar com Vivian como se nada tivesse acontecido entre nós. Simplesmente apagar, de uma hora para outra, a sensação daquela mulher em mim, no meu corpo e na minha mente, é impossível. Sei que, com o tempo, tudo deve ficar mais fácil, mas enquanto o gosto dela ainda estiver na minha boca, e o seu cheiro na minha pele, simplesmente não dá.

Cheguei a entrar e sair do prédio algumas vezes, porque eu só queria subir e estar com ela. Entrar por aquela porta, pegá-la no colo, enrolar aquelas coxas deliciosas no meu quadril, imprensá-la na parede e entrar fundo nela, antes que pudesse sequer retrucar. Foi desesperador me segurar para não ceder a isso. Até porque, sei que Vivian também cederia. Estamos na mesma página, a verdade é essa.

Quando recobrei algum juízo, acabei me enfiando no carro e esperando, até que conseguisse avistar a luz da nossa janela da sala sendo apagada, lá em cima. Viv foi se deitar por volta das 23h15, e eu ainda esperei mais quinze minutos, só para ter certeza de que ela não acenderia as luzes de novo.

Quando finalmente subi, entrei correndo para o meu quarto, fechando a porta atrás de mim, e acho que nunca me senti mais ridículo. Eu jamais fugi de uma mulher na minha vida, e não imaginei que começaria agora. Ainda mais, sendo a minha melhor amiga! A mulher mais importante da minha vida, depois da minha mãe.

Era de Vivian que eu estava fugindo, pelo amor de Deus!

Demorei horas para conseguir pegar no sono pensando em tudo isso, sem conseguir concluir nada. Desespero, medo e dúvidas foram meus companheiros, até que o cansaço vencesse a batalha e eu conseguisse finalmente apagar. Quando saí de casa, o dia nem havia clareado, e Vivian, obviamente, continuava dormindo.

E agora estou aqui, morrendo de sono, confuso, e até um pouco triste, confesso, indo para essa pescaria estranha, nada a ver com nada.

Vejo meus irmãos carregando o porta-malas do carro do meu pai com material de pesca, enquanto estaciono.

— Agora o time está completo! — Alexander grita quando me vê e sorri genuinamente, aproximando-se e me dando um abraço. — Henri, Tomas chegou!

Meu irmão mais velho se vira para nós e solta um resmungo incompreensível, claramente mal-humorado. Está visivelmente contrariado com essa viagem.

— Esse fim de semana vai ser ótimo — Alex sussurra em cumplicidade e só então ele se vira para mim, observando-me melhor, e parece não gostar de algo. — Você dormiu, mano? Parece que virou a noite, sua cara está uma merda!

— Porra! Valeu mesmo, irmãozinho —respondo, meio a contragosto.

Ele ri e dá de ombros. Mamãe aparece pela porta e vem em minha direção, puxando-me para um abraço apertado e me dando beijos nas bochechas, como sempre.

— Não quer entrar, querido? Você tomou café da manhã? Sua aparência está péssima. Está se sentindo bem?

Alex olha para mim, triunfante e debochado, e eu mostro o dedo do meio para ele, pelas costas da minha mãe.

— Estou bem, mãe. Só muita matéria para estudar nesse final de faculdade.

— Muito bem, garotos! — Meu pai sai da casa gritando, animado, carregando um *cooler*.

Ele está muito caricato, vestido com uma camisa de listras horizontais largas, brancas e azuis, um colete bege por cima, uma bermuda cáqui, um chapéu de tecido da mesma cor do colete, meias de cano alto e tênis. Parece saído de um filme do *Adam Sandler*, e seguro muito a vontade de rir.

— Se despeçam da mamãe e entrem no carro. A nossa aventura começa agora!

Assim que chegamos a um local que meu pai considerou perfeito — depois de muitas e muitas voltas —, ele finalmente estacionou, e logo espalhamos as cadeiras de praia que levamos pela beirada da costa, montando, em seguida, nossos equipamentos de pesca.

Tentei avisar para Vivian que estava tudo bem, logo que cheguei. Temos esse combinado, e por mais que a esteja evitando, não gostaria de deixá-la preocupada, não é justo fazer isso com a bichinha. Porém, simplesmente não existe sinal de celular nesse lugar.

Estamos sentados há mais ou menos três horas, esperando em vão alguma vara sacudir, indicando que pelo menos um de nós pegou alguma coisa.

No início, tentamos conversar, mas o pai nos mandou ficar calados para não assustarmos os peixes. Agora, parece que ele mesmo desistiu, pois tem alguns minutos que está falando sem parar sobre os projetos para a empresa. Único momento, inclusive, que Henri parece participar de fato, desde que chegamos.

— Pai, o senhor está saindo do comando da empresa porque quer. Ainda não conseguimos entender essa decisão, para dizer a verdade. A mamãe e o senhor são muito jovens, não faz nenhum sentido abandonarem o barco agora. Temos tempo de sobra pra preparar isso, sem correria — Henri argumenta, surpreendendo-me.

Pensei que estivesse louco para ocupar aquela cadeira de CEO.

— E quem está correndo aqui, garoto? Parece que não me conhece. Inclusive, foi exatamente por isso que trouxe vocês aqui hoje. Quero que entendam meus planos para a vida, para que eu possa sair da empresa em paz, e segui-los sem olhar para trás.

Nós nos viramos na direção de papai, os três ao mesmo tempo, concentrados no que o nosso velho tem a dizer.

— Quando sua mãe e eu nos casamos, tínhamos acabado de abrir a empresa, vocês sabem. Ainda era um fundinho de quintal, ainda assim prometemos que iríamos trabalhar muito para fazê-la crescer. Que independente de quantos filhos tivéssemos, nos dedicaríamos à empresa e à nossa família com a mesma disposição. Faríamos do nosso patrimônio, algo imponente o bastante para que pudéssemos lançar mão nessa época da vida, e para que deixássemos nossos filhos seguros até que conseguissem construir as suas próprias vidas. Dia após dia, desde então, trabalhamos com esse objetivo, incansavelmente. E estipulamos, como prazo, o meu aniversário de sessenta anos.

O aniversário do velho é em outubro. Sessenta anos!

Tudo começa a fazer sentido.

— Conseguimos fazer as coisas exatamente como planejamos. Tivemos vários percalços, sim, mas nunca nos deixamos abater por nenhum. Henri é o mais velho, é o que mais conhece nossas batalhas. Quando Alexander nasceu, a situação estava um pouco melhor, e quando Tomas nasceu então, nem se fala. Mas lutamos cada uma delas, como a dupla invencível que sua mãe e eu sempre formamos.

Sorrio. É tão bonito ver a admiração que o pai tem pela nossa mãe, o amor, a cumplicidade dos dois... É impossível imaginar um sem o outro. Eles simplesmente nasceram para ficar juntos.

— Agora, chegou o nosso momento, meus filhos. Meu e da sua mãe. Vamos viver o que sonhamos para nós dois, desde que começamos nossa vida juntos.

É a vez de Alex falar:

— Mas pai, vocês são tão jovens... Você gosta tanto daquele lugar! Vai conseguir simplesmente mudar completamente de vida assim, do dia pra noite?

— Não é do dia para a noite, filho, estou me preparando para esse momento há trinta e seis anos. Desde que me casei com sua mãe. E Deus é tão bom, que vai coincidir justamente com a formatura de Tomas. Vamos poder simplesmente fazer uma dança das cadeiras: Henri assumirá o meu lugar, você assumirá a diretoria no lugar de Henri e Tomas assumirá a sua posição na administração. Essas são decisões burocráticas, apenas delineando sobre o que cada um ficará responsável. Porém, em questão de ações da empresa, dividirei em partes iguais. Cada um de vocês terá 33% da empresa, e o 1% que restar, ficará comigo.

— Mas, pai, isso não está certo! — retruco, alarmado. — Você e mamãe criaram aquilo do nada. É de vocês!

— Por isso mesmo, se é nosso, temos o total direito de decidir o que acharmos melhor.

— Pai, você não está pensando bem... — É a vez de Henri.— Apenas 1% de participação nos lucros não dá para você e mamãe viverem bem, ou fazerem tudo o que diz que querem fazer.

— Meu filho, nem estamos contando com esse dinheiro. Fizemos bons e rentáveis investimentos durante esses anos, sua mãe e eu temos o bastante para vivermos tranquilos pelo resto da vida, sem depender da empresa. Só quero ficar com esse 1%, para ter voz ativa caso vocês se percam em algum momento do caminho. Não acredito que vá acontecer, mas como bom empresário que sou, sei que o seguro morreu de velho.

Estou boquiaberto, e meus irmãos espelham exatamente a mesma expressão que a minha. Meu pai e minha mãe planejaram exatamente tudo, esses anos todos, sem deixar margem para falhas em seus objetivos comuns de futuro. Ele nem titubeia quando explica, é uma decisão tomada, algo pensado e consolidado.

Como podem ser tão afinados, tão uníssonos?

Tem que haver muito amor entre duas pessoas, além de fé e perseverança um no outro, para que algo seja orquestrado de forma tão milimetricamente perfeita.

— Então é isso? — pergunto, dando-me por convencido.

Ninguém pode contra esses dois, essa é a verdade. Fomos vencidos antes mesmo de começarmos a lutar.

— É isso. Em dezembro, faremos a transferência legal das ações da empresa para o nome de vocês três, e mamãe e eu estaremos livres para escolhermos o que quisermos fazer.

— E vocês já têm uma ideia de onde querem começar? — Alex pergunta, curioso.

Confesso que também estou.

— Vamos comprar um *motorhome* e sair por aí, sem destino certo. O céu será o limite.

— O quê?! — gritamos os três ao mesmo tempo.

CAPÍTULO 24

ALEXANDER

Henri está mais furioso do que nunca. A cidade onde nosso pai havia dito que nos hospedaríamos para passar a noite está lotada, por conta da "Festa do Tomate". Ao que parece, é uma grande celebração realizada para comemorar a boa colheita a cada ano, pois é a partir do fruto que vem o sustento da cidade. Por conta disso, o único lugar que conseguimos arranjar para ficar foi um velho estábulo desativado, que o dono do *pub* da cidade nos ofereceu de bom grado, quando fomos nos alimentar em seu estabelecimento, há algumas horas. Henri e papai discutiram, e o meu irmão, para não perder a cabeça, sumiu por esse mato afora. Meu pai pouco se abalou, e logo foi dormir. Tomas e eu decidimos voltar ao *pub* e tomar umas cervejas.

Desde que vi meu irmão caçula hoje cedo, senti que algo não vai muito bem com ele. Não sei dizer o que é, mas tem alguma coisa diferente. Além da aparência cansada, Tontom está mais quieto, introspectivo, o que é muito estranho já que, de nós, sempre foi o mais falante. Chamá-lo para tomar umas cervejas não foi uma estratégia apenas para passar o tempo, admito. Quero saber o que há com meu irmãozinho.

O *pub* é grande e bastante rudimentar. Tudo é entalhado em madeira rústica, desde o balcão de bebidas, às mesas e cadeiras ocupadas pelos clientes. Uma mesa de sinuca e dois jogos de dardos fazem o entretenimento dos ocupantes. Uma banda composta de cinco integrantes toca músicas diversas, enquanto alguns arriscam passos de dança no salão. Tomas e eu ocupamos um dos jogos de dardos, que está livre, de posse de duas canecas de cerveja que pegamos no balcão. Quando vamos começar a jogar, damos de cara com Henri, sentado, sozinho, em uma mesa de canto. Ele solta um suspiro cansado quando percebe que o avistamos, levanta-se e vem em nossa direção.

— Então foi aqui que veio se esconder. — Rio, dando um tapa nas costas dele.

— Ah, cara, não dá. O pai é impossível, às vezes. Planejou essa merda de viagem, para dar uma merda de notícia, e virmos parar nessa merda de lugar!

— Calma aí, sabichão! — Tomas retruca, calmamente. — Somos família, irmão, e acho que o pai só queria estar com a gente, pô. Depois que ele e a mãe saírem em viagem, não sabemos a frequência com que os veremos. Fora que vamos ter que trabalhar para caralho para manter a empresa funcionando. Dá um desconto para o velho.

Henri não retruca, por incrível que pareça. Apenas dá de ombros e bebe um gole de sua cerveja.

— Muito bem, Tontom, agora nos conte de você — dirijo-me a Tomas, que acaba de jogar o primeiro dardo no alvo. Ele me olha, desconfiado, sem entender a pergunta. — Você está diferente, é nítido. O que aconteceu?

Dá para notar a garganta de Tomas engolindo em seco, antes de responder:

— Nada. Só cansaço da faculdade.

— Aaaaah... Corta essa! — Henri se exaspera, gesticulando e derrubando um pouco da cerveja.

Acho que já bebeu mais do que eu imaginei.

— Parece que o homem de pedra está bêbado. — Tomas sorri, debochadamente.

— Não! — Henri grita, apontando o indicador para Tom, e depois o levando aos lábios, sussurrando "shhhh", como se pedisse silêncio. — Não — repete em tom mais baixo.

Ele está é muito bêbado, e damos uma gargalhada.

— Mas é sério, cara, o que está havendo? — pergunto novamente a Tomas.

Ele me encara por alguns segundos. Parece ponderar se deve ou não contar algo que está, visivelmente, o incomodando. Mais alguns instantes se passam, quando ele decide começar a falar:

— Ah, cara, me enrosquei com uma mulher...

Henri dá uma risada genuína. Tomas e eu tomamos um susto. Acho que faz anos que não o ouço rir assim.

— Tontom está apaixonado!

Meu irmão caçula franze o cenho, fazendo a expressão descontente que sempre faz quando usamos seu apelido de infância.

— Quem diria! Logo você, irmãozinho, o que tem o maior espírito livre de nós três? Quem foi a mulher que conseguiu a proeza de amarrar suas bolas?

Tomas abaixa a cabeça, evitando nossos olhares. Henri, ao perceber, bufa, colocando a caneca de cerveja sobre uma mesinha alta.

— Não é óbvio? — Ele aponta para o caçula, como se apenas isso já respondesse. — É Vivian.

Tomas arregala os olhos, e sua expressão dissipa imediatamente qualquer dúvida que pudesse existir a esse respeito.

Porra! Tomas e Vivian, claro! Até que enfim!

— Cara, que bom! Já não era sem tempo! Demorou só quatro anos, mas antes tarde do que nunca! — Sorrio, batendo minha caneca na dele, à guisa de brinde.

— Não é bem assim, mano. A gente começou com uma espécie de brincadeira, nos pegamos um pouco aqui e ali, e decidimos ser amigos com benefícios. Mas a coisa saiu do controle, escalonou de um jeito... Acho que eu estou apaixonado por ela.

Henri bufa mais uma vez. Começa a ficar irritante.

— Você sempre foi apaixonado. Só nunca percebeu isso.

Tomas se apressa em negar, mas quando vê a minha reação, em que faço um gesto afirmativo com a cabeça corroborando a fala de Henri, parece mais confuso.

— Por que vocês acham isso?

— Tom, você serviu essa mulher por todos esses anos. Não percebe?

Ele me encara, confuso.

— Servi? Como assim?

Henri se aproxima, parecendo recobrar um mínimo de sobriedade e equilíbrio, antes de dizer:

— Cara, nos últimos quatro anos a sua vida foi com Vivian. Você se moldou a ela, e ela a você também, de certa forma. Vocês se adequavam de acordo com a agenda um do outro. Escolhiam coisas para si de acordo com gostos um do outro. Tomavam decisões de acordo com a opinião do outro.

— Mas sempre foi na amizade. Eu nunca deixei de sair com mulheres, vocês sabem. Ocupei muitas camas por aí. E ela, por sua vez, emendou alguns relacionamentos ruins.

— Certo — digo, tentando ser cuidadoso com as palavras. — E já aconteceu de você marcar de sair com alguém, e deixar de sair por causa da Vivian?

— Já, mas é que ela precisava de mim e...

— Mais de uma vez? — Henri interrompe.

— Sim, mas...

— Aí está! — digo, não o deixando terminar mais uma vez. — Você sempre saiu com mulheres, desde que Vivian não precisasse de você ou desde que você não tivesse de ficar disponível para ela.

Tomas olha de mim para Henri, sem nada dizer. Parece que, de fato, ele não havia se dado conta dos seus sentimentos pela *roommate*, até então. Algo que, para nós, sempre foi óbvio. Tantas vezes brinquei sobre dar em cima dela para provocá-lo e, no fim, o cara nem sabia direito o que sentia.

Ele se dá por rendido e se joga numa cadeira, com a expressão cansada. Imitamos o seu gesto e sentamos, um de cada lado.

— Ela sente o mesmo que você? — pergunto, acabando com o restante da minha cerveja.

— Acho que sim, não sei bem. Mas combinamos de não deixar isso continuar, de todo modo.

— E por que não?

— Porque a nossa amizade é preciosa demais. Eu não presto, Vivian não sabe se relacionar, e nunca daríamos certo como um casal. E quando tudo ficasse bem fodido, nem a amizade nós conseguiríamos salvar.

— É o melhor mesmo — Henri, que se manteve calado até então, se manifesta.

— Como assim, cara? — retruco, sem acreditar. — Os dois se gostam, isso não faz sentido.

— Claro que faz. Eles estão pensando racionalmente. Os dois são material danificado para relacionamentos. Se entrarem nessa, vai dar errado, a amizade vai acabar, e vão se arrepender pelo resto da vida.

— E se acontecer justamente o contrário, Henri? E se Tomas e ela só não conseguiram se relacionar com alguém, porque a pessoa certa ainda não havia chegado? E se estivessem esperando um pelo outro?

Henri bufa novamente, e a minha vontade é de dar um soco no meio da sua cara presunçosa.

— Não existe isso de "pessoa certa" — responde, fazendo aspas com os dedos, em tom de deboche.

— E por que não? Basta você encontrar uma pessoa que te faça esquecer todas as outras.

— Igual Chiara fez com você? — Henri me pergunta, com um olhar desafiador, e isso é demais para mim.

Não sei dizer o que acontece em seguida. Uma mistura de dor e ódio toma conta de mim, fazendo-me levantar de súbito e pegar o meu querido irmão mais velho pelo colarinho.

Não enxergo mais nada.

Não percebo mais nada.

Apenas vejo tudo vermelho à minha frente.

CAPÍTULO 25

VIVIAN

Meus pulmões queimam, estou pingando suor quando finalmente abro a porta do apartamento. Corri por mais de seis quilômetros sem pausa, e mal estou acostumada à marca de três. A real é que me exercito bem menos do que gostaria e deveria. Excedi-me, sem me preocupar muito com o meu corpo e meus limites, eu sei bem. Porém, eu precisava disso. Desesperadamente. Tudo, porque há três dias não consigo aquietar meu coração.

Ouvi Tomas chegar na sexta-feira à noite, mais ou menos uns quinze minutos depois que eu entrei para meu quarto. Amaldiçoei-me um milhão de vezes por não o ter esperado na sala um pouco mais. Precisei me segurar com todas as forças, só para não me levantar e ir até ele. Queria vê-lo, saber se estava bem, se estávamos bem. Se ele havia ficado com alguém ou se não ficaria por enquanto, ou, sei lá o quê. Queria lhe dar um abraço, sentir seu cheiro, seu calor, olhar em seus olhos, descobrir alguma coisa, qualquer coisa que fosse.

Contive-me. Com tudo que havia dentro de mim, eu me segurei. Foi difícil como o inferno, mas abracei com força um dos travesseiros da minha cama, como se fosse ele, e ali fiquei. Chorei, é claro, agarrada ao meu Tomas imaginário, odiando-me por estar derramando lágrimas mais uma vez por causa de alguém. Mesmo esse alguém sendo quem é. O meu bichinho.

Desde então, não recebi uma mensagem sequer do desgraçado. Antes de tudo acontecer, nós nos falávamos o tempo todo, mesmo quando estávamos longe. Além disso, nunca fomos a algum lugar e deixamos de avisar ao outro quando chegamos. Nunca mesmo. Era nossa regra de ouro, um sempre saber onde o outro estava para nossa proteção e tranquilidade. Mas, dessa vez, Tomas saiu ontem, e não sei dele desde então.

Tentei ligar, porque eu sou uma imbecil, e fiquei de fato preocupada com seu paradeiro. Porém, o telefone caiu na caixa postal. Uma, duas e, depois da terceira vez, não tentei mais. Desde então, fiquei inquieta e terrivelmente ansiosa.

Valerie me ligou, porém não atendi. Apenas mandei mensagem dizendo que estava com enxaqueca, para despistá-la. Ela me conhece bem até demais, e sei que me encheria de perguntas quando percebesse o meu estado de nervos alterado. Conversei um bom tempo com meus pais, por vídeo, o que me distraiu um pouco, mas por um período muito curto. Tentei ler, escrever meu TCC, ver filme, série, e não consegui fazer absolutamente nada.

Confesso que arrisquei até me masturbar. Sexo entorpece a mente, e eu poderia muito bem fazer bom uso de algo assim naquele momento. Utilizei o sugador de clitóris, e o que posso dizer é: que troço bizarro!

Sério, o negócio é mágico, puta merda! Quase cheguei ao final por duas vezes, e meu corpo começou a responder com tremores e espasmos, mas simplesmente brochei. Não estava com cabeça suficiente para manter uma relação sexual naquele momento, eu acho, mesmo que fosse apenas comigo mesma.

Para piorar, não dormi direito de ontem para hoje, e as poucas vezes que cochilei, acordei procurando o celular, desesperadamente, para ver se tinha notícias de Tomas. Em todas elas me frustrei.

Enfim, o que me restou agora de tarde, foi colocar a roupa de correr e sair pelo *campus* da universidade feito uma maluca, sem rumo e sem limites. Ainda bem que a área aberta nunca fechou aos domingos.

Corri, pensei, e, apenas concluí que, no fim, Tomas e eu prometemos em vão que nada mudaria entre nós com esse arranjo que fizemos, dando certo ou não. E eu estava mesmo disposta a dar tudo de mim para que não mudasse, mesmo estando confusa e nutrindo sentimentos por ele.

Até o chamei para dividir comida chinesa na sexta, pelo amor da deusa!

Mas, Tom não parece tão disposto quanto eu a lutar pela preservação ou restauração da nossa amizade. Ele mal falou comigo depois de tudo. E nem sequer se importou de aparecer, de se comunicar. Não fez questão de enfrentar nada que lhe causasse o mínimo desconforto.

É isso. Se antes eu tinha alguma dúvida, essa já não existe mais: Tomas William está fugindo, *sim*, de mim. E isso me magoa muito mais do que eu poderia imaginar que faria.

Aquele bastardo!

Vou até a cozinha, com o coração ainda acelerado, batendo descompassado. Pego uma garrafa de água na geladeira. Abro a torneira da pia e molho uma das mãos, que passo na nuca, no pescoço e nas bochechas, na tentativa de me refrescar um pouco. Giro a tampa da garrafa em seguida, e a viro devagar em meus lábios, saboreando cada gole fresco, deixando o líquido deslizar suavemente pela minha garganta. É uma sensação prazerosa de alívio.

De repente, engasgo e começo a tossir muito, quando ouço a chave girar na fechadura da porta.

Paraliso.

Começo a tremer e me sinto ridícula.

É ele.

CAPÍTULO 26

TOMAS

Entro pelo apartamento, e logo vejo Vivian na cozinha, tossindo, parecendo engasgada. Corro até ela, e tento lhe dar tapinhas nas costas, mas Viv se afasta abruptamente, já controlando a tosse desenfreada. Ela me dá um olhar de lado, diferente de todos os que eu já havia visto até então. Pelo menos, se considerar aqueles direcionados a mim. São olhos de mágoa, de tristeza. Meu coração se aperta, em especial quando Vivian me aponta o dedo em riste e com uma voz fraca, trêmula e entrecortada, fala:

— Não se aproxime de mim.

Paro, estático, na frente dela. Minha respiração está acelerada, meu coração disparado. Tento me acalmar, Vivian não sai do lugar. Ela abraça o próprio corpo, como se precisasse se resguardar, abrigar-se.

Do que ela quer se proteger? De mim?

— Me desculpe... — É tudo o que consigo dizer.

Ela bufa, encarando-me com olhar incrédulo.

— Desculpar pelo quê, Tomas? Por estar tentando se afastar de mim, mesmo depois de termos prometido um ao outro que não deixaríamos que nada estragasse a nossa amizade? Por ter viajado e me deixado sem notícias? Por agir feito um idiota? Afinal, por que está se desc... — Ela se interrompe, arregalando os olhos e se aproximando. Parece que só agora percebeu o hematoma enorme na minha face. — Meu Deus! O que é isso?

Sua voz suaviza e Viv aproxima as mãos do meu rosto, com o máximo de cuidado, ainda assim faço uma careta de dor quando encosta os dedos delicados na minha bochecha.

— O pagamento da conta de separar uma briga entre Alexander e Henri. Tomei um murro bem no meio da cara.

— Que horror! Não acredito que aqueles dois... Vá se sentar no sofá, vou pegar gelo para colocar aí.

Obedeço, calado. Quem sou eu, afinal, para contrariar essa mulher?Ainda mais agora.

Vivian se aproxima de mim com uma trouxinha de tecido cuidadosamente arrumada em uma das mãos. Ela se senta ao meu lado e encosta o pano gelado no meu rosto, fazendo-me gemer de dor.

— Que soco horrível, Tom! Quase pegou no olho. Podia ter feito um estrago bem maior. Henri devia aprender a se controlar.

Sorrio. Eu também teria logo deduzido que isso seria obra do meu irmão mais velho.

— No caso, foi Alexander...

Ela me encara, incrédula.

— Alex? Está falando sério?

— Pior que estou.

— Não acredito! E qual o motivo da briga?

Não posso explicar exatamente o contexto, já que a confusão começou pelo que eu contei a respeito de mim e dela, e as opiniões divergentes sobre disso. Opto por utilizar uma versão resumida.

— Eles estavam discutindo sobre besteira, e Henri meio que tirou sarro do que Chiara fez com Alex.

— Não... — Ela tapa a boca com uma das mãos.

Dou de ombros, Viv tira um pouco a compressa de gelo do meu rosto.

— Acho que já está bom. Senão, pode queimar a pele.

Pego sua mão e a levo aos lábios, dando um beijo em seus dedos, antes de sequer pensar no que estou fazendo. Apenas quero sentir seu toque, sua pele, seu calor. Vivian não a tira e se joga no sofá ao meu lado, dando um suspiro, parecendo bem triste e cansada.

— Por que fugiu de mim, Tomas?

Ainda seguro sua mão na minha e entrelaço seus dedos aos meus.

— Por medo, Viv.

Ela parece genuinamente confusa e ligeiramente magoada.

— Medo de mim?

— Não, bichinha, claro que não! Medo de mim. Não sei se sou capaz de me segurar perto de você. Sei que combinamos de encerrar nosso acordo, justamente para evitar maiores problemas e não acabar prejudicando a nossa amizade. Mas, Viv, eu não consigo ficar perto de você como se nada tivesse acontecido. A minha mente não responde e o meu corpo perde a razão quando estou com você.

Ela aperta minha mão com a sua, parecendo espelhar o mesmo sentimento angustiado que eu. Vivian me entende, eu sei disso, eu sinto. Quando me viro para ver seu rosto, seus olhos estão marejados, e uma única lágrima rola pela pele clara e delicada.

— O que isso quer dizer, Tom? Não seremos mais amigos, então? Destruímos tudo? Acabou, é isso?

— Não, claro que não!

Pego seu rosto, secando com os meus polegares as lágrimas que agora caem livremente de seus olhos. Não quero fazê-la sofrer, não quero vê-la chorar por mim.

Vivian coloca suas mãos por cima das minhas, que ainda seguram o seu rosto triste e cansado.

— Então, o que faremos, Tom?

Eu a fito, vendo-a desolada. Não tenho uma resposta certa para essa pergunta. Gostaria de tranquilizá-la e dizer que tudo ficará bem, mas eu não sei se vai. Não acredito na merda em que nos metemos, e menos ainda na minha total incapacidade de criar mecanismos para sairmos dela.

Vivian me observa, ansiosa. Sei que espera por uma solução, mas não sou capaz de lhe dar absolutamente nada. Ainda mais que, apesar de toda a cagada, eu não me arrependo nem um segundo de tê-la em meus braços, pelo tempo que foi. Penso e falo a única coisa que sou capaz, tentando que minhas palavras sejam críveis, não só para ela, mas para mim também.

— Bichinha, será mais difícil agora, no começo, pelo menos para mim. Mas também sei que, com o tempo, tudo vai voltar ao normal. Vamos nos esforçar, vai dar certo, tem de dar.

— E enquanto isso, você quer que eu me afaste? — Sua voz sai sussurrada, tão fraquinha, que chega a doer.

— Não, linda, não precisa. Eu fui um babaca, não soube agir. Me perdoa, não vai acontecer mais. Vamos lidar com isso, da mesma forma como lidamos com tudo há quase cinco anos: juntos.

Ela se joga em cima de mim, abraçando-me apertado, e eu passo meus braços ao seu redor automaticamente.

— Promete? — pergunta, e sinto seu hálito quente sobre meu peito.

Quero dizer que não posso prometer nada, agora. Quero gritar que estou louco por ela, e que ficarmos tão perto um do outro é uma maldita de uma tortura. Quero sair correndo daqui, dessa sala, desse apartamento, de seu abraço, da sensação do seu corpo quente apertando o meu. Quero chorar de soluçar, até dormir, hábito que não é nem um pouco comum para mim. Quero tanta, mas tanta coisa, que nem sei mais o que realmente quero.

E mesmo assim, com tudo isso, a única coisa que consigo dizer, beijando os cabelos de Vivian, e apertando-a ainda mais nos meus braços, é:

— Prometo, minha bichinha.

Ficamos um bom tempo abraçados e quietos, acalmando nossos corações e sentimentos. Tendo a pensar que Viv adormeceu, pois sua respiração começa a parecer um ressonar, tranquilo e bonito. Não resisto em passar a mão nos seus cabelos, sempre tão macios e cheirosos. Ela aconchega a cabeça na minha mão, dando um gemido de satisfação. Engulo em seco. Algo dói dentro de mim. É desesperador.

— Duvido você adivinhar quem me mandou mensagem hoje! — Ela se levanta e se ajeita ao meu lado, e eu me sinto vazio sem seu corpo em cima de mim.

— Quem?

— Veja por si mesmo...

Vivian me entrega seu celular, com uma das conversas do *WhatsApp* aberta. É um número desconhecido. Começo a ler e um fogo começa a subir por dentro de mim, quando entendo que o ex-namorado nojento a procurou. A cada palavra dele que leio, fico com raiva, nojo, ódio... E acho que sinto algo bastante parecido com ciúme também.

— Inacreditável... — sussurro, minha voz mal sai, de tão irritado que estou.

— Pois é.

— Como você está com isso?

Vivian faz uma cara pensativa. Ela parece estar refletindo demais para responder, e sinto um embrulho no estômago.

Será que ainda sente alguma coisa pelo cara? Vivian ainda o ama?

Definitivamente estou com ciúmes. E odeio isso!

— Olha, primeiro fiquei chocada. Incrédula mesmo, com a cara de pau, sabe? Depois fiquei com ódio por ele achar que simplesmente podia me procurar agora, depois de tudo o que fez, me obrigando a "ouvi-lo", já que de início não sabia que o número era dele. Devia ter bloqueado de cara, mas sabe quando você fica sem reação? Depois, senti nojo. De tudo o que ele estava me dizendo, de todas as lembranças, de pensar nas vezes em que ele estava comigo e já se relacionando com ela... E, por fim, senti tristeza.

Essa última ergue em mim uma bandeira vermelha.

— Tristeza por quê? Ainda sente alguma coisa por ele?

— Não. Tristeza porque a pessoa com quem eu queria dividir todos esses sentimentos estava fugindo de mim, e tudo o que eu queria era tê-la aqui.

Meu coração se aperta. Deus, como essa maldita pode ser tão perfeita, até ao me cobrar por ter falhado com ela? E assim ela quebra, sem o mínimo esforço, cada tijolo do muro que tentei começar a construir entre nós.

— Me desculpa, minha bichinha! — É tudo o que consigo dizer.

— Está desculpado. Só não faz de novo.

— Não farei. Mas também quero uma promessa sua.

— O quê?

— Se esse imbecil voltar a te procurar, se ele te importunar o mínimo que seja, preciso que me diga.

Ela solta um suspiro, e seu olhar transmite algo parecido com gratidão.

— Eu prometo.

CAPÍTULO 27

VIVIAN

Ontem à noite, Tomas e eu ficamos no sofá, juntos por um longo tempo, depois que ele chegou. Não queríamos sair de perto um do outro, isso era claro para nós dois. Contei de Ralf para ele, que me contou dos planos de seus pais para deixar a empresa nas mãos dele e de seus irmãos. Ah, e me disse também que tentou contato comigo assim que chegou à tal cidadezinha para onde foram, mas que não havia sinal de celular. Fiquei aliviada em saber, mesmo tudo já estando resolvido entre nós.

Termino de me arrumar, pois tenho reunião de orientação logo agora, pela manhã.

— Bom dia! — Sinto cheiro de panquecas e meu estômago faz um barulho alto em resposta.

— Bom dia, bichinha! — Tomas sorri seu sorriso bonito, fazendo-me derreter um pouquinho. Ele se movimenta pela cozinha com bastante destreza, cuidando do café da manhã. — Está com fome, pelo visto.

— Muita!

Considerando que praticamente não comi no final de semana, estou faminta!

Ele serve nossos pratos, comemos juntos, e logo depois pego uma carona com Tomas até o prédio onde me encontrarei com meu orientador, já que sua aula é no edifício ao lado.

— Valerie te mandou mensagem? — pergunto, quebrando o silêncio meio esquisito entre nós.

— Sobre o aniversário dela? Mandou. Aliás, quem comemora aniversário numa quarta-feira? É no meio da semana, pelo amor de Deus!

— Ela — digo, rindo e dando de ombros.

É bem coisa da Valerie fazer o mundo se mobilizar por ela. Como boa leonina que é, já ama ser o centro das atenções, imagina no dia do aniversário!

— É... — Ele sorri carinhosamente.

— Você vai? — pergunto, cautelosa.

O clima entre nós está melhor do que estava, com certeza, mas ainda tem algo estranho no ar, como se estivéssemos pisando em ovos um pouco, ou em um estado de vigília constante. E concordo com o que Tomas disse ontem, acho que isso só irá se dissipar com o tempo, não tem outro jeito.

— Claro! Você não vai? — Sua resposta me desperta dos meus devaneios.

— Aonde?

— Ao aniversário da Val. Não é disso que estamos falando?

Minhas bochechas começam a queimar de vergonha. Eu me perdi em pensamentos e Tomas acaba de me pegar em flagrante.

— Vou, é claro.

— Então, iremos.

A simples menção desse "iremos", no plural, faz com que eu sinta um doloroso frio na barriga. E a pergunta que me perturba desde sexta-feira, volta à minha mente: como Tomas começou a mexer tanto comigo, de uma hora para a outra?

Ele estaciona o carro em frente ao meu prédio e fica me encarando, sem nada dizer. Eu também não sei ao certo o que falar, então, apenas dou um beijo em sua bochecha, agradeço a carona, e desço correndo em direção à portaria, não sem antes olhar para trás e pegá-lo me observando, até que eu entre e o perca de vista.

CAPÍTULO 28

TOMAS

Estou no carro, esperando Vivian descer de sua orientação. São 3h da tarde e a menina não parou nem para almoçar. Está mesmo dedicada em terminar esse trabalho de conclusão de curso o quanto antes. Enquanto aguardo, fico rolando a tela, vendo posts aleatórios no *Instagram*, até que chega uma mensagem no meu *WhatsApp*:

Bichinha: Tom, acho melhor você ir para casa.
Eu: Ué, pq?
Bichinha: O elevador do prédio estragou, e vou ter de descer os nove andares de escada.
Eu: Não é tanto assim.
Bichinha: Não seria, se o meu orientador não tivesse trazido seis livros imensos para mim. Vou fazer duas viagens, então vou demorar.
Eu: Me espera, estou indo aí.

Digito e nem aguardo a resposta, porque sei que ela vai retrucar. Subo os nove andares de dois em dois degraus. Só quero chegar logo até ela, e é um ímpeto que, simplesmente, não consigo segurar.

Ao chegar ao topo da escada, Vivian está sentada no último degrau, obviamente me esperando.

— Eu mandei mensagem dizendo que não precisava disso, Tom! — Ela esbraveja, vindo ao meu encontro.

Viv está um degrau acima de mim, e levanta a barra de sua blusa, para secar o suor da minha testa. Tenho um rápido vislumbre da pele da sua barriga, linda, macia, e minha vontade é de lamber o pedaço exposto.

— Quer sentar um pouco antes de descermos? — Ela me observa, preocupada.

— Não, estou bem, podemos ir.

— Certeza?

— Absoluta. São essas bolsas aqui? — Aponto para duas sacolas de ráfia, cada uma com três livros grossos, fora a mochila de Vivian.

— Sim.

Pego cada bolsa em uma das mãos, e ela tenta me parar.

— Não, Tom, vamos dividir.

Nego com a cabeça.

— Pegue sua mochila, bichinha, é o suficiente.

— Mas, Tomas...

— Nada de "mas". Vamos logo.

Vivian coloca a mochila nas costas e começamos a descer os degraus.

Um pouco antes de chegarmos ao quarto andar, peço para pararmos um pouco. Nem tanto pelo peso, mas porque descer tantas escadas em círculos começa a me dar uma leve tonteira. Largo as bolsas nos degraus, e acredito que está na minha cara que não estou muito bem. Escoro na parede, respirando fundo, tentando segurar o enjoo que vem de repente, junto com a tonteira.

— Tom, você está branco que nem papel! — Vivian declara, aproximando-se e colocando as mãos no meu rosto. — Está gelado também. Minha deusa, o que eu fiz com você?

Ela me abraça, apertando-me junto ao seu corpo e me esfregando minhas costas com suas mãozinhas pequenas, como se quisesse me esquentar, aquecer, fazer meu sangue circular.

Sinto-me revigorado no exato momento em que seu corpo toca o meu, e algo toma conta da minha mente, nublando-a. Pego Vivian pelos braços e a empurro contra a parede, trocando de lugar com ela. A mulher arregala os olhos, suas pupilas dilatam quase que imediatamente. Aproximo meu rosto do dela, e começo a passar meus lábios por sua pele, testa, nariz, bochechas, mandíbula, queixo.

Minha menina linda, que vontade de beijar você, de entrar fundo em você, bem aqui, no meio dessa escada!

Aperto meu corpo contra o dela, Vivian solta um gemido sussurrado. Desço minhas mãos por sua cintura, apoiando-as em seus quadris, puxando-os ainda mais para mim. Minha boca se aproxima da dela, nossos lábios estão a milímetros de se tocarem, as respirações se misturando, ofegantes, desejosas.

— Tomas, não... — Vivian sussurra, quase inaudível.

Volto a mim com sua negativa, parecendo alguém que saiu de um transe. Engulo em seco e encosto minha testa na dela.

— Bichinha... Me desculpe...

Ela segura minha nuca com suas mãos, puxando-me para um abraço.

— Não se desculpe, meu bichinho. Eu entendo você... — Viv acaricia meus cabelos, e preciso controlar uma intensa vontade de chorar que vem de repente.

— Vamos continuar? — pergunto, já pegando as sacolas de volta.

— Mas você está bem? — Ela demonstra genuína preocupação.

— Estou, sim, foi só uma tonteira, já passou.

Ela faz sinal afirmativo com a cabeça e pega a mochila de volta. Entramos no modo descida novamente, ambos em silêncio. Não acredito que me deixei levar dessa forma, mas é incrível como a proximidade de Vivian me enlouquece. Meu corpo responde a ela, e minha mente simplesmente se torna incapaz de pensar. Hoje a bichinha conseguiu dizer não, mas eu sei que queria tanto quanto eu. Se não fosse sua negativa, sei bem o que estaríamos fazendo agora, e estou com medo real de que, em algum momento, um de nós não consiga parar nossos impulsos.

VIVIAN

Desde que chegamos a nossa casa, depois do que aconteceu entre Tomas e eu na escada, tranquei-me no quarto, tentando organizar minhas ideias. Não sei de onde consegui tirar forças para dizer não ao que estava prestes a acontecer. Cada parte minha queria aquele beijo, aquelas mãos em mim, sua ereção, que já me apertava através do *jeans*... Eu viro gelatina nas mãos de Tom e o desejo que sinto por ele grita, ardente, por todos os meus poros.

Até quando será assim, minha deusa? Que sofrimento é tudo isso!

Passo o resto da tarde tentando focar no meu TCC. Consigo escrever algumas boas páginas, e fazer a maioria das correções que o orientador me indicou. Já são quase 9h da noite, quando ouço batidinhas à porta.

— Pode entrar!

Tomas aparece com uma bandeja, adentrando pelo quarto.

— Você precisa comer, passou a tarde toda escrevendo. Nem almoçou!

Ele coloca a bandeja na penteadeira. Aproximo-me para olhar e vejo que tem algumas uvas verdes em um potinho, uma tigela com um líquido fumegante, torradas em um pratinho, e um copo de leite fresco.

— Isso é o que estou pensando?

Sinto o cheiro delicioso que vem da tigela. Meu estômago ronca em antecipação.

— A minha sopa de cebola? Sim!

Eu abro um largo sorriso e dou um abraço em Tomas. Eu simplesmente amo a sopa de cebola que ele faz, e nem acredito que vou tomá-la agora. Ele dá uma gargalhada, provavelmente por sentir minha empolgação.

Sento-me na cadeira em frente à bandeja e começo a sorver o líquido quente, fechando os olhos e gemendo de prazer. Quando os abro, Tomas está sentado no chão, com as costas encostadas na parede, observando-me.

— Está deliciosa, bichinho. Muito obrigada!

Ele dá o sorriso mais lindo e fofo do mundo! Ai, esse homem!

— Não precisa agradecer, bichinha. Conseguiu avançar? — Tomas aponta para a pilha de livros e papéis.

— Muito! Dessa vez, a coisa vai! Falta bem pouco para acabar!

— Que bom! Só vai ficar pendente sua defesa! Vai terminar se formando seis meses antes de mim.

É verdade, isso não havia me passado pela cabeça. Eu adiantei tanto meu projeto, que se conseguir defendê-lo ainda nesse período, o que provavelmente acontecerá, eu me formarei um semestre antes de Tomas.

— Fica tranquilo, eu não sairei do apê até você terminar também.

— Não, bichinha, isso não me preocupa. Só sentirei saudades do dia a dia de universitário com você.

Eu me calo. Como eu não havia pensado nisso ainda?

Eu vou *morrer* de saudade da minha rotina com Tomas. De ir para as aulas juntos, para os bares da universidade, de comer no restaurante do *campus*, de reclamar dos professores... Um aperto toma conta do meu coração. Nosso tempo está acabando, essa é a verdade. Depois que nos formarmos, eu vou provavelmente aceitar o emprego que o meu orientador me ofereceu, de analista política e econômica para um jornal local, e Tomas irá para a empresa dos pais. Cada um morará no seu respectivo apartamento, vamos nos ver pouco e, provavelmente, nos falar cada vez menos.

— O que foi? — ele pergunta, acredito que percebendo que algo não está bem.

— Só me lembrei que nosso tempo juntos está acabando... — Dou de ombros, fazendo beicinho.

— Mas não iremos nos separar ou deixar de nos falar. Nós somos para sempre, bichinha! De verdade!

— Eu sei, mas nunca mais será a mesma coisa.

— É... Não vai... — ele responde, olhando para o chão, visivelmente triste também ao perceber isso.

— Quem diria que chegaríamos até aqui, hein? — Tento amenizar o clima de velório no ar.

— E juntos, hã? — E ele dá o seu sorriso lindo, o que eu mais amo nesse mundo.

— Para sempre juntos — faço uma promessa.

Não sei se de fato poderei cumprir, mas é o que quero dizer agora.

— Para sempre juntos — ele repete com os olhos brilhantes de esperança.

CAPÍTULO 29

VIVIAN

Está quase na hora de sair para o aniversário de Valerie. Tomo um banho demorado e separo a minha roupa para a ocasião: um vestido preto, curto, colado no corpo e de um ombro só. Ficará lindo em conjunto com o meu cabelo solto e sandálias de salto médio, na cor champanhe.

Tom está extremamente quieto em seu quarto, já há algum tempo. Enrolo-me na toalha enquanto vou à sua porta e dou uma batidinha de leve. Não ouço nada. Decido abrir, e o vejo deitado na cama, só de cueca. Ao me aproximar, devagarinho, percebo que ele está em um sono profundo. Seu peito sobe e desce, em um movimento uniforme, hipnotizando-me. Eu me sento ao seu lado, admirando seu corpo seminu. Não consigo me conter e passo meus dedos, bem de leve, por cima de seus ombros musculosos, seu peitoral definido, e sua barriga cheia de deliciosos gominhos. Percebo que, apenas essa proximidade, faz com que algo se mexa dentro da cueca de Tomas. Sinto-me imediatamente umedecer no meio das pernas.

Ele está dormindo, como pode me perceber assim?

Torno a subir os dedos, tentando percorrer a veia proeminente de um dos braços, quando tomo um susto: Tom abre os olhos e agarra meu punho com força, não o suficiente para machucar, mas o bastante para me segurar no lugar.

— O que está fazendo? — pergunta com a voz rouca, não sei se de dormir ou de outra coisa.

Raspo a garganta, tentando me recompor, ao dizer:

— Vim te chamar. Está quase na hora de sairmos, você precisa se arrumar.

Ele levanta o tronco, ficando lado a lado comigo, olhando-me diretamente nos olhos.

— Tem certeza que é só isso que quer?

A intensidade do seu olhar chega a me fazer estremecer, mas não posso vacilar. Não agora. Tento o meu melhor e mais convincente sorriso ao responder:

— Absoluta.

Tom, ainda assim, esquadrinha o meu rosto, desconfiado, buscando qualquer hesitação da minha parte, até que desiste e solta meu punho.

Levanto-me e saio da sua frente, caminhando normalmente, mas assim que entro no corredor, corro até o meu quarto e bato a porta, encostando-me na mesma. Meu coração está disparado, minha respiração ofegante. O que esse homem faz comigo, com o meu corpo, está acima de qualquer força que eu tenha. Não sei como farei para aguentar isso.

No fim, pode ser que o término da faculdade seja a melhor solução para nós dois. Talvez, só a distância física nos dará alguma chance de resistirmos um ao outro, e de salvar, verdadeiramente, nossa amizade.

TOMAS

Depois que Vivian saiu do quarto, demorei um pouco para colocar a minha cabeça em ordem. Eu sei que ela não estava ali só para me chamar. O meu corpo sabe, ele sentiu muito bem. A real é que a presença dela é algo tão forte para mim, que o meu cérebro me despertou de um sonho bizarro, em que eu tentava lutar contra um monstro gigante, que não conseguia enxergar, pois era uma espécie de sombra.

Antes de perceber o toque dela, senti seu adorável cheiro floral, delicioso, invadindo minhas narinas. Minha reação foi imediata, e só percebi que a estava segurando quando seu punho jazia, inerte, entre meus dedos. O arregalar de seus olhos e o susto que Viv tomou me disseram muito mais do que qualquer palavra que ela pudesse dizer: eu a peguei em flagrante. Eu sei disso, e ela sabe mais ainda. Sua negação é apenas parte do jogo que precisaremos jogar, de agora em diante.

Um *game* tão doloroso, quanto perigoso, isso é fato!

Aguardo na sala, já pronto para sair, e quando Vivian aparece, sinto um frio na barriga que chega a me arrepiar. Minha respiração ofega e meu coração dispara imediatamente.

Como essa mulher pode ficar ainda mais bonita? Inacreditável!

E eu sou um merda rendido, essa é a verdade. A maldita me tem nas mãos. Logo eu, o cara chamado pelos amigos de "perigo" durante os anos de faculdade.

Ela raspa a garganta, tirando-me do torpor da sua aparição.

— Podemos ir? — Seus olhos tentam não se dirigira mim e adoro quando falham miseravelmente.

— Claro, estava só te esperando.

— Como se arrumou tão rápido?

Sorrio, dando de ombros.

— Eu não preciso de muito para ficar esse espetáculo. — Abro os braços e rodopio na frente de Viv.

Ela ri e me dá um soco no braço, mais um dos seus famosos murros doloridos.

— Convencido. Vamos!

Pego as chaves do carro e abro a porta do apê para Vivian, que passa, graciosamente, dirigindo-se ao elevador. Sua bunda está irresistível nesse vestidinho curto, e eu erro duas vezes a fechadura, antes de conseguir trancá-la, para seguir atrás dela, igual um cachorrinho.

VIVIAN

O bar que Valerie escolheu para comemorar o aniversário está lotado, parece que metade da galera veio por causa dela. Fico feliz pela minha amiga, e obviamente não me surpreende, afinal, esse furacão conquista todo mundo por onde passa. E bem ao nosso redor, está apenas o resultado dela ser tão maravilhosa.

Procuramos Val no nosso entorno, mas não conseguimos avistá-la em lugar nenhum, de imediato. Porém, a busca não demora nem dois minutos.

— Viv! Tom! Que bom que vieram!

Valerie aparece de repente, por trás, e se joga em cima de nós, abraçando os dois ao mesmo tempo. Está muito linda e radiante, de vestido indiano solto, na cor azul, e os cabelos volumosos descendo pelas costas. Link, o namorado, vem em seguida, também nos cumprimentando.

— Parabéns, amiga! Você conseguiu lotar o bar em plena quarta, arrasou! Muito popular ela!

Val chega perto, e percebo que já bebeu um bocadinho, pois está bem "altinha".

— Metade deles eu nem lembro quem são... — ela sussurra para mim e Tomas, que damos uma gargalhada. — Andem, vão se divertir! Peguem uma bebida!

Valerie nos empurra em direção ao balcão onde servem os drinks e some novamente, no meio dos convidados.

Tomas e eu nos aproximamos do barman. Ele pede uma cerveja, enquanto eu escolho um Cosmopolitan.

— Cuidado com essas bebidas doces, garota! Elas sobem de uma vez e você só percebe quando é tarde demais.

Encaro Tomas, estreitando os meus olhos. Não sei o motivo, mas uma raiva instantânea toma conta de mim, completamente irracional. Ele é o que, agora, meu pai? E me chamou de garota? Era só o que me faltava! Idiota, presunçoso.

— Não é como se fosse a minha primeira vez, Tomas.

— Só estou falando para o seu bem.

— Agradeço, mas acho que já passei da idade de saber me cuidar. — A frase sai ríspida e seca, surpreendendo até a mim mesma.

Nesse momento, o barman se aproxima com meu drink, e um rapaz se coloca entre mim e Tom, enfiando uma nota na mão do rapaz.

— Esse é por minha conta, Josias! Boa noite, linda! Eu sou Jonathan. Qual o seu nome?

Olho o menino de cima a baixo. Deve ser pelo menos uns dois anos mais novo do que eu. Seu estilo meio desleixado, com cabelos dourados e desgrenhados, camisa azul, larga, e com os três primeiros botões abertos, confere-lhe esse aspecto jovem. Tem um sorriso lindo, devo admitir. E, quer saber? Talvez seja bom conversar com um homem diferente, para variar.

— Eu sou Vivian, muito prazer!

Estendo a mão para ele, que a toma e a beija demoradamente.

Ao olhar atrás de Jonathan, vejo que Tomas não está mais ali.

Melhor assim, não faria o menor sentido ele ficar escutando a minha conversa com outro cara. E mesmo sabendo disso, sinto um leve aperto no peito por ele ter, simplesmente, me abandonado nas garras de outro qualquer.

TOMAS

Saio do balcão, furioso, empurrando as pessoas pelo caminho e tentando chegar à entrada do bar a fim de conseguir respirar.

Que merda acabou de acontecer?

Primeiro, Vivian dá um ataque, simplesmente por eu estar tentando cuidar dela. Falei algo tão simples, apenas para alertá-la, e ela me respondeu com todas as pedras possíveis nas mãos. Não entendi nada! E o pior, nem tive tempo de perguntar o que estava acontecendo, porque um idiota se meteu entre nós, todo cheio de gracinhas. E a mulher simplesmente correspondeu, cagando para o fato de eu estar ali.

Saio do bar frustrado, indignado. Respiro fundo, e tomo um gole da minha cerveja. Percebo Link, namorado de Valerie, se aproximando.

— Você tá bem, cara? Parece *nervosão.*

Ele para ao meu lado, com uma das mãos no bolso, aguardando.

Está tão na minha cara assim o quanto estou puto?

— Irmão, a verdade é que eu nunca vou entender as mulheres!

Link dá uma gargalhada sincera.

— Bem-vindo ao clube! — Ele dá de ombros, ainda sorrindo.

— Não, cara, é sério, eu desisto.

— Mas, por quê? O que aconteceu?

— Porra! Eu fui com Vivian buscar umas bebidas, e daí ela pediu um Cosmopolitan.

Link me observa, parecendo confuso.

— E qual o problema nisso?

— Como assim, irmão? Essas bebidas doces são perigosas, você sabe, sobem rápido, a pessoa nem sente, quando vê já está bêbada. Eu falei isso para ela, que ficou puta, disse que sabe se cuidar, e não sei mais o quê. Tanto sabe, que um mané foi lá oferecer de pagar a bebida dela, que aceitou o drink de um *desconhecido*. E agora ela está com ele.

Paro de falar e sugo o ar, de tão rápido que cuspi as palavras. O homem à minha frente somente me observa. Ele parece estar pensando no que dizer, enquanto eu viro a cerveja, bebendo todo o conteúdo da *longneck* de uma só vez.

— Tom, nesse tempo em que todos nós conhecemos Vivian, você já a viu trocando as pernas porque não soube beber? Já a viu ser irresponsável consigo mesma?

Vejo sua expressão, serena e interrogativa. Irrita-me, mas preciso manter a compostura, pelo amor de Deus.

— Não.

— O que ela pediu para beber essa noite, é diferente do que costuma pedir?

— Até que não. Ela gosta de Cosmopolitans. E Margaritas.

— O cara que chegou perto dela, a tratou com desrespeito?

— Nem deu tempo de saber, eu saí de lá.

— Okay, mas antes de você sair, ele pareceu desrespeitoso? Ou alguém de quem a Viv não conseguiria se defender em um local público?

Penso e respondo a única coisa possível.

— Não, claro que não.

— Então, o que realmente está te incomodando? Por que, de repente, você parece muito mais o pai dela do que o seu melhor amigo de sempre?

Fico mudo. Eu sei a resposta, todo mundo deve saber a porra da resposta. Mas, eu não quero dizer. Admitir em voz alta, seria assumir um caminho sem volta.

— É só preocupação, cara. Você sabe como eu me importo com ela, como Vivian é inocente, e...

— E nada — ele me interrompe. — Você está mentindo para mim, e estou de boa com isso, mas você também está mentindo para ela, e pior, para si mesmo. Não é preocupação, é ciúme.

Bufo, tentando tomar mais um gole da cerveja, que acabou há minutos atrás.

— Ciúme nada! Só estou querendo ser um bom amigo.

Link se aproxima, segurando meu ombro.

— Cara, papo reto, de amigo mesmo... Quanto mais cedo você admitir o que está acontecendo, melhor para os dois. Toma, fica com a minha cerveja e pensa nisso. Vou atrás da Valerie, porque ela, sim, já está bem bêbada.

Ele sorri e se afasta, deixando-me a sós com a minha raiva, e mais um monte de questionamentos.

VIVIAN

Passou pouco mais meia hora, mas não aguento mais ouvir esse garoto falando e falando. A culpa do meu desinteresse não é dele, eu sei disso, o papo nem é tão ruim. O problema é que eu não consigo parar de pensar em Tomas, e na forma como ele sumiu e não apareceu mais. Se o idiota pensa que vou atrás dele está muito enganado. Termino meu terceiro Cosmo em menos de uma hora, e me dirijo ao rapaz, que continua tagarelando, à minha frente.

— Me desculpe, Jonathan, eu já vou.

Ele parece surpreso e desapontado.

— Mas, já? Você acabou de chegar.

— É, eu sei, mas avisei a Val que só iria dar uma passada mesmo. Amanhã tenho aula muito cedo.

Ele me observa, desconfiado, e não parece engolir a minha desculpa muito bem. Não posso culpá-lo, nem eu conseguiria acreditar em algo tão pouco convincente.

— Posso acompanhá-la até sua casa, então? — Ele se levanta comigo, dos banquinhos que acabamos ocupando em frente o balcão.

— Não precisa, Jonathan. Fique e se divirta. A noite é uma criança, e esse lugar está cheio de meninas bonitas.

Ele se aproxima, passando as costas dos dedos no meu rosto. Seu toque parece me queimar, e não de um jeito bom.

— Mas a única que eu quero está indo embora...

Sorrio, pegando sua mão e a afastando. Dou um beijo em sua bochecha e me despeço, sem lhe dar a chance de retrucar.

— Foi um prazer conhecê-lo, Jonathan. E desculpe, hoje não estou uma boa companhia.

Saio, dirigindo-me à entrada do bar. Irei à francesa, para que Valerie não tenha a chance de me ver saindo. Assim que passo pela porta, dou de cara com quem eu menos gostaria de encontrar nesse momento. E, mesmo assim, meu coração parece que vai pular do peito e saltar pela garganta.

— Aonde você vai? — Tomas se aproxima antes que eu possa me afastar.

— Embora.

Nem eu reconheço a secura na minha voz.

— Mas acabamos de chegar. Aquele cara te fez alguma coisa?

Apenas o encaro, com raiva, frustração, e mais um monte de coisas que não sei nomear. Está tudo muito confuso dentro de mim, e eu só preciso sair daqui.

— Não, Tomas. Agora, se me der licença, eu quero ir embora.

Começo a caminhar a passos largos, afastando-me da presença dele. Viro a rua, e só agora me lembro de que viemos juntos no seu carro, e que esse bar fica um pouco afastado do nosso prédio. Ainda assim, decido continuar. A noite está agradável, e uma caminhada vai me fazer bem.

Após andar alguns poucos metros, um carro para ao meu lado, fazendo-me dar um salto. Reconheço o veículo de imediato, e meu corpo inteiro gela. Não consigo dar mais um passo. E antes que meu espírito possa voltar para meu corpo, saindo pela porta do motorista está Ralf, que vem imediatamente em minha direção.

— *Baby*, ainda bem que te encontrei. A gente precisa conversar, meu amor, você precisa me perdoar!

Ele está com uma aparência péssima. Visivelmente mais magro, com uma barba de dias por fazer, uma roupa suja e desgastada, e parecendo transtornado, até um pouco insano.

— Eu já te disse que não temos mais nada a falar, Ralf. — Minha voz sai fraca, um pouco mais aguda do que o normal.

Pela primeira vez estou com medo dele. Seu olhar está assustadoramente vazio, distante, vidrado. Um frio inquietante percorre minha espinha.

— Você vai me ouvir e vai entender. Tenho certeza de que vai me perdoar. Vamos!

Ele me segura pelo braço, e eu imediatamente me afasto.

— Está maluco? Eu já disse que não quero e não vou conversar com você. Acabou! Não tem mais jeito, fim. Pegue o mínimo de dignidade que ainda pode ter te sobrado e some da minha frente, eu não quero ver você nunca mais!

De repente, a expressão em seu rosto muda. O olhar, antes perdido, se transforma em cólera, loucura. Tento dar mais um passo para longe, mas ele agarra meu braço com muito mais força dessa vez, tornando impossível que eu me desvencilhe.

— Você vem comigo. Acabou a palhaçada.

Ralf começa a me puxar em direção ao seu carro, apertando meu braço com mais e mais força. Tento me segurar no lugar, debato-me, dou socos nele, mas o desgraçado simplesmente não me solta. Quanto mais nos aproximamos do veículo, mais sou tomada de desespero.

— Largue Vivian. Agora!

Uma voz fria e familiar preenche meus ouvidos e o meu coração de alívio. É ele. Estou salva. Ralf apenas olha para Tomas, e dá um sorriso maquiavélico.

— Ora, ora, ora, quem veio para salvar o dia? O melhor amigo perfeito, o grande amor da vida dela. Se você quer saber, Tomás, eu nunca acreditei nessa amizadezinha despretensiosa de vocês.

— É Tomas, seu idiota, e estou me lixando para o que você pensa. Solta o braço dela agora, antes que eu mesmo vá fazer isso.

Ralf larga meu braço e se vira para encarar Tom, que me diz:

— Vem, Viv, vamos para casa.

— Aaah... Não vão não. Já me interrompeu, me atrapalhou, e agora, eu vou acabar com você.

Ralf voa para cima de Tomas, agarrando-o pela camisa e dando um soco no ar, porque Tom consegue desviar a tempo. E antes de mais um ataque, meu amigo dá um soco no rosto do idiota do meu ex-namorado, que cai de cara no chão.

— Nunca mais se aproxime dela, seu imbecil, ou eu acabo de verdade com você!

Ralf apenas balbucia, cuspindo sangue pelo asfalto, sem conseguir reagir. Tom se aproxima, pega-me pela minha mão e me leva pela calçada, até o estacionamento. Entramos no carro, e ele me observa de frente, passando as mãos pelos meus braços. Eu apenas o encaro, sem dizer uma única palavra.

— Ele te machucou, Viv? Seu braço está doendo, minha bichinha? Fale comigo, por favor, diga qualquer coisa.

Eu não escolho, eu apenas ajo por instinto, pelo meu desejo, pela vontade reprimida. Pulo para o lado do motorista, sentando-me no colo de Tom, de frente para ele. Não precisamos dizer nada, o homem apenas toma meu rosto em suas mãos e me beija com paixão, luxúria, necessidade. Eu desço a mão até encontrar seu cinto, que abro atabalhoadamente, desabotoando a calça em seguida e puxando o seu pau lá de dentro, já duro, na minha mão.

Levanto-me um pouco, puxo o vestido para a cintura, afasto a calcinha de lado e, sem pensar, apenas desço sobre o seu pênis latejante. Nosso rugido sai em uníssono, um som gutural de alívio, de pertencimento, assim que ele me penetra. E eu sinto exatamente isso, como se realmente pertencesse a ele e, agora, sim, estivesse no meu devido lugar. Começamos a nos movimentar, eu cavalgando, e ele empurrando o quadril contra mim. Nós nos beijamos ao mesmo tempo, gemendo, respirando na boca um do outro, com desespero, ardor, amor.

Eu me movo mais rápido, mais forte, descendo sobre ele, sentindo-o entrar cada vez mais fundo em mim. Tomas me chama pelo nome, diz palavras ininteligíveis, e eu apenas o agarro e o beijo forte, puxando-o ainda mais. É um unir de corpos tão agonizante, que meu peito dói, e quase posso tocar a angústia que se espalha pelo meu coração.

— Eu vou gozar, Viv. Por favor, goze comigo.

Tom não precisa pedir duas vezes. Eu apenas largo todo meu corpo sobre o seu pau, e ele se empurra mais fundo em mim, uma, duas, três vezes. Gozamos juntos, um gritando o nome do outro, embaçando os vidros do carro, e deixando o pequeno lugar fechado com cheiro de sexo, de desejo, de paixão.

Permanecemos abraçados por um tempo, até que me dou conta de onde estamos, e saio de seu colo, voltando para o banco do passageiro, sentindo seu gozo escorrer de dentro de mim.

— Pelo amor da deusa, o que fizemos? Estamos em um estacionamento! Podíamos ter sido pegos!

Ele me encara de lado, a cabeça jogada no encosto, sorrindo, ainda arfante.

— Mas não fomos, bichinha.

— Me desculpa, não sei o que deu em mim.

— Ei! — Ele segura meu queixo entre seu polegar e indicador, fazendo-me encará-lo. — Eu adorei. Faria tudo de novo, exatamente igual. Não se desculpe e, por favor, não estrague isso.

Remexo-me, ainda sem jeito, dando um sorriso envergonhado.

— Estou escorrendo, vou sujar todo o banco do seu carro.

Ele dá de ombros, parecendo genuinamente relaxado e feliz.

— Foda-se o carro! Valeu muito à pena. Vamos para casa?

— Vamos.

CAPÍTULO 30

TOMAS

Assim que entramos no apartamento, Vivian segue para a cozinha. Voltamos todo o percurso até nosso apartamento em silêncio. Não um daqueles confortáveis, pelo contrário, um silêncio bastante constrangedor, onde nenhum dos dois parecia saber muito bem o que dizer.

Sento-me no sofá, observando Viv voltar da cozinha com uma garrafa de água. Ela se ajeita ao meu lado, um pouco mais longe do que eu gostaria. Parece querer manter certa distância de segurança entre nós, o que não faz o menor sentido, visto o que acabou de acontecer naquele estacionamento.

— Tomas, eu...

— Bichinha, você está bem? Aquele imbecil te machucou? — interrompo, meio sem querer, meio de propósito.

Tenho medo do que Vivian tem a dizer depois do momento tórrido que vivemos no meu carro, já que a sua expressão está longe de ser de alguém que traz boas notícias.

— Eu estou bem, não se preocupe. Obrigada por chegar no momento exato. Aliás, como de costume. Você é o meu herói.

— Eu sempre vou te proteger, minha bichinha, nunca duvide disso. Sempre estarei aqui para você. — Passo as costas dos dedos no rosto delicado da mulher maravilhosa à minha frente.

— Sobre isso, Tom... Eu estive pensando, e acho que estarmos juntos o tempo todo está dificultando que eu consiga me desapegar de você.

Não entendo, de imediato, o que ela quer dizer. Um alerta vermelho soa na minha cabeça e sinto que assumo uma postura defensiva.

— E desde quando você quer se desapegar de mim, Vivian? Que novidade é essa agora?

Ela respira fundo, aparentando cansaço, como se previsse que eu reagiria dessa maneira, que fosse precisar se explicar.

— Tom, o que quero dizer é que eu sinto uma coisa quase incontrolável dentro de mim, visceral, desesperada, e até um tanto animalesca quando estou perto de você. Meu corpo grita, implora pelo seu, é insuportável. E eu já entendi que não consigo resistir a isso, não dá.

Fico boquiaberto com a franqueza de Vivian. Não que eu não goste do que estou ouvindo, claro que é maravilhoso saber que estamos na mesma página, já que me sinto exatamente assim quando estou com ela. Porém, nunca imaginei que um de nós, especialmente Viv, seria capaz de colocar isso em palavras e trazer tudo para a realidade, ainda mais dessa forma nua e crua.

— Eu também sinto isso, bichinha...

— Eu sei, Tom, eu percebo. Por isso acho que, para termos uma chance de recuperar nossa amizade e mantê-la como sempre foi, precisamos tirar um ao outro do sistema.

Faço apenas um sinal afirmativo e cauteloso com a cabeça, por não ter ideia de que rumo os pensamentos dela estão tomando. Tenho medo até mesmo de chutar.

— Dito isso, acho que precisamos nos desgrudar um pouco, sabe? Fazemos tudo juntos, e isso só dificulta ainda mais as coisas.

Respiro fundo, nervoso pelo raciocínio de Vivian, apesar de saber que ela não está de todo errada. Ainda assim, tem quatro anos, quase cinco, que somos Tomas e Vivian! Bichinho e bichinha! Tal qual Harry e Hermione, Pink e Cérebro, Beavis e Butt Head, Du, Dudu e Edu.

Cero, esses últimos são três, mas mesmo assim!

Pego a mão de Vivian, e ela aperta a minha rapidamente, retirando-a em seguida e me deixando órfão do seu toque.

— Mas somos inseparáveis, bichinha... — Minha voz sai quase em um sussurro inaudível.

— Por isso mesmo, bichinho, não precisamos temer esse pequeno "afastamento". — Ela faz aspas com os dedos. — Estou dizendo, apenas, que precisamos nos desgrudar um pouco. Sei lá, sair sozinhos, conhecer outras pessoas... Acho que ambos precisamos respirar fora dessa atmosfera sufocante que criamos.

Meu coração se aperta.

Vivian quer conhecer outros caras? No fim, é tudo sobre isso?

Sinto uma raiva absurda crescer dentro de mim, e ciúme toma conta do meu cérebro, tirando toda a minha capacidade de ser razoável. Como Viv pode, depois de tudo o que acabamos de viver — e não falo só de hoje —, sequer cogitar a hipótese de estar com outra pessoa? E tão rapidamente assim? No fim das contas, eu, o grande fodelão, o canalha, o perigo da faculdade, não fiz nada além de papel de trouxa, esse tempo todo? Fui só um brinquedo para Vivian? Realmente ela apenas queria aprender a ser pior do que eu, só gostaria de saber como machucar alguém, no lugar de ser machucada?

Se for isso, realmente, sou um ótimo professor!

— Tudo bem, Vivian, mas não precisamos nos afastar para isso.

ela fixa seus olhos nos meus, parecendo genuinamente confusa.

— Eu não vejo como ser de outra forma, Tom.

— Eu já sei — digo, mais alto do que gostaria, deixando meu desespero visível. É patético! — Vamos sair na sexta! Mas iremos da maneira que havíamos combinado daquela vez, apenas dois bons amigos, curtindo a noite juntos. E que cada um esteja aberto às novas experiências e pessoas que possam surgir.

Ela olha para mim, aparentemente incrédula.

— Não sei se é uma boa ideia, Tom. Tudo isso que aconteceu entre nós é muito recente, e...

— E já acabou — interrompo-a. — Você queria aprender a ser uma menina má, e nós apenas nos divertimos no meio do processo.

Vivian me encara, e acho que vejo um lampejo de dor passando por seus olhos, mas, sinceramente, não me importo. Quem quer sair com outras pessoas é ela. Não está com vontade de simplesmente fingir que nada aconteceu? Pois é isso que vamos fazer.

Que se dane!

— Você teve seu aprendizado, e está na hora de colocar em prática. Vamos ver o que conseguiu desenvolver nesse meio tempo. Ou está com medo de fracassar? — Dou o meu melhor sorriso sarcástico e desafiador.

Esse não sou eu. A verdade, é que eu nunca fui cruel com as mulheres. Aliás, com ninguém. Mas, estou tomado pelo ciúme e não consigo agir diferente.

Vivian engole em seco e sua expressão se fecha. Ela se vira para mim com severidade, e o desgosto está em seus olhos, visível e triste, encarando-me de volta. Não ligo. Não me importa! Não serei eu o vulnerável dessa história.

— Okay, Tomas, como quiser. Podemos sair na sexta-feira, só decida o lugar e me avise. Agora, se me der licença, vou me deitar. Para mim, deu por hoje.

Vivian se encaminha para o corredor. A distância entre nós me faz recobrar um pouco do juízo.

Que merda estou fazendo, afinal? O que eu quero provar?

Levanto-me, confuso, indo atrás dela, até a porta de seu quarto. Quando se vira para fechá-la, ela me percebe em seu encalço.

— Pois não? — Sua voz fria gela até os meus ossos.

— É que, eu...

Simplesmente travo. Não consigo encontrar as palavras. Minha mente está um turbilhão, não sei o que sentir, falar, fazer. Só fico estático, do lado de fora da porta de Viv, sem dizer nada.

— E então? — ela pergunta, impaciente.

— É, só... Boa noite, bichinha! — E isso é tudo o que consigo deixar sair.

Vivian me encara com uma expressão decepcionada. Ela revira os olhos e responde, antes de bater a porta:

— Boa noite, Tomas!

Quinta e sexta passaram arrastadas. Vivian não fala direito comigo desde a nossa conversa de quarta à noite. Ela passou os dois dias fora de casa, na Universidade, com a desculpa do TCC, mas sei bem que não foi apenas esse o motivo. Minha bichinha está fugindo de mim. Nem na noite de ontem consegui vê-la direito, pois logo que chegou, disse estar cansada e que dormiria cedo. Nada típico de seu comportamento. Viv não me engana nem um pouco.

Pela manhã nos esbarramos na cozinha. Antes de sair, apressada, ela perguntou:

—Já decidiu aonde iremos hoje?

Eu a encarei, sem saber o que responder. Claro que não pensei nisso, nem sequer imaginei que, de fato, ainda sairíamos. No improviso, disse o primeiro nome que me veio à cabeça, dando de ombros:

— Pensei no *Take n' Dance*.

— Pode ser às 22h?

— Claro!

— Beleza, até mais tarde.

Essa foi a interação mais longa que tivemos, desde quarta. E a cereja do bolo da estranheza foi esta tarde, quando ela me mandou uma mensagem inesperada no *WhatsApp*:

Bichinha: Eu te encontro no bar, às 22h.
Eu: Ué, não iremos juntos?
Bichinha: Vou direto, não passarei em casa.
Eu: Ok.

E agora estou aqui, tomando uma cerveja, esperando Vivian aparecer pela porta. Já me arrependi um milhão de vezes por ter me deixado tomar pelo ciúme, o que me fez propor essa saída ridícula. Mas, tudo bem. Pretendo apenas tomar algumas cervejas, marcar uma horinha, e ir logo embora. Se Vivian quiser ficar, que fique.

Vejo, de soslaio, uma figura feminina perto da porta, que chama minha atenção. A mulher está meio de lado, conversando com uma garçonete. Não consigo ver seu rosto, mas ela tem belas curvas, torneadas por um vestido longo e vermelho, colado ao corpo, ombro a ombro, com uma enorme fenda aparecendo pela lateral da perna esquerda, aberta quase até a virilha. Imagino que, ao andar, a abertura do vestido deva deixar a coxa totalmente à mostra, de forma bastante sensual. Os cabelos são na altura dos ombros, ondulados e castanhos, porém com mechas douradas finíssimas, que o iluminam de forma harmoniosa.

A visão da mulher me deixa simplesmente hipnotizado. O vestido parece perfeito para a noite de música espanhola que temos por aqui hoje. Seus movimentos ao gesticular com a garçonete são delicados, e não me passam despercebidas as suas mãos, de unhas amendoadas e pintadas de vermelho. Pode ser que a noite de hoje não seja de todo ruim, afinal. Quero saber quem é a mulher misteriosa, da qual ainda não consegui ver o rosto.

Quando finalmente a figura instigante se vira na minha direção, perco o jogo das pernas, e quase cuspo a cerveja que acabei de colocar na boca: a sensual dama de vermelho, que capturou minha atenção, é ninguém mais, ninguém menos, do que Vivian! É ela, a minha melhor amiga, minha companheira de casa, minha paixão sufocada dentro de mim. É a minha bichinha, em um esplendor de curvas e sensualidade. Ela cortou e iluminou os cabelos, e... Meu Deus do céu! A mulher ficou incrivelmente linda, sexy, uma deusa desgraçada, capaz de pisar no coração de qualquer um.

Vivian me pega em flagrante, encarando-a, boquiaberto. Ela vem andando devagar, sobre saltos altíssimos, até se aproximar de mim.

— Feche a boca, Tomas! — Ela ri e beija minha bochecha, ao se acomodar em uma cadeira ao meu lado.

— Viv, nossa! Você está... Uau!

— Vou considerar isso um elogio.

Ela sorri, e sua expressão é de uma mulher completamente satisfeita pelo efeito que está causando. Vivian está bem ciente do poder que emana essa noite. E parece gostar disso.

— Seu cabelo... Ficou incrível!

— Ah, gostou? Decidi que era hora de mudar.

— está perfeito. Assim a deixou elegante, sexy, com cara de mulherão. Combina com seu novo eu.

— Concordo. Me sinto assim.

— Pois deveria mesmo.

Ela sorri, pegando uma taça que a mesma garçonete com a qual estava conversando lhe entrega.

— Um Cosmo? — pergunto, observando sua reação.

— Algum problema? — Ela levanta uma sobrancelha, desafiando-me.

— De forma alguma.

— Que bom!

A boca vermelha toma um gole da bebida, deixando uma marca de batom na taça. Os dedos de unhas longas seguram a haste e... Meu Deus! Tudo parece tão malditamente sexy!

— Fez as unhas... — Observo, como se precisasse.

— Pois é. Faz parte do pacote.

— E que belo pacote.

Ela sorri, um pouco sem graça. É o único momento, até então, em que vejo um lampejo da minha Vivian, a menina vulnerável, e não essa mulher absurdamente feroz que está na minha frente.

Não demora muito e um homem alto, jovem e bonito, se aproxima da nossa mesa. Ele olha para Viv com uma expressão voraz no olhar, o que me deixa profundamente aborrecido, mas me contenho, tentando não demonstrar minha irritação.

— Boa noite, moça bonita! — Ele estende a mão e Vivian a aperta, correspondendo ao cumprimento.

— Boa noite, belo rapaz!

Tenho vontade de bufar. Que interação mais ridícula desses dois, pelo amor de Deus!

— Me daria a honra da próxima dança?

Em que século você nasceu homem? Tenha vergonha!

— Claro!

Vivian se levanta e os dois vão para pista de dança. O telão mostra que está começando a música *Despacito*, de Luiz Fonsi ft. Daddy Yankee. Fico inquieto, nervoso, e simplesmente não posso ficar sentado aqui, enquanto eles dançam livremente. *Preciso* vigiar de perto o que vai acontecer. Olho para os lados, e vejo uma mulher sentada em frente ao balcão de bebidas, sozinha. Nem sequer a reparo, apenas me aproximo e seguro sua mão. Como não oferece resistência, puxo-a para a pista de dança, onde Vivian e seu cachorrinho idiota já começaram a dançar, ao som dos primeiros acordes.

Não sei o que estou fazendo com a mulher à minha frente, e apenas me movo, minimamente, no ritmo da música. Só tenho olhos para Vivian, que parece feliz, sexy como o diabo, e muito à vontade — na verdade, até demais —, dançando com o seu parceiro desconhecido. Ela rebola indecentemente o quadril, com um cara que apenas não deveria estar com ela. De repente, a mulher vira de costas, colando seu corpo ao do homem, e sua bunda está descaradamente se esfregando na virilha dele, que delira, obviamente, por ter uma gostosa desse calibre se encostando no seu pau nojento.

Eles se movem no mesmo ritmo, como se fossem um só, ele a apertando pela cintura e passando os lábios pelo seu pescoço, e ela correspondendo, movendo seu corpinho delicioso, e virando a cabeça de lado, de olhos fechados. A garota parece gostar do que está acontecendo, e eu só quero matar os dois.

Tudo parece passar em *slow motion* na minha frente, a dança, a esfregação, e eu não consigo me mover mais. Não sei onde vai parar a minha parceira. Estou estático, no meio da pista, meu corpo inteiro queimando de ódio ao ver a cena pornográfica e explícita, bem na minha cara. A filha da puta só pode estar fazendo de propósito, não tem cabimento. Viv não dança desse jeito.

Nem uma puta dança desse jeito!

Em nenhum momento, Vivian me olha. Não sei nem se sabe que estou aqui, prestes a voar em cima dela e do seu parceiro, fumegando de ciúme e raiva. Será que ela se tornou totalmente imune à minha presença? Não sente mais quando me aproximo? A garota simplesmente virou a página?

Quando o homem a coloca de frente para ele, tomando a bunda de Vivian em suas mãos e a puxando para si, deixando seus lábios muito próximos dos dela, eu explodo. Corro em direção a eles e me meto entre ela e o cara, empurrando-o para longe. A mulher me encara de olhos arregalados, sem acreditar no meu rompante, parecendo surpresa e furiosa. O homem ao menos foi inteligente e saiu de fininho, sem encarar uma briga que, no auge da minha raiva, ele certamente perderia.

Começa a tocar *Corazón Partio*, de Alejandro Sanz, e tomo Vivian pela cintura, que ainda está parada, encarando-me. Não a darei chance de fugir de mim. Não agora. Pelo menos, essa música ela terá de dançar comigo. Viv tenta afastar o corpo, mas não sai totalmente de mim. Talvez queira evitar uma cena, ainda pior do que a que já aconteceu. Tanto faz para mim.

Só a quero manter em meus braços o máximo possível, reivindicar sua posse.

Claro, é sobre isso, posse!

Ela é minha, e que se dane se não enxergar isso agora. Essa mulher é minha e, a partir de hoje, não será de mais ninguém. Porque essa noite eu a convencerei a ser minha para sempre.

Dane-se amizade! Dane-se o medo!

Vivian é minha, e eu sou dela. Ela sabe disso tanto quanto eu. Eu sei que sim, eu sinto!

Começo a dançar e, aos poucos, ela cede, e vai se rendendo aos meus braços, aos meus movimentos. Vivian se entrega a mim nessa pista, e eu a tomo inteira. Imediatamente, abraço forte a mulher perfeita, deliciosa, incrível que está comigo. Não posso perdê-la. Não vou, de jeito nenhum!

Vivian passa os braços ao redor do meu pescoço, grudando o corpo ao meu, movendo-se, abraçada, comigo. O sentimento que grita entre nós é ensurdecedor, e temo que seja ainda mais alto do que a música. E dançamos assim, agarrados um ao outro, sem ousarmos nos soltar.

Assim que a canção termina, Vivian se afasta, encarando-me. Sua boca se abre, como se quisesse dizer algo que não consegue. Ela dá um passo atrás, e não consigo decifrar o que vejo em seu olhar. Antes que eu possa dizer alguma coisa, Viv sai correndo, deixando-me sozinho no meio da pista.

CAPÍTULO 31

VIVIAN

Só consigo correr, sem parar e olhar para trás, até finalmente chegar do lado de fora do bar. Preciso desesperadamente respirar, sinto que estou prestes a ter um colapso nervoso.

O que diabos acabou de acontecer?

Nunca vi Tomas daquele jeito, tão possessivo, tão enlouquecido. Ele simplesmente me tomou para si naquela pista. É como se tivesse mijado ao meu redor, marcando seu território, reivindicando-me como sua mulher, sua propriedade. Não sei se faz algum sentido, mas foi o que me pareceu. E o pior de tudo, é que eu gostei. E muito!

Eu não entendo... De onde veio tudo isso? Não foi ele que sugeriu que viéssemos aqui hoje, a fim de conhecermos outras pessoas? Não foi Tomas que disse que estávamos apenas nos divertindo?

Nada do que ele fez hoje, aparentou isso. E agora estou confusa, nervosa, não sei o que pensar. O que Tomas quer afinal, porra? É a mim? Ele me quer, é isso?

Merda! Que desespero, que agonia!

— Está tudo bem, gata?

Ouço a voz do rapaz que estava dançando comigo, antes de Tom aparecer feito um furacão. Não consigo responder. Ele se aproxima de mim, e só então percebo que estou me sacudindo muito.

— Meu Deus, você está tremendo, bebê. Tome... — Ele tira o paletó e o coloca ao redor dos meus ombros, esfregando meus braços em sequência. — Quer que eu a leve para algum lugar?

Como não falo nada, o homem se aproxima e apenas me abraça. Eu encosto a cabeça em seu peito, e tento, em vão, acalmar meu coração. Minha respiração está ofegante, sinto lágrimas picarem os meus olhos. Não consigo reagir, simplesmente não dá. Não sou capaz de me segurar, e as benditas começam a inundar meu rosto, em um choro silencioso e dolorido. O moço, que nem sequer sei o nome, percebe meu corpo se movimentar em pequenos soluços, e me abraça mais forte, não sei precisar por quanto tempo.

Quando sinto as lágrimas diminuírem e terminarem de se esvair de mim, meu corpo começa a se acalmar. O rapaz então se afasta, apenas alguns centímetros, pega meu queixo entre o polegar e o indicador, e passa as costas das mãos pelo meu rosto. Nesse momento, eu o vejo olhando atrás de mim, e ficando lívido em questão de segundos. Quando me viro para entender o que o assustou tanto, vejo Tomas nos encarando.

Afasto-me do homem, imediatamente. Tom olha de mim para ele, tentando entender a cena de nós dois juntos, abraçados. Sua expressão é de dor e decepção, e percebo que ele entendeu tudo errado, mas não tenho reação. Não consigo nem ao menos balbuciar qualquer coisa. E vejo, em fração de segundos, algo realmente assustador: o rosto de Tomas muda e seu olhar, seriamente magoado, dá lugar a olhos gélidos, de desprezo. A forma como ele passa a me encarar é tão fria, que chego a me encolher em meu próprio abraço. E antes que eu consiga dizer qualquer coisa, Tomas sai da minha frente em direção à rua, sem olhar para trás.

Depois de me restabelecer, eu me sinto um pouco mais dona de mim novamente. Logo que Tomas saiu, o rapaz que estava comigo, que descobri se chamar Mike, me levou de volta para o bar, pegou água gelada e foi me dando golinhos, aos poucos. Ele se mostrou realmente atencioso e preocupado, não fez maiores perguntas, e apenas se certificou de que eu ficasse bem. Inclusive, queria me levar para casa, mas declinei de sua oferta. Eu precisava achar Tomas. Ele deve ter nos visto abraçados, e entendeu tudo errado. Imagino o mal-estar que sentiu ao nos encontrar daquela maneira, pois eu também sentiria se o pegasse assim com uma mulher. Precisava urgentemente encontrá-lo e explicar o que aconteceu.

Procurei por Tom pelo bar inteiro. Não o encontrei em canto nenhum. Ele não estava na pista de dança, no salão, no balcão de bebidas... Até no banheiro masculino pedi para Mike olhar, mas Tomas também não estava lá.

Saí do bar e fui andando ao redor, mas nem sinal do meu bichinho. Decidi fazer o caminho de volta para casa a pé, e fui olhando com atenção durante todo o percurso, na esperança de encontrá-lo. Nem sequer me importei com o fato de ser mais de 1h da manhã. Só queria encontrar Tom, esclarecer o que ele viu, e entender tudo o que aconteceu essa noite.

Depois do que houve na pista de dança, Tomas e eu precisamos ter uma conversa definitiva. Temos de ter coragem de encarar os fatos que estão diante dos nossos olhos, e que não podemos mais ignorar: estamos terrivelmente apaixonados. Eu já sabia que me sentia assim, e acreditei que teria de sufocar esse sentimento. Porém, depois de hoje, não mais. Depois da maneira como Tomas me reivindicou como sua essa noite, tenho certeza de que ele sente o mesmo que eu.

Ele me ama, tanto quanto eu o amo, não tenho a menor dúvida disso. E, se é assim, não dá mais para simplesmente ignorarmos e seguirmos a vida. Eu quero arriscar. Sei que tenho muito a perder, já que a amizade de Tom é a coisa mais preciosa que eu tenho, mas preciso tentar. Não me satisfaz mais ser somente sua amiga. Quero ser sua mulher. Quero que ele seja meu homem. E sinto que Tomas também deseja isso.

Eu preciso que arrisquemos construir uma relação, que vai muito além da amizade. Não sei como faremos, e é óbvio que existe uma chance terrível de dar errado. Porém, também há a possibilidade de dar muito certo, e é justamente atrás dela que eu quero correr.

Chego ao apartamento, torcendo para que Tom tenha vindo para casa. Estou tão ansiosa por vê-lo, que corri os últimos quarteirões até aqui. Tenho tanta coisa para dizer, e não sei nem por onde começar. Preciso falar que o amo. Que quero tentar ter uma vida ao seu lado. E que descobri, dentro de mim, que pertenço a ele, e sempre pertenci. Desde que nos encontramos naquele primeiro dia, do protesto naquela fonte. Desde que passamos a primeira noite juntos, vendo o dia amanhecer, apenas conversando e nos conhecendo. Desde que ele ficou sem fala ao me ver só de toalha em sua sala, entregando-lhe minhas roupas molhadas. Desde sempre, enfim.

Pode ser que, no fim das contas, eu tenha me metido em um monte de relações falidas de propósito. Talvez eu não quisesse, de verdade, estar em uma relação. Penso que posso ter usado as pessoas erradas, enquanto esperava pela única certa, mesmo que inconscientemente. Passei o tempo esperando pelo meu bichinho, o único amor possível e verdadeiro na minha vida.

Giro a chave na fechadura da porta do apê, e percebo que a mesma está destrancada. Meu sangue pulsa forte nas minhas veias.

Ele chegou, meu bichinho está aqui!

Nem preciso pensar, vou direto para o seu quarto, ansiosa. Porém, ouço algo que faz o meu peito congelar. Aproximo-me, e não peço licença ao entrar pela porta, para me deparar com uma cena que quebra o meu coração em um milhão de pedaços: ele está fodendo uma mulher, de quatro, na sua cama. Ela geme, grita, enquanto mete nela, com força, com o mesmo tesão que sentiu nas vezes em que me comeu. As unhas da mulher estão cravadas no lençol de Tomas, e meu estômago se contorce. Vejo suor escorrendo pelo dorso dele, não tão rápido quanto as lágrimas que agora descem soltas pelo meu rosto.

Começo a andar de costas, tentando fugir da cena de terror à minha frente. O cheiro ocre de sexo já está impregnado em minhas narinas, e eu só preciso sair daqui. Dou alguns passos para trás, mas esbarro na cadeira de escritório, desequilibrando-me e caindo, sentada, sobre ela. O barulho faz com que Tomas imediatamente olhe para trás, e seus olhos encontram os meus.

Não vejo susto em sua expressão, tampouco arrependimento. Nem mesmo prazer, que seja. Seus olhos parecem completamente vazios, como se estivessem em modo automático. Seu rosto, duro e frio, se converte, aos poucos, em um sorriso maquiavélico, que não chega até os olhos. Isso faz meu estômago embrulhar.

É maldade o que vejo em Tomas, algo que nunca presenciei no meu amigo. E é assustador.

Levanto-me e saio correndo. Preciso ir embora daqui, não aguento ficar mais um segundo nesse lugar.

CAPÍTULO 32

VALERIE

— Você dormiu aqui a noite toda? — A voz de Vivian sai fraca e rouca, e dou um sobressalto.

Retiro seus pés de cima do meu colo e me levanto do sofá, aproximando-me melhor da minha amiga.

— Como você está, Viv?

Tiro uma mecha de cabelo colada em sua bochecha. A aparência dela é terrível. Os olhos estão inchados, o nariz muito vermelho, e a maquiagem borrada, com a marca das lágrimas fazendo um caminho preto de rímel pelo seu rosto.

— Pelo menos consegui dormir um pouco. Que horas são?

Vejo em meu relógio de pulso, antes de responder:

— Dez e meia. Você conseguiu dormir algumas boas horas, mas deu para descansar?

Vivian se movimenta, sentando-se no sofá.

— Não sei, minha cabeça está explodindo...

— Vai para o banheiro, deixei roupas e toalha lá para você. Toma um banho, vou preparar um café, e daí conversamos.

Ela não questiona, apenas assente com a cabeça e segue seu caminho.

Quase morri de susto essa madrugada, com o interfone tocando sem parar, às duas da manhã. Quando ouvi a voz da minha amiga aos prantos, abri logo o portão, e enquanto a esperei subir, imaginei mil cenários horríveis na minha cabeça. Mas posso assegurar que, em nenhum deles, estava Tomas.

Tem anos que eu canto a pedra de que esses dois se gostam. Muito tempo mesmo! Mas eles sempre insistiram em negar. Acho que nem os próprios percebiam o que sentiam um pelo outro. Se eu soubesse o que estava realmente rolando entre eles nesses últimos dias, já teria me metido para alertá-los. Porém, dessa vez, Vivian guardou segredo de mim. O que não é pouca coisa, já que a minha amiga me conta praticamente tudo. Se ela decidiu esconder essa parte da sua vida, provavelmente sabia que eu diria coisas que não gostaria de ouvir.

Porém, entre lágrimas e soluços, a garota me atualizou de tudo o que aconteceu entre Tom e ela, desde o término com Ralf. E, diante do atual cenário, acredito que Tomas e Vivian terão muita dor de cabeça pela frente, se quiserem consertar o que conseguiram estragar. Se é que ainda tem conserto.

Sirvo café em duas xícaras e as levo para a mesa, com uma cesta de pães e uma bandeja de frios. Vivian logo aparece, vestida com minhas roupas, que cabem perfeitamente nela.

— Vem, amiga, senta aqui.

Ela se aproxima e puxa uma cadeira ao meu lado. Entrego-lhe um comprimido de *Excedrin* e um copo de água. Vivian o toma de imediato, sorvendo todo o líquido. Em seguida, dou-lhe a xícara de café e me mantenho em silêncio, deixando que ela comece a conversa, da forma que se sentir mais confortável.

— Desculpa por aparecer aqui de madrugada. E por fazer você dormir sentada no sofá.

Faço sinal negativo com a cabeça, interrompendo-a.

— Amiga, não me peça desculpas por precisar de mim, por favor! Sempre serei seu apoio, assim como você é meu. Não cabem esses melindres entre nós.

— Eu sei, mas...

— Mas, nada. Esquece isso. Quero saber como você está se sentindo, além da dor de cabeça.

— Não sei, Val... Estou confusa, triste, magoada. Ontem eu tive o vislumbre de um Tomas que eu não conhecia. Sei que estou apaixonada por ele, mas não gosto desse cara cruel que encontrei. Ele não é melhor do que todos os outros com quem já me envolvi.

— Amiga, longe de mim esse lance de defender macho, você me conhece e sabe bem como eu sou. Por mim, que morressem todos pendurados pelas bolas. Menos Link, é claro, pelo menos por enquanto. Porém, pelo que você me contou, Tomas agiu tomado pelo ciúme. Ele achou que você tinha fugido dele e se jogado nos braços de outro. Acredito que o idiota não pensou, só tentou arrumar um jeito de se sentir melhor consigo mesmo. Talvez, nem soubesse que isso magoaria você, pois não imaginou que o pegaria em flagrante.

— Como não, Val? Eu moro na mesma casa que ele, em algum momento eu iria chegar e vê-lo com outra.

— E se ele pensou que você não chegaria? E se imaginou que passaria a noite com o outro cara?

Vivian para um pouco, e leva a xícara de café aos lábios, parecendo pensativa.

— E qual a desculpa para o sorriso horrível que ele deu quando me viu? Ele nem sequer pareceu surpreso, Val, ele só me olhou e deu aquela risada terrível.

— Ciúme, minha cara! Um homem com ciúme é infinitamente mais babaca e infantilóide do que já costuma ser.

— Que seja, amiga! Ainda assim, penso que nada justifica essa atitude.

— Tudo bem, Viv, e concordo com você, mas acho que você precisa falar com ele sobre isso.

Ela arregala os olhos, quase derrubando o café da xícara, ainda cheia, em suas mãos.

— Vou falar o quê, Val? "Tomas, estou com raiva por te ver comendo outra mulher na sua cama, pois eu te amo e estou magoada por você não ter honrado com um compromisso que nós nunca tivemos"?

Tamborilo os dedos na mesa, pensando sobre as palavras de Vivian. Preciso de luz para oferecer à minha amiga.

— Não dessa forma, você pareceria uma maluca.

Ela ergue os braços e os deixa cair ao lado do corpo, em seguida.

— Exato!

— Ah, e não que precisasse, porque eu já sabia, mas é a primeira vez que você verbaliza para mim que ama Tomas.

Viv se levanta, e caminha até a janela, encostando a testa no vidro frio e olhando a rua lá embaixo.

— Acho que é a primeira vez que verbalizo isso em voz alta. É terrível, torna tudo mais real.

Arrasto a cadeira e vou até a minha amiga, abraçando-a de lado, pela cintura. Ela passa o braço pelos meus ombros e encosta a cabeça na minha.

— E agora, Val?

Suspiro fundo e ruidosamente, antes de responder:

— Vocês precisam conversar, amiga. Não agora, nem hoje. Você pode ficar aqui para colocar a cabeça em ordem, pelo tempo que quiser. Eu posso ir até sua casa, buscar suas coisas da faculdade e algumas roupas, e você passa uns dias comigo, para se organizar internamente. Dessa forma, terá tempo de pensar e decidir o melhor a se fazer.

Vivian coloca a mão sobre a minha, presa em sua cintura, e a aperta.

— Você faria isso por mim?

— É claro! Isso e muito mais! Se quiser, trago as bolas do Tomas numa caixa, para você fazer um par de brincos.

Ela solta uma risada e me dá um tapa na mão.

— Que nojo!

Dou de ombros.

— Eu faria. Mas, enfim, vou lá essa tarde. Você faz uma lista do que precisa, e deixa comigo que providenciarei tudo.

Vivian me abraça forte, e sinto toda a sua dor e desespero. Meu coração se aperta pela minha amiga querida. Ela não merecia mais um golpe desses. Não mesmo.

— Obrigada, Val.

— Eu te amo, Viv!

CAPÍTULO 33

VALERIE

— Porra! Precisa tocar desse jeito? — Tomas abre a porta, visivelmente contrariado.

Parece ter acabado de acordar, eu não estou nem aí para o fato de estar incomodando.

— Boa tarde para você também, imbecil! — respondo, empurrando-o para sair do meu caminho enquanto entro pela sala. — Dormindo a essa hora? Sua amiguinha não te deixou dormir à noite?

Tomas cruza os braços, claramente em sinal defensivo.

— Isso não é da sua conta, Valerie.

— Tem razão, não é mesmo. Quem realmente é da minha conta está lá em casa, me esperando. Então, dá licença!

Sigo para o quarto de Vivian, e logo alcanço uma mala de mão, que está guardada debaixo da sua cama. Eu a abro em cima do móvel, quando Tom aparece à porta.

— O que está fazendo?

— Pegando as coisas que a Vivian pediu. Ela vai ficar lá em casa por um tempo.

— E por que isso?

— Você sabe muito bem o motivo.

— Só porque descumpri o combinado de não trazermos ninguém para dentro da nossa casa?

Viro-me para Tomas, incrédula. Como pode ser tão burro?

— Você jura que acha que essa é a razão?

Ele dá de ombros.

— E qual mais seria? Não é por eu trepar com outra mulher, porque ela já cansou de saber que estou sempre com alguém, além de não termos nada um com o outro. Chega a ser hipócrita, porque ela também teria feito a mesma coisa com o cara que ela estava na noite passada, só seria em outro lugar. Grande coisa!

— Você acha mesmo que ela faria?

— Tenho certeza.

— E por que, então, ela voltou para casa?

Tomas se mostra genuinamente atordoado. Seus olhos se arregalam rapidamente, e parece ser a primeira vez que isso lhe passa pela cabeça.

— Eu não tinha pensado nisso.

— Claro que não... — Bufo, impaciente, abrindo o guarda-roupa de Vivian e tirando algumas peças para colocar na mala.

Burro!

— Por que ela voltou?

— Isso você terá de perguntar a ela — digo, pegando alguns sapatos, e seus livros, cadernos e *notebook*.

— Por que não me diz você? — Tom insiste.

Passo por ele para ir ao banheiro, indo pegar os itens de higiene pessoal de Vivian.

— Porque não é o tipo de coisa que eu devo dizer. Aliás, nem ela precisaria. Se você colocasse um pouquinho só essa cabeça dura para pensar, saberia muito bem a resposta.

Volto para o quarto, colocando a bolsinha com os itens do banheiro dentro da mala. Pego o celular para reler a lista de Vivian e verificar se não estou deixando nada para trás.

— Isso é ridículo! Viv não precisa ficar na sua casa, nós sempre conversamos sobre tudo, sempre resolvemos tudo juntos.

— Isso não cabe a você decidir.

Coloco o último livro que faltava sobre as demais coisas e fecho a mala, com um pouco de dificuldade.

— Ela vai ficar na sua casa até quando?

A voz de Tomas está completamente diferente. Finalmente parece ter caído a ficha de que Vivian não quis voltar para perto dele. Suas palavras saem fracas e trêmulas, como se estivesse se segurando para não chorar.

— O tempo que ela quiser.

Coloco a mala no chão, ergo a alça e começo a puxá-la pelo corredor, até à sala, sendo seguida por Tomas.

— Espera eu trocar de roupa, vou com você — ele pede, aparentemente desesperado.

Viro-me para Tom e a imagem que vejo me dá certo pesar. Ele também não parece ter dormido direito. Seus cabelos estão desarrumados, não o desalinhado sexy que sempre aparenta. Seus olhos estão inchados, e o rosto carrega uma expressão genuína de cansaço. Parece ter vestido qualquer roupa para dormir, já que nada combina com nada. Não fosse o estado miserável da amiga em minha casa, eu sentiria até pena dele.

Mas, como não é o caso, coloco meu dedo em riste e, em tom duro e firme, digo:

— Não, Tomas, você não vai.

Ele se assusta, e chega a dar um passo para trás.

— Como assim, Valerie? Você me impedirá de vê-la? Vai me afastar da Vivian?

— Aaah... Não me venha com essa! Quem fez isso foi você, não precisou nadinha da minha ajuda para isso.

Ele passa as mãos nos cabelos, exasperado.

— E por que não posso ir com você então, para tentar consertar as coisas, já que estou tão errado assim?

— Porque, de todos os itens que ela me pediu para buscar, você não estava entre eles.

— Valerie, não seja ridícula. Me deixe ir com você. Eu preciso ver Vivian.

— O assunto está encerrado. Eu vou sozinha, é inegociável. Espero não ter problemas quanto a isso, e que você ainda mantenha um mínimo de noção para não vir atrás de mim.

Sigo até saída do apartamento. Ele não vem junto, o que me dá certo alívio. Era só o que me faltava, ter de lidar com um homem desesperado e arrependido no meu encalço.

Quando me viro para fechar a porta, os olhos de Tomas estão sobre mim, marejados, tristes, cheios de dor. Agora, sim, sinto pena. Não consigo me segurar vendo a figura tão pateticamente infeliz na minha frente.

— Quando poderei vê-la, Val? — ele pergunta antes que eu me vá.

— Sinto muito, mas só ela poderá dizer isso, Tom.

CAPÍTULO 34

VIVIAN

Está quase na hora de ir para a aula, e estou sem a menor vontade. Passei o fim de semana enfurnada dentro do apê de Valerie, mesmo com todas as tentativas que ela e Link fizeram para me tirar do sofá. Simplesmente, eu não tinha forças para me movimentar. Por mim, nem agora sairia de casa. Eu não tenho aula às segundas, mas, para o meu azar, marcaram uma reposição logo hoje.

Tomas me ligou 53 vezes nesses dois dias. Não atendi nenhuma delas. No meu *WhatsApp*, tem 116 notificações de mensagens dele. Não li, e nem pretendo. Nem sequer fui muito curiosa, e não querer ler só prova que a minha mágoa é muito grande. E isso tem razão de ser. Tom era o único homem, além do meu pai, que eu sempre tive certeza de que jamais me machucaria. Acho que por isso a dor é ainda maior, eu confiei cegamente nele, por todos esses anos.

Começam a chegar mais notificações no *WhatsApp*, e isso só me deixa mais triste e irritada. Pensei, inclusive, em bloqueá-lo na noite passada, mas não tive forças para isso. Talvez eu devesse fazer logo, seria como tirar um *Band-Aid*. Pelo menos, meu celular pararia de vibrar toda hora.

Na real, acho que preciso mesmo é me afastar de tudo.

Tive tempo suficiente para pensar, e acredito que seria uma boa passar um tempo na casa dos meus pais. Estou morrendo de saudades deles, de qualquer forma. As minhas aulas obrigatórias terminam essa semana, depois disso, só preciso terminar o TCC. Se o meu orientador concordar, continuarei a escrevê-lo da casa deles. Só vou poder submetê-lo em dois meses por conta da agenda da faculdade, então, terei um bom tempo para me desintoxicar de tudo isso.

Pego meu material, mesmo sem ânimo algum, e sigo para a portaria do prédio. Assim que coloco o pé para fora, dou de cara com Tomas, e tomo um susto.

Puta que pariu!

Meu corpo inteiro começa a tremer, involuntariamente. Por que ele tinha de vir até aqui?! O homem quer infernizar a minha vida? Se eu não o atendi, não era para ter entendido o recado de que não quero ser incomodada?

Não consigo me mover, até que ele tenta se aproximar de mim, e dou um passo para trás. Seu olhar é de mágoa e confusão, quando me vê recuando para longe dele.

— Bichinha, por favor, vamos conversar...

— Não chegue perto de mim! — respondo, e a firmeza com a qual digo essas palavras me assusta.

Principalmente, por ainda estar tremendo tanto.

— Que isso, Vivian? Pelo amor de Deus, sou eu! Seu bichinho, seu melhor amigo, seu... — ele interrompe, e não consigo imaginar o que mais iria dizer. — Por favor, você me conhece!

Dessa vez, eu dou dois passos à frente, ficando mais próxima dele, porém, a minha expressão fechada e raivosa não o permite fazer o mesmo.

— Eu achei que te conhecia, Tomas, mas, sinceramente, não sei mais quem você é. Porque aquele homem que sorriu para mim de modo cruel, enquanto fodia a garota na sua cama, eu não conheço. Não faço ideia de quem seja. E, sinceramente, não faço a menor questão de conhecer.

Minhas palavras o atingem, percebo isso. Quero magoá-lo. Quero fazer com que se sinta tão mal quanto eu estou. Sei que não deveria, mas preciso, de alguma forma, realizar uma catarse de toda a raiva que estou sentindo.

TOMAS

As palavras de Vivian me acertam em cheio. Eu mal me recordo daquele momento com aquela mulher, sinceramente, que dirá me lembrar de um suposto sorriso que eu possa ter dado a ela. Estava tão furioso, entorpecido, que tudo sobre aquele episódio não passa de um borrão.

— Vivian, eu estava cego de raiva. Você me largou dentro do bar para ir se atirar nos braços de outro cara. Como queria que eu me sentisse?

— Ah, não senhor, você não vai virar o jogo. Eu saí daquele lugar porque eu não sabia mais o que fazer. Eu queria pular no seu colo, e, ao mesmo tempo, não suportava ficar perto de você. Eu precisava de ar, tinha de respirar! Você me confunde, me deixa nervosa. E eu estava tremendo tanto, tão prestes a chorar, que Mike apenas me ofereceu apoio.

— Aaah... O bom moço tem nome!

Ainda não consigo controlar o ciúme, é mais forte do que eu.

— Sim, ele tem nome, e é infinitamente melhor do que você. Mike me ajudou, me apoiou, cuidou de mim, não foi correndo atrás de outra garota para foder!

Nossa! Essa doeu demais! Principalmente, pelo fato dela ter toda razão. O camarada, de fato, é infinitamente melhor do que eu.

— Eu não fui atrás de outra garota para foder... — É tudo o que consigo responder.

— Ah, não? Então ela caiu na sua cama, tipo o clipe de *Misunderstood*, do Bon Jovi?

Estou com raiva, mas preciso segurar a minha vontade de sorrir. Até num momento como esse, a minha bichinha consegue pensar em música.

A diaba é adorável, como pode?

— Claro que não, bichinha.

— Então...?

Ela cruza os braços, esperando que eu diga quem era a mulher na minha cama. E sei que não vai gostar nada da resposta.

— Encontrei com Rachel no elevador...

Os olhos de Vivian se arregalam, em uma expressão de genuína surpresa e nítido desgosto.

— Rachel, a nossa vizinha de baixo? A filha da puta que denunciou a gente várias vezes por barulho, sendo que não estávamos fazendo nada? A desgraçada que roubou nosso *delivery* e continuou negando, mesmo tendo as câmeras de segurança mostrando-a subindo no elevador com a nossa pizza? A infeliz que colocou terra na máquina de lavar em que estavam as minhas roupas limpas? A demônia que fez da minha vida um inferno todos esses anos, por uma implicância sem o menor fundamento? Essa Rachel?

Não consigo responder, apenas desvio o olhar, olhando para baixo.

Que merda eu estava pensando quando levei aquela mulher horrível para a minha cama, meu Deus?

Vivian dá uma risada e, mais para si do que para eu ouvir, resmunga:

— Inacreditável...

Tento me aproximar, e ela mais uma vez dá um passo para trás, lançando-me um olhar de absoluto desprezo, ao dizer:

— Tomas, acabou. Não temos mais nada a dizer um ao outro. Eu não quero mais ouvir, nem ver você. Pedirei a Link e a Val para irem no apartamento encaixotar o resto das minhas coisas. Vou transferir o dinheiro do aluguel e das contas desse mês, mesmo sendo dia 10, já que combinamos de comunicar um ao outro com um mês de antecedência, caso um dos dois pretendesse sair.

— Vivian, pelo amor de Deus, não faz isso! — imploro, desesperado.

Não sei mais o que fazer, ela quer ir embora da minha vida, minha bichinha quer me abandonar! Eu não sei viver sem Viv, ela é o ar que eu respiro.

Não dá, não consigo!

— Não diga mais nem uma palavra. Poupe seu esforço e a sua dignidade. Acabou, Tomas. E você me conhece há bastante tempo para saber que meu limite é bem alto, mas quando eu decido algo, não volto atrás.

Vivian volta para dentro do prédio e eu tento ir atrás, porém, ela pede ao porteiro que não me permita entrar.

Não é possível que vamos acabar assim, eu não consigo acreditar!

Não nos conhecemos ontem, temos quase cinco anos de história, isso não pode terminar desse jeito!

Eu me apoio na porta de vidro da portaria, sentindo uma imensa vontade de vomitar. Minha cabeça está rodando, não consigo concatenar as ideias. Preciso pensar em algo para reverter isso, não posso permitir que minha vida vire do avesso dessa maneira. Vivian se tornou parte essencial de mim, e eu a amo, mais do que já amei qualquer mulher, talvez a única vez que amei alguém de verdade. Não posso permitir que a melhor parte de mim me abandone para sempre. Não posso!

CAPÍTULO 35

TOMAS

Quarta de manhã, e não tenho notícias de Vivian desde segunda. Tentei encontrá-la pelo Campus, caminhei muito, procurei em todos os lugares possíveis, mas foi em vão. Montei guarda por algumas horas na portaria de Valerie também, mas tampouco a vi entrar ou sair. Mandei milhares de mensagens e músicas, mas ela nem sequer visualizou. Liguei inúmeras vezes, mas ela não me atendeu. Mandei flores, cesta de café, deixei uma carta na portaria, mas Link me disse que ela jogou tudo no lixo.

Como farei para me reaproximar da minha bichinha, se ela não me dá a menor chance?

Estou jogado no sofá, lambendo as minhas feridas e chafurdado em autopiedade, quando toca a campainha. Meu coração dispara e me levanto de um pulo, correndo para abrir, na esperança de ser Vivian. Nem me atento para o fato de que ela tem a chave.

— Oi, Tomas! — Valerie me cumprimenta friamente e entra, sem a menor cerimônia, sendo seguida por Link, que dá de ombros, em um pedido silencioso de desculpas.

Ele tem um punhado de caixas de papelão desmontadas nas mãos, e, ela, um rolo de plástico bolha e uma fita Durex enorme.

— O que é isso? — pergunto, fechando a porta atrás de mim, já ciente, porém receoso ainda assim pela resposta que ouvirei.

— Viemos encaixotar as coisas da Vivian, o que mais poderia ser? — Valerie responde, impaciente, e segue para o quarto de Viv.

Não consigo acreditar que ela realmente vai me deixar assim. Sinceramente, não entra na minha cabeça que tudo acabou. Tanto o que tínhamos, quanto aquilo que nem tivemos oportunidade de viver. Estou desolado, acabado. Nunca mais conseguirei ter aquela alegria novamente, que Vivian me proporcionava pelo simples fato de existir no meu mundo.

Link se aproxima, colocando a mão no meu ombro.

— Cara, se serve de consolo, ela também está péssima.

Olho para ele, e compreendo o que quer dizer. Sei que a minha aparência deve estar deplorável. Não me alimento direito desde segunda-feira de manhã, não consigo dormir, e estou há três dias com a mesma roupa. Devo estar fedendo, inclusive, mas não consigo sentir meu próprio cheiro.

— Eu não acredito que ela vai embora assim...

— Link! Venha me ajudar! — Valerie grita de dentro do quarto de Vivian.

Ele dá mais um apertão no meu ombro, e vai se encontrar com ela.

Não sei precisar o tempo que Link e Valerie ficaram no quarto dela, mas me pareceu rápido demais. Na minha frente, apenas seis caixas e duas malas. É a isso que se resume a passagem de Viv pela minha vida.

Apenas isso.

Olho para as caixas sendo levadas aos poucos e me sinto quebrando em milhares de pedaços, tornando-me apenas farelos do que eu fui um dia. Link vem sozinho buscar a última delas, e me aproveito desse momento a sós com ele.

— Ela vai morar com Val?

Ele coça a cabeça, pensativo, antes de responder:

— Olha, Tom, eu fui proibido de te dar qualquer informação, e posso me ferrar muito por isso, mas acho que você tem o direito de saber. Ela vai guardar essas coisas no *storage* da garagem da Val, e vai passar um tempo na casa dos pais, até decidir o que fazer.

— Como assim? Na casa dos pais? Eles moram a milhares de quilômetros daqui! E a faculdade?!

— As aulas dela terminam na sexta. Depois disso, vai faltar só o trabalho de conclusão de curso, e ela consegue escrever de lá. Quando voltar para defender a pesquisa, vai pegar as coisas dela e decidir o que fazer.

— E ela não deu nenhuma pista do que pretende?

— Não, cara. Só disse que não quer ter paradeiro certo. Que será do mundo, que vai se esforçar para conhecer o mundo todo.

De repente, minha mente se ilumina, como em uma epifania.

O maior sonho de Vivian é conhecer os pontos turísticos daquela lista, ela me disse isso na nossa primeira conversa! E eu já sei como fazer acontecer!

Tenho dois meses.

Sei que, o ideal, seria nem sequer deixá-la ir, mas não conseguirei preparar tudo a tempo, principalmente porque dependerei da boa vontade de estranhos. E, talvez, esses dois meses de distanciamento sejam bons, afinal. Ela terá tempo de pensar, descansar, e, se Deus quiser, sentir minha falta.

— Que cara é essa? — Link pergunta, ao ver a minha expressão de esperança e entusiasmo.

— Irmão, vou precisar *muito* da sua ajuda!

CAPÍTULO 36

VIVIAN

Nem acredito que dois meses já se passaram. Dois malditos meses, em que enfiei a cara na minha pesquisa, para evitar ao máximo ter tempo de ocupar a minha mente com outras coisas. E até que deu certo, durante o dia eu pensava muito pouco em Tomas, e em tudo o que aconteceu entre nós. Apesar de que, não posso negar que senti a presença dele em mim o tempo todo, como um fantasma, uma sombra. Ainda sinto, e chega a ser desesperador, insuportável.

Durante as noites, porém, eu tive tempo o bastante para pensar, e foi onde me questionei tantas e tantas vezes sobre como deixamos tudo chegar ao ponto que chegou... Fiz e refiz toda a história na minha cabeça, milhares de vezes, mas não passei nem perto de uma conclusão. Só sei que nos perdemos, não só um no outro, mas, principalmente, no meio do caminho disso tudo, dessa maluquice que eu inventei, e que Tomas embarcou. Deu tudo errado, da pior maneira possível.

E mais: algo que aconteceu durante esse meu tempo aqui me deixou intrigada, e até um pouco decepcionada. Desde que embarquei para a casa dos meus pais, não recebi mais uma mensagem sequer dele. Nem e-mail, nem ligação, absolutamente nada de contato. Cheguei a perguntar para Valerie se ele estava bem, se tinha acontecido algo, ela disse que Tom parecia ótimo, que Link e ele se aproximaram muito nos últimos tempos, e parece que o namorado de Val está ajudando Tomas em algum trabalho. Não consigo imaginar em que, um formando de Medicina Veterinária, conseguiria ajudar em projetos de Arquitetura.

Enfim, isso apenas me demonstrou que Tomas superou tudo muito rápido. A idiota aqui sofrendo até hoje, e ele apenas seguiu vivendo a vida como se nada tivesse acontecido. Nem uma tentativa de me impedir de vir embora — óbvio que imagino que aqueles dois, quando foram fazer a minha mudança, devem ter dado com a língua nos dentes —, nem uma tentativa de contato... Sei que o rejeitei diversas vezes, porque realmente não queria falar com ele naquele momento, mas não esperava que ele desistisse tão fácil.

Confesso que ensaiei algumas vezes de mandar uma mensagem pelo *WhatsApp*, mas me segurei. Eu precisava lembrar que não estava lidando com o Tom que eu achava que conhecia, o meu melhor amigo, meu bichinho. Estava sofrendo pelo canalha sem coração, o "perigo". Esse Tomas era abominável, e lembrar a amostra grátis que tive dele, foi o que me fez ter forças para não ceder.

Ainda com toda essa perturbação na minha cabeça, foi gostoso passar esse tempo na casa dos meus pais. É muito bom ser mimada e cuidada um pouco, para variar. Eles estranharam a minha vinda repentina, mas respeitaram a minha decisão de não querer tocar no assunto que me aborreceu, e me fez vir ficar esse tempo com eles. Minha família sempre foi assim, sempre respeitamos a privacidade um do outro, e justamente isso que faz com que me sinta confortável em procurar os meus pais quando não estou bem. Sei que sempre receberei amor, carinho, acolhimento e paz, no lugar de perguntas desconfortáveis. Eles são incrivelmente perfeitos, e estou pensando seriamente em tentar um emprego por aqui, para voltar a morar perto deles. Hoje, é o único porto seguro que tenho. O que eu achava que tinha, ruiu naquela cama, aquela noite, com aquela filha da mãe.

Ter de voltar para a Universidade me deixou sem dormir direito na última semana. Estou ansiosa demais com o meu retorno. Tenho muito medo de encontrar Tomas, e de como ele se portará comigo, se estará com alguém... Sei que não deveria fazer caso disso, mas estou angustiada. Tanto, que pedi a Valerie que não diga que estou voltando, e nem quando será a defesa do meu projeto.

Ele não parece mais interessado em mim, mas vai que resolve aparecer, só para me confrontar? Ou, sei lá, para debochar?

Não quero correr esse risco.

— Filha, não vai comer nada antes de sair? — Mamãe bate à porta do quarto, que está entreaberta.

— Não estou com fome, mãe.

Ela se aproxima, até estar de frente para mim, e toma meu rosto em suas mãozinhas delicadas, cheirosas e pequenas.

— Nem acredito que você está indo embora. Eu me acostumei à ideia de ter você pertinho de novo.

Ela acaricia minhas bochechas com seus polegares.

Seguro os braços de mamãe e me viro para beijar a palma de uma de suas mãos, com carinho.

— Eu também, mãe. Foi maravilhoso estar tão perto de você e do papai novamente. Inclusive, fui muito mimada, estou completamente mal-acostumada, será uma tortura viver sozinha depois dessa overdose de amor.

— Você sabe que pode ficar conosco quando quiser e pelo tempo que quiser, querida.

A expressão tão meiga e doce da minha mãezinha me faz suspirar.

Como eu amo essa mulher! Como me faz falta!

— Eu sei, mãe. Mas vou me formar, preciso viver a minha vida, arrumar um emprego, uma casa, enfim... Quem sabe, eu não venha morar perto de vocês?

Ela arregala os olhos e um sorriso ilumina seu rosto.

— Você pensou nisso, filha?

— Venho pensando, sim. Como eu disse, vocês me deixaram mal-acostumada.

— Pois venha, minha pequena! Será incrível, maravilhoso ter você vivendo perto de nós, novamente!

— Eu também acho, mãe.

Levanto-me e dou um abraço forte na minha rainha. Quero gravar seu cheiro na minha memória o melhor que puder. Cheiro de casa, de família, de amor e de lar.

Olho para o relógio da parede do quarto, está em cima da hora. Preciso pegar meu voo.

— Mãe, tenho de ir agora, se quiser chegar a tempo do embarque.

— Tudo bem, querida! Vou chamar seu pai, iremos deixá-la no aeroporto.

E ela sai, levando consigo a paz maravilhosa que me transmite e me largando novamente nos braços dos demônios que me atormentam.

CAPÍTULO 37

TOMAS

— Nem acredito que conseguimos! — comemoro, correndo para Link, e dando um abraço no meu parceiro.

— Cara, ficou melhor do que eu esperava! Realmente, você teve uma excelente ideia. Se essa surpresa não fizer Vivian repensar e te dar uma nova chance, tenho certeza de que nada mais irá.

Sinto um frio na barriga. Pensar que pode ter a possibilidade de dar errado me atormenta desde que comecei tudo isso. Tenho tentado ser positivo nesses dois meses. Segurei a vontade de ligar e de mandar mensagem para a minha bichinha, mesmo morrendo de saudades, justamente porque tenho muita esperança de que toda essa dedicação vai valer à pena. Tem de valer. Até porque, a outra hipótese acabaria me matando.

— Não acredito que *eu* aceitei participar dessa presepada! — Valerie se levanta e vem até nós, olhando para a tela do computador. — Realmente, tenho de admitir que ficou muito bom, e de fato você se empenhou para convencer toda essa gente a participar. Mas tenho certeza de que Vivian me odiaria se soubesse que a estou enganando esse tempo todo.

Aproximo-me, colocando minha mão no ombro de Val, cautelosamente. Ela me ajudou, mas ainda tem suas ressalvas comigo, e não tiro sua razão. Magoei sua melhor amiga, como pode confiar que não farei novamente?

— Obrigado, Val! Eu não conseguiria obter a autorização para usar a fonte sem a sua ajuda para intermediar minha negociação com o reitor. Você tem mesmo muito prestígio com o cara!

Valerie estufa o peito, orgulhosa. Ela tem mesmo de se orgulhar, afinal, com Vivian, a garota construiu uma reputação inabalável na Universidade. As melhores alunas no âmbito geral de classificação, dentro do corpo estudantil.

Isso é realmente muito incrível!

— Não pense que me ganha com elogios. Se quiser que eu o veja com bons olhos novamente, faça a minha amiga feliz.

— Se ela permitir, eu me esforçarei todos os dias para fazê-la a mulher mais feliz desse mundo!

— Depois da Val! — Link diz, aproximando-se da namorada e a abraçando por trás, dando um beijo em seus cabelos cacheados.

— Você também está na minha mira, engraçadinho. Ainda não engoli o fato de que queria me excluir desse projeto.

— A culpa foi minha, Val, eu que pedi segredo, fiquei com medo de você não me apoiar ou de contar a Vivian. Essa é a minha única chance, não posso deixar que nada dê errado.

E não posso mesmo, preciso de Vivian de volta à minha vida.

Valerie se aproxima e segura a minha mão. Faz tempo que não vejo doçura em seu olhar, principalmente quando ele é dirigido a mim. Porém, agora, seus olhos estão doces e me parecem muito sinceros.

— Eu quero que dê certo, Tom. Você vacilou muito feio, isso nunca mudará. Mas eu vejo que seu arrependimento é verdadeiro, e também acompanhei o sofrimento da minha amiga longe de você. Acho que os dois merecem uma nova chance. Vocês têm o direito de viver o que sentem um pelo outro, sem amarras dessa vez, sem joguinhos. Espero, de coração, que consigam. E o fato de você ter colocado seus irmãos para ajudar, mostra o seu nível de desespero também. Foi muita humilhação!

Nós três rimos juntos da boa observação de Valerie. Realmente, inserir meus irmãos no meio disso tudo me levou a níveis de zoação que eu nem imaginava que existiam. Mas, no fim, valeu à pena. Eles conseguiram contatos incríveis para a execução dos vídeos.

— Que horas ela chega mesmo? — Não consigo controlar a ansiedade.

— Uma da manhã, Tom, mas não faz diferença, você só a verá amanhã, depois da defesa do TCC. — Valerie é taxativa.

— Eu sei, mas é que pensei em ficar ali no seu prédio, de longe, só para vê-la de relance.

— Não, cara, não corra o risco de estragar tudo logo agora. Você aguentou bravamente por dois meses, segurar mais algumas horas não será o fim do mundo. Não é hora de correr riscos!

Sei que Link tem razão. Apesar de ter certeza de que as próximas horas serão mais difíceis de esperar do que os dois meses que se passaram, preciso agir com cautela e responsabilidade. Não posso colocar tudo a perder, correndo o risco de ela me ver escondido em algum canto, observando-a de longe. Vivian merece muito mais do que isso. É o motivo pelo qual tudo precisa ser absolutamente especial, conforme foi milimetricamente arquitetado.

— Você está certo. Vou me controlar.

— Só mais um pouco, irmão. Logo, vocês estarão juntos novamente. Agora, temos de ir, né, amor? Amanhã o dia será cheio, precisamos de uma boa noite de sono — ele se dirige a Valerie, que faz sinal afirmativo com a cabeça e se aproxima de mim, dando-me um abraço forte.

— Vê se dorme também, Tomas. Você tem de estar um príncipe de contos de fadas amanhã, e príncipes não têm olheiras.

— Pode deixar! — Dou uma risada da colocação pertinente.

Link me dá um aperto de mão forte, despedindo-se também.

Os dois saem pela porta, e eu me jogo no sofá. Repasso mentalmente cada detalhe do que tenho preparado para amanhã, apenas para garantir que não deixei nenhum furo. Não vejo a hora de observar a carinha de Vivian, vendo o que organizei para seu retorno. Espero, do fundo do meu coração, que ela goste. Dediquei todo meu tempo e meu amor no resgate da minha bichinha. Eu a quero de volta, e não apenas como minha melhor amiga. Preciso de Vivian como minha companheira. Quero dividir a vida com ela, participar de seus projetos e sonhos, e que ela participe dos meus também.

Isso é tudo o que mais desejo nesse mundo!

Com esses pensamentos, sigo para o banho. Preciso relaxar, e realmente tentar dormir, apesar da ansiedade.

Finalmente, o dia tão esperado está prestes a chegar!

CAPÍTULO 38

VIVIAN

As palmas irrompem pelo auditório, deixando-me atordoadamente feliz. Nem acredito que tudo isso acabou. Quatro anos e meio de uma história de muita luta e renúncia. Foram períodos de muito estudo, noites em claro, organização de protestos, participação em projetos, entre outras atividades. Abdiquei não apenas de sono, mas de sair, muitas vezes, de encontros amorosos com meus namorados, de viajar para ver meus pais... E não é que valeu à pena? Aqui estou eu, aprovada com nota máxima, sendo ovacionada por colegas e professores, e com mais uma proposta de trabalho, dessa vez do reitor, para iniciar uma vida acadêmica como assistente de aula, até eu concluir o mestrado e poder me tornar professora adjunta. Porém, ainda não sei se é isso que quero para a minha vida. Ajudar a formar mentes pensantes e questionadoras é muito tentador, mas, ainda penso em ir para perto dos meus pais e tentar algo por lá.

Porém, eu sei que o objetivo de ir embora, no fim, é por causa de uma pessoa. A única que eu conheço na Universidade, que não ocupou uma cadeira aqui hoje. Na hora de vir para o auditório, apressei-me em passos largos, com medo de acabar esbarrando em Tomas antes da apresentação. Não podia me desestabilizar por nada desse mundo. Mas, confesso que não vê-lo na plateia, apoiando-me nesta tarde, deixou-me muito chateada. Mesmo depois de tudo o que aconteceu conosco. Fomos parte fundamental da vida um do outro nesses quatro anos e meio.

Bem, pelo menos, ele foi para mim. Pode ser que Tomas não pense o mesmo.

— Amiga, foi incrível, perfeito! Que orgulho de você! — Valerie me abraça forte, e a sensação de ter alguém tão importante para mim ao meu lado, nesse momento, faz um pouco do pesar, alojado no meu coração, ir embora.

— Você arrasou, Viv. Foi impecável! — Link me abraça em seguida, com um enorme sorriso.

— Obrigada, gente! Nossa! Nem acredito que eu consegui, que finalmente acabou! Estava tão nervosa!

— Pois, amiga, nem pareceu. Sério, você dominou tudo muito bem, como uma profissional. Será uma excelente professora, se acabar investindo nessa área.

— Vamos ver... Não decidi nada sobre isso.

— E nem precisa, ainda! Mas, vamos lá para casa, preparei uma festinha para comemorarmos!

Sorrio. É claro que Valerie não deixaria esse momento passar em branco. Minha amiga querida, por si só, já é um evento. E eu a amo por isso.

Seguimos pelo corredor em direção à saída, e recebo vários cumprimentos. Até conseguirmos chegar à porta, dura uma eternidade. Val e Link parecem ansiosos, tentando me apressar o tempo todo, mas as pessoas não os deixam obter êxito em me tirar do auditório tão cedo. Quando finalmente chego ao lado de fora, Valerie entrelaça o braço ao meu.

— Vamos! Hora de celebrar...

Ela me puxa, mas eu estranho a direção em que seguimos.

— Amiga, sua casa é para lá. — Aponto no sentido contrário ao que estamos indo.

— Eu sei, né? Dãaa... É que quero tirar algumas fotos naquela fonte desativada, onde tudo começou.

Aperto o seu braço no meu, dando pulinhos. animada.

— Amei a ideia! Vamos!

Seguimos pelo caminho, conversando, rindo, cantarolando, eu com um braço entrelaçado com Val, e o outro, com Link. E apesar de estar genuinamente feliz, sem preocupações e animada, um peso insiste em maltratar meu coração. A ausência de Tomas é algo grande demais para não ser sentido. Impossível não me importar. Ainda que tenha feito de tudo para evitá-lo, nesse momento, eu esperava que ele estivesse comigo.

Ao avistar a fonte, logo estranho um enorme telão, posicionado atrás da mesma. Parece uma tela de projeção de *drive-in*, de tão enorme. Fico boquiaberta, sem entender.

— Valerie, o que você está aprontando?

Ela encolhe os ombros, como se não soubesse de nada, mas a sua expressão não me engana. Val sustenta um olhar travesso, que sempre faz quando está arquitetando ou escondendo algo.

Um barulho vindo da fonte chama minha atenção, fazendo-me tomar um susto.

— Aaaah... Não! Não acredito que vão ligá-la novamente. E logo hoje, no dia da minha despedida! Só pode ser uma piada, e de muito mau gosto.

Porém, logo que a fonte inicia o funcionamento, fachos de luzes coloridas começam a minar dos lugares de onde, antes, saia água. É lindíssimo, um espetáculo, as luzes se desenham em formas dançantes, como se realmente fossem líquidas.

— Meu Deus, que lindo! — É tudo o que consigo dizer, admirada.

De repente, o telão à nossa frente é ligado. E qual não é a minha surpresa quando a imagem de Tomas aparece, ocupando a maior parte da tela. Meu coração dispara tanto, que posso senti-lo bater na garganta. Prendo a respiração ao ver aquele rosto, tão importante para mim, começando a ter dimensão da enorme saudade que senti desde que me afastei dele.

— *Oi, minha bichinha!*

A voz de Tomas sai alta, através de dois alto-falantes laterais.

— *Você não achou que eu deixaria essa data passar em branco, não é? Se imaginou que eu não participaria do dia mais importante da sua vida, pensou errado. Porque permaneço aqui, torcendo por você, como nunca deixei de fazer. Nem mesmo de longe. Estou muito orgulhoso de aonde chegou, da pessoa que se tornou. Você merece o mundo, minha linda!*

Lágrimas se formam nos meus olhos, mas começo a piscar rápido, na tentativa de segurá-las. Ainda não entendi o que de fato está acontecendo, sinto-me ansiosa e assustada, ao ponto do meu corpo inteiro tremer.

— *Vivian, em primeiro lugar, eu gostaria de pedir desculpas por tudo o que aconteceu entre nós. Eu agi como um moleque, alguém que não se importa, e você nunca mereceu isso. Eu te magoei, feri, e sinto muito, muito mesmo. Sem querer justificar o injustificável, mas gostaria que você tivesse ciência dos meus motivos.*

Fungo, tentando segurar mais lágrimas que tentam se formar. Uma única delas escorre pela minha bochecha direita, e a limpo rapidamente.

— *Quando começamos nosso arranjo, Viv, eu não imaginei o que aconteceria entre nós. Eu me sentia no controle de tudo na minha vida até então, e isso era extremamente confortável para mim. Tudo sempre saía como eu queria, o que me trazia tranquilidade. Só que, quando iniciamos nosso "jogo"* — diz, fazendo aspas com as mãos —, *a minha vida virou de pernas para o ar.*

Pessoas, que antes estavam no auditório, começam a se aglomerar ao nosso redor. Ouço burburinhos de todos os lados, mas nada mais me interessa, estou completamente absorvida pelo telão à minha frente.

— *Foi muito fácil me envolver com você, minha bichinha. Desde o primeiro dia em que ficamos juntos, eu me rendi a você, e essa é a verdade. Não era só corpo, nunca foi. Meu coração já era seu. E, sinceramente, eu desconfio de que sempre foi, desde o primeiro momento em que te vi bem aqui, debaixo de gritos e protestos, toda molhada, com a roupa deliciosamente colada no corpo.*

Fotos daquele dia começam a aparecer no telão. Sinto o meu rosto queimar com as palavras de Tomas.

— *Eu não te chamei para ir se secar lá em casa à toa. Eu a queria perto de mim, desde o primeiro segundo em que coloquei meus olhos em você. E todo esse desejo e essa verdade, guardada e sufocada dentro do meu coração desde que começamos a dividir o apartamento, vieram à tona quando senti você, pela primeira vez. E, todas as outras vezes depois, isso só se intensificou e confirmou.*

Minha deusa! Por que Tomas nunca me falou isso? Seria muito mais fácil e nos pouparia de tanto sofrimento...

— *E eu perdi a mão, minha bichinha. Não soube mais como agir com você ou que decisões tomar. O sentimento que tenho foi tomando proporções tão grandes, que eu simplesmente me atrapalhei, fiz um monte de merda, magoei você, e acabei te empurrando para longe de mim. E sinto muito, minha linda, de todo meu coração. Jamais teria coragem de te fazer sofrer, deliberadamente. Eu me desconectei de mim. E te peço perdão por isso. A culpa é toda minha.*

As lágrimas que eu tentei segurar até agora, rolam livres pelas minhas bochechas. Não consigo mais esconder o que eu sinto. É um misto de dor por tudo o que passamos, surpresa pelas coisas reveladas por Tomas, e alívio pela maneira que ele está colocando tudo. É como se, aos poucos, um peso enorme fosse saindo do meu coração.

— *Dito isso, gostaria de lhe dar o seu presente de formatura. Você se lembra da nossa primeira conversa, quando você me contou sobre a sua lista de "pontos turísticos para conhecer antes de morrer"? E confessou que o único que tinha ido era a Estátua da Liberdade, por ser mais perto? Sempre sonhei que faríamos um mochilão depois da faculdade, conhecendo esses lugares juntos, e que seria incrível. E claro que ainda quero que aconteça, se você me perdoar e me aceitar de volta na sua vida. Porém, enquanto isso não se concretiza, gostaria de, ainda assim, dar um jeito de te levar a todos esses lugares. E essa foi a maneira que encontrei.*

De repente, a imagem de Tomas se apaga da tela. Nos alto-falantes começa a tocar *Pretty Woman*, de Roy Orbinson, e começo a rir e chorar ao mesmo tempo. Um primeiro vídeo abre no telão, e um casal aparece, na *Capilano Suspension Bridge*, em Vancouver, Canadá. Eles sorriem para a câmera:

— *Oi, Vivian! Estamos aqui por um motivo!*

Eu me assusto ao vê-los falar meu nome. E percebo, também, que o vídeo tem legenda. O que é isso?

Um novo casal aparece, em frente à *Basílica de Guadalupe*, no México.

— *Tomás pedió nuestra ayuda*.

(Tomas pediu a nossa ajuda).

Outro casal aparece, e acho que entendi o objetivo. Tomas vai "passar" por todos os lugares que eu sonho em conhecer. Por isso a legenda, pelas diferentes línguas que aparecerão.

Meu coração é tomado de uma emoção indescritível. Mal posso acreditar!

Em *San Andres*, Colômbia:

— *Él realmente lo siente*.

(Ele realmente sente muito).

No Cristo Redentor, Brasil:

— Infelizmente, ele é um vacilão.

(Infelizmente, ele vacilou).

Na *Torre Eiffel*, na França:

— *Nous sommes désolés*.

(Nós lamentamos).

Em *La Alhambra*, na Espanha:

— *Tomás nos contó tu historia*.

(Tomas nos contou a história de vocês).

No *Stonehenge*, Inglaterra:

— *No início, queríamos chutar a bunda dele*.

Dou uma gargalhada alta, em meio às lágrimas.

No *Partenon*, Grécia:

— *Ωστόσο, αποφασίσαμε να του δώσουμε την ευκαιρία να εξηγηθεί*.

(No entanto, decidimos dar-lhe uma oportunidade de se explicar).

Na *Torre de Pisa*, Itália:

— *E ha promesso che non ti avrebbe mai più fatto del male*.

(E ele prometeu que nunca mais te machucaria).

Em um campo de tulipas, na Holanda:

— *Hij kan goed discussiëren, dat moeten we toegeven*.

(Ele é um bom argumentador, temos de admitir).

Na Calçada dos Gigantes, Irlanda, em Gaélico:

— *Is féidir linn a fheiceáil go bhfuil a ghrá duit fíor*.

(Podemos ver que o amor dele por você é verdadeiro).

Em *Corniche de Al Khobar*, Arábia Saudita:

— الرجل يائس.

(O homem está desesperado).

No que parece ser um safari, em *Joanesburgo*, África do Sul:

— *Futhi wasincenga ukuba size lapha*.

(E ele nos implorou para virmos aqui).

No *Taj Mahal*, Índia:

— हर जोड़ा, हर उस जगह जहां आप जाने का सपना देखते हैं.

(Cada casal, em cada lugar que você sonha em conhecer).

Na Grande Muralha da China:

— 說他想與你分享他的生活.

(Para que digamos que ele quer dividir a vida com você).

Na *Sidney Opera House*, Austrália:

— E você só precisa dizer sim.

No *Monte Fuji*, Japão:

— 彼が毎日努力するために.

(Para ele se esforçar, todos os dias).

Na *Taman Nagara*, Malásia:

— *Untuk menjadikan anda wanita paling bahagia di dunia*.

(Para fazer de você a mulher mais feliz do mundo).

De repente, todos os casais aparecem compilados na tela, e gritam juntos, sorrindo, cada um na sua língua:

— *Vivian, perdoe Tomas!*

O telão se apaga. Eu estou aos prantos, soluçando, completamente embriagada por esse momento.

Que coisa mais linda!

Não acredito que Tomas teve essa ideia, e esse trabalho todo de achar e convencer essas pessoas, não só a irem a esses pontos turísticos, mas a gravarem vídeos, só para mim.

Minha deusa, tudo isso parece um sonho!

A música para e começa a tocar *Never Say Goodbye*, do Bon Jovi. De repente, Tomas surge de trás do telão, em cima de um cavalinho de madeira, desses de crianças, feito com cabo de vassoura. Ele vem "trotando" em minha direção, e eu não consigo parar de rir e de chorar, até que ele esteja na minha frente.

— Princesa Vivian, um dia você me disse que queria um amor de conto de fadas. Eu estou pronto para transformar sua vida no mais bonito e piegas já visto em todos os reinos! Por favor, fique comigo! Diga sim! Me permita dividir a sua vida e seus sonhos com você! Seja minha namorada, parceira, companheira. Para sempre! De verdade!

Não consigo mais me conter, corro para os braços de Tomas, jogando-me sobre ele, que deixa o cavalo de madeira cair e me segura, abraçando-me forte. Não acredito que estou novamente nos seus braços, sentindo seu calor, e seu cheiro maravilhoso de capim-limão. Ele afrouxa um pouco o nosso braço, toma meu rosto em suas mãos, e o que vejo em seus olhos é muito maior do que qualquer sentimento que ele já tenha me mostrado.

— Minha bichinha, diga que fica comigo. Diga que me aceita de volta. Meu coração e minha alma são seus, eu não existo sem você!

Seguro seus pulsos e o observo com a mesma intensidade, deixando que meus olhos, agora, digam tudo o que está explodindo dentro do meu peito.

— É claro que eu fico! Eu fico, Tomas! Nunca mais vou embora! Eu não quero existir sem você!

Ele me ergue nos braços e me rodopia, dando-me um beijo apaixonado. Ouço palmas explodirem ao nosso redor e sinto como se estivesse prestes a voar.

Se isso é o que chamam de felicidade, não sei dizer, mas tenho a certeza de que nunca mais quero sair desse nosso mundo, dessa bolha de amor que Tomas criou para nós. Esse é o nosso universo particular e, se depender de mim, farei de tudo para que possamos viver aqui. Ele e eu.

Felizes para sempre!

EPÍLOGO

TOMAS

Tiro as mãos dos olhos de Vivian, e ouço seu suspiro profundo, que causa arrepios por todo meu corpo. Um furacão de amor parece estar dentro de mim, e meu estômago revira, de tanta emoção.

— Tom, isso é muito lindo!

— Você queria tanto vir para essa cabana, minha bichinha, mas isso foi injustamente tirado de você. Pois, eu estou resgatando um dos seus sonhos, e é apenas o primeiro de tantos que quero realizar ao seu lado!

Alexander saiu daqui há pouco mais de meia hora. Ele passou a tarde decorando o chalé para nossa chegada, conforme pedi. Dei instruções de como gostaria que ficasse, mas meu irmão superou, e muito, as minhas expectativas.

De um lado, está a pequenina sala, que é conjugada com o quarto. O cômodo está cercado de flores, de vários tipos e cores diferentes. Um verdadeiro festival de alegria e beleza. A lareira está acesa, com o fogo crepitando e, diante dela, repousa uma manta grossa e felpuda, ladeada por uma bandeja, contendo um balde de gelo com uma garrafa de champanhe, duas taças de cristal, e uma travessa de vidro, cheia de morangos, uvas, e potinhos com calda de chocolate.

Do outro lado, está a cama em dossel, com pétalas de rosas cobrindo todo o lençol e um voal branco descendo pela madeira. Parece mesmo uma cama de princesa. Para coroar a decoração romântica, vários balões vermelhos de gás hélio, em formato de coração, ornamentam o teto.

Todo o ambiente está à meia-luz, criando um clima sedutor. O cheiro de flores se mistura ao de baunilha, que vem das diversas velas acesas no aparador que tem ao lado da cama. No som, a música *Thank You For Loving Me*, do Bon Jovi, complementa o cenário.

— Minha deusa... Que coisa mais linda, Tom!

— Você queria um conto de fadas, princesa. Então, seja bem-vinda ao seu reino!

Minha bichinha se vira para mim com lágrimas nos olhos. Ela passa os braços em volta do meu pescoço e me puxa para si, colando os lábios nos meus. Nossas línguas imediatamente se invadem e reconhecem, e, meu Deus, como isso é bom!

Ela me beija, incandescente, voraz. Vivian tem tanta saudade quanto eu, nossa fome um pelo outro é a mesma.

Pego Viv no colo, pelos quadris, e enrosco suas pernas na minha cintura. Ela não para de me beijar, e meu tesão começa a crescer em níveis absurdos. Eu a imprenso na parede ao lado da cama, esfregando o volume da minha calça no calor da sua saia.

— Tomas, aaaaah... Que delícia... — ela geme, e é como música para os meus ouvidos.

Coloco Vivian no chão e começo a extrair sua roupa. Primeiro, tiro o blazer, deixando-o cair no chão. Desfaço, lentamente, o laço de sua blusa branca, de seda, e a retiro de dentro da saia, puxando-a pela cabeça. Não consigo conter um rosnado ao ver os seus seios perfeitos, em um sutiã branco rendado, olhando de volta para mim, os bicos já duros se mostrando através do tecido. Não resisto e abocanho um deles, por cima do sutiã, mordendo, enfiando-o na minha boca, lambendo. Vivian crava as unhas nos meus ombros e geme, contorcendo-se, e apertando as pernas uma na outra.

Deliciosa, safada, gostosa e cheia de vontade. Que visão!

Desabotoo sua saia, deixando-a cair aos seus pés, e dou um gemido de admiração quando a vejo nua, da cintura para baixo.

— Sem calcinha, princesa?

Coloco uma mecha de cabelo atrás da sua orelha. Ela morde os lábios, segurando um sorriso. A danada sabe o efeito que está causando em mim.

— Para não marcar na saia. — Ela dá de ombros, com um olhar falsamente inocente.

Bicha linda! Puta que pariu!

Pego Vivian no colo e a levo até a cama. Eu a deito e tiro meus sapatos, minha calça, meias e cueca.

— Não vai tirar meus sapatos? — ela pergunta, arfante, com o olhar vidrado no meu pau duro.

Por ela.

— Hoje não. Você fica linda com eles.

Ajoelho-me na sua frente e começo a beijar suas pernas, primeiro, abaixo do joelho, sem pressa. Vou subindo devagar, aperto suas coxas deliciosas, beijo, mordo, lambo cada centímetro de sua pele, e Vivian se contorce em minhas mãos, na minha boca. Sinto mais e mais calor emanando dela, e preciso me segurar para não meter logo de uma vez na sua bocetinha apertada. E é de cara com ela que me coloco, linda, suculenta. Lambo os lábios, tamanha a minha vontade de devorá-la.

Desço a boca em Vivian, e ela geme, estremecendo.

Sim, minha bichinha, eu vou comer você!

Dou pequenos beijos, antes de, finalmente, fazer com que minha língua trabalhe em seu clitóris inchado. Chupo com vontade, chicoteando, mordendo, lambendo, e Vivian segura o lençol, puxando com tanta força, que o arranca das laterais da cama.

Amo quando ela faz isso. Que delícia é ver a minha bichinha desse jeito!

Continuo meu trabalho, alternando entre lambê-la inteira, desde sua fenda, e chupar o clitóris, mantendo-me ali por um tempo. Vivian logo começa a estremecer, e seu orgasmo se aproxima. Intensifico mais os movimentos da boca e da língua.

Ela grita:

— Tom, eu vou gozar!

Sem pensar duas vezes, enfio a minha língua em sua abertura, o mais fundo que consigo, e ela goza, estremecendo, gritando o meu nome e puxando meus cabelos. Sugo todo o seu líquido quente, e relembrar o sabor delicioso que ela tem me leva ao céu. É ainda melhor do que na minha memória.

Como pode isso?

Saio de cima de Vivian e a observo, gloriosa, toda vermelha, suada e ofegante. Simplesmente perfeita. Ela se levanta de súbito, segurando meu pau em sua mãozinha sexy, de unhas vermelhas, e lambendo os lábios.

Agora não, bichinha! O que quero de você é outra coisa.

Pego Vivian pelos quadris, deito-me e a giro, para ficar por cima de mim. Ela dá um gritinho pelo susto, e me observa, sem entender, mas parecendo se divertir.

— Bichinha, eu preciso que você faça uma coisa para mim...

Fixo meu olhar no dela, como que para conectar nossas almas.

— O que você quiser, bichinho.

— Por favor, faça amor comigo.

Se eu pudesse descrever a expressão de Vivian agora, não teriam palavras que definissem tamanha felicidade e emoção em seu rosto. Sinto, nesse momento, uma conexão como nunca senti na minha vida, nem mesmo com ela. E a minha deusa entende meu pedido, pois imediatamente se aproxima, sentando sobre a minha barriga.

— Eu faço, meu bichinho, mas só se você fizer uma coisa por mim.

— Qualquer coisa, meu amor — respondo, com sinceridade, porque de fato eu faria qualquer coisa por ela.

— Faça amor comigo também.

Nesse exato momento, *I'll Be There For You*, do Bon Jovi, toma conta do ambiente. Não consigo pensar, simplesmente Vivian me tira toda a capacidade de raciocínio. Apenas a ergo, posicionando meu pau na sua abertura, e ela senta sobre ele, devagar, deixando entrar centímetro por centímetro, até estar todo dentro dela. Urramos juntos, em uníssono, tamanho o tesão e amor que nos toma. Ela me olha nos olhos, e o que vejo vai além de qualquer coisa que já vivenciei antes.

Não tem nome. É nosso, e só nosso.

Vivian coloca as mãos na minha camisa e a puxa, arrebentando todos os botões. Essa sua versão, mais selvagem e atrevida, quase me faz gozar, instantaneamente.

Que mulher! Puta que pariu!

Ela crava as unhas no meu peito, e eu gemo, segurando seus punhos.

— Eu vou fazer amor com você, Tomas, mas eu vou te foder também.

E a mulher começa a cavalgar em mim, em um ritmo alucinante. Ela segura os cabelos, num rabo de cavalo improvisado, e posso ter uma visão privilegiada do seu corpo nu, enquanto Viv sobe e desce no meu pau. Seus seios sacodem, deliciosos, cheios, pesados. Não consigo deixá-los longe das minhas mãos e os aperto, com força, fazendo Vivian gritar, no que parece uma combinação inebriante de dor e prazer.

— Puta merda, Tomas!

Sento-me, ainda com ela sobre mim, e começo a chupar seus peitos maravilhosos. Seguro-os com força, lambo e sugo os bicos rosados, duros, perfeitos. Vivian geme deliciosamente e aumenta o ritmo da cavalgada, deixando-me alucinado de prazer.

Quando percebo que estou quase lá, eu a tiro de cima de mim e a deito de lado. Não posso gozar ainda, quero mais dela, muito mais. Posiciono-me por trás do seu corpinho delicioso, levanto sua perna, e enfio o meu pau de uma vez na sua boceta.

— Aaaaah... Tomas, minha nossa!

Começo a estocar forte, comendo minha bichinha assim, de ladinho. Amo essa posição, pois consigo encostar em seu corpo todo, bunda, costas, segurar seus seios, tudo enquanto meto nela. É uma delícia senti-la por inteiro, enquanto tenho sua boceta quente me apertando, contraindo, aumentando todas as minhas sensações.

— Gostosa do caralho... — gemo, entredentes, enquanto ela emite sons ininteligíveis.

Vivian vira a cabeça para trás, sua boca buscando a minha, e eu a beijo, longa e profundamente, sem parar de arremeter dentro ela.

— Tomas...

— O quê, minha gostosa?

— Quero olhar para você.

Sem pensar, apenas saio de Vivian, deito-a de costas sobre a cama e coloco meu corpo sobre o dela.

— Olhe para mim, minha preciosa. Olhe o quanto eu te quero. O quanto eu te amo.

Vivian arregala os olhos, e parece não acreditar no que acabou de ouvir.

— Você o quê?

— É isso que você ouviu, minha bichinha. Eu te amo! Amo você com toda força do meu coração. Eu te amo! Eu te amo! Eu te amo! — grito, tirando finalmente de mim o que me sufocava, sem medo, sem amarras, só puro e sincero amor.

Ela segura meu rosto entre as suas mãos e me enche de beijos, demonstrando uma felicidade que dá um enorme prazer de ser visto.

— Eu também te amo, Tomas! Amo você mais do que imaginei ser possível! Eu te amo! Eu te amo! Eu te amo!

Vivian grita de volta para mim, e eu perco o controle. Começo a meter nela, com força, estocando, bombeando, sem parar. Ela grita, geme, diz meu nome, e eu só meto mais forte e mais fundo, sem conseguir me segurar. Não tenho mais forças, preciso enchê-la com a minha porra.

Viv é a mulher que eu amo! Preciso marcá-la, quero me despejar inteiro dentro dela, decretar de uma vez que ela é *minha*!

Estoco mais fundo, mais rápido, até que sinto seus músculos se contraírem ao meu redor, e não consigo mais segurar: meu pau jorra, muito, sem parar, na boceta quente de Vivian. Ela, ao mesmo tempo, estremece em espasmos em minhas mãos, gozando comigo, de forma barulhenta, deixando clara a total perda de controle de si mesma e do próprio prazer.

Deito meu corpo sobre o dela, que não reclama do meu peso. Viv apenas me abraça apertado, e ficamos assim por alguns segundos, ofegantes e suados, um agarrado ao outro. Quando penso que posso estar pesando demais, tento sair de cima dela, mas Vivian me aperta mais forte.

— Não, por favor, fica! Não saia nunca mais de dentro de mim, seja do jeito que for.

Eu a encaro, lágrimas escorrem de seus olhos emocionados. Sei que ela não está falando apenas de sexo. Vivian não quer que eu saia de dentro do seu coração. Essa mulher é uma verdadeira deusa, que merece ser adorada.

Não posso acreditar no quão sortudo eu sou, de poder ser eu a venerá-la para sempre!

— Não saio, minha princesa. Nunca mais!

— Promete?

— Prometo. Eu te amo, minha bichinha! Para sempre.

— Eu também te amo, meu bichinho. De verdade.

AGRADECIMENTOS

A todos aqueles que tornaram possível a minha ressurreição na escrita. Aos que me receberam de braços abertos, como se eu nunca houvesse saído do meio literário.

À editora Ler Editorial, que acredita em mim até quando eu mesma não acredito.

À Day, pelo *brainstorm* que acabou me tirando de uma autossabotagem quase no final do projeto.

À Mônica, por me ajudar a encontrar os motivos certos para voltar a escrever.

À Lígia, que se mostrou totalmente disponível para me auxiliar com o capítulo da sex shop e me permitiu utilizar a sua loja como referência.

E vou fazer a Anitta, e agradecer a mim mesma, por ser essa mulher forte e foda, que por mais que tentaram derrubar (e não foram poucos), caiu de joelhos, abaixou a cabeça apenas por alguns segundos, respirou fundo e levantou novamente.

Eu não vivo pelas batalhas, eu vivo pelas VITÓRIAS.

A vocês, meu amor e gratidão.

J. Cutcher